うちの会社の御曹司が、私の許婚だったみたいです

当麻咲来

Sakuru Toma

エタニティ文庫

目次

うちの会社の御曹司が、
私の許婚だったみたいです

第一章　初めまして。私は貴女の許婚《いいなずけ》です

夢の中で、高岡莉乃亜《たかおかりのあ》は鏡の中の自分の顔を見つめていた。

『肌が白いのは七難を隠す、過剰な紫外線は百害あって一利なし』と医者であった祖母に言われて育ってきたので、日焼けしていない肌は白くきめが細かい。けれど目鼻立ちは地味で、決して美人とは言えない。体形も中肉中背で目立たないが、あまり目立ちたいとも思わないのでちょうどいい。

と冷静に自分の顔を分析していると、向こう側からくすくすと嫌な感じの笑い声が聞こえてきた。

『ねえ、高岡さんって、うちの大学のミスコンでスマイル賞取った人でしょ？』

自分のことを話していると気づいて、ぎゅっと心臓が竦《すく》むような気がした。

『たいして美人じゃないよね。あれか、スマイル賞って参加賞みたいな感じ？』

『そうなんじゃない。あのとき出場者少なかったみたいだしね』

『ふふ、地味なのに意外と目立ちたがりなのねえ』

意地の悪い言葉にどんどん気持ちが揺らぐ。

『昔から莉乃亜はそうだよ。周りからチヤホヤされたいタイプなんだと思う。まあ悪い子じゃないけどね。ああ、でも顔に似合わず、男は高め狙いだったりするんだよね』

——沙也加《さやか》、やめて！

それは高校からずっと親友だった沙也加の、自分を陥《おとしい》れる発言だ。

『男を落とすためなら、体を武器にして寝取ったり、友達を裏切ったり、平気でするからね』

違う、違う。それは沙也加の作り話なの。

莉乃亜がとっさに声を上げた瞬間、ハッと目が覚めた。


体を起こして慌てて、本物の鏡を覗《のぞ》き込む。休日を楽しもうと少しだけ飲んだお酒のせいで、昼間からウトウトしていたらしい。

悪夢で目覚めた顔は青白いが、あの頃と比べて少しだけ大人びた気がする。けれど目立たないことをモットーにしているせいか、以前よりもっと地味に見えた。

高岡莉乃亜、二十三歳。共働き公務員の一人娘で、実家には元医師の祖母が同居しているが、家族関係は極めて良い。だが今は故郷での友人関係に疲れて、東京で就職し、都心の駅から離れたアパートで独り暮らしをしている。

勤め先は御厨《みくりや》ホールディングスの関連企業である、あんぜん生命保険。そこのコールセンターで働いている。花形部署というわけではないが、客相手に顔を出さないで済む仕事なので、莉乃亜は気に入っている。

休日の楽しみは、思いっきりだらけた恰好をして、ビールを片手にＤＶＤを見ることだ。故郷から出てきて数ヶ月。最初は家族と離れての生活が寂しくて仕方なかったけれど、最近は一人暮らしを楽しめるようになってきた。

こっちにはまだ友人はいない。せいぜい顔見知り程度だ。大学時代の友人は、ある事件をきっかけにほとんど縁が切れてしまった。わざわざ都内で働くことを決めたのはそれが理由だが、結果としてはこちらに出てきて、嫌な話を思い出すことは大分減った気がする。

（日にち薬っていうし……もうちょっと経てばもっと楽になれるよね）

過去の記憶のせいで、いやな感じにざわつく胸の鼓動を抑え込もうとしたとき、ピンポンと、チャイムが鳴った。莉乃亜は慌てて気持ちを切り替え、お気に入りのソファーから立ち上がった。宅配便だと疑うことなく、サンダルをつっかけて、アパートのドアを開ける。

「――初めまして。貴女が高岡莉乃亜さんですか？」

「……え？」

そう声を掛けられて、莉乃亜は目の前に立つ男を見上げた。

サラサラとした、整えられた髪。細身の眼鏡の奥の涼やかな目元。穏やかで知的な微笑み。高く通った鼻。薄くて綺麗に口角を上げた唇。

長身でしなやかなスタイルを高級そうなスーツで包み、曇り一つなく磨かれた靴を履いている姿は、一分《いちぶ》の隙もない。どうやら宅配業者ではないことだけは確実らしい。

「あの、どなた……ですか？」

「私は……」

彼は真っ赤なバラの花束を差し出して、唇を笑みの形にキープしたまま目を細め微笑む。

「私は貴女の許婚《いいなずけ》です。そして今日から私たちは一緒に生活しなければなりません」

「え？　いいな……ずけ？」

彼の話がまったく理解出来ず、莉乃亜は返す言葉に詰まる。

「あ、あの……私、貴方とどこかでお会いしたことありましたっけ？」

人間びっくりすると、わけの分からないことを口走るものだと思う。でもこの顔、どこかで見たことがある気がするのだ。

「ええ……多分。どうやら貴女は我が社の社員のようですから」

「……え？」

改めて確認するように、その人を見つめると、彼は一瞬眉を顰《ひそ》めた。

「とにかくこんなところで、長話をする気はありません」

それだけ言うと、目の前の男は莉乃亜の手首をしっかりと掴《つか》む。そして、つっかけにパジャマより少しだけマシという不格好な部屋着を着た彼女を、玄関の外に引っ張りだした。持っていたバラの花束を押し付けられ、落とさないようにとっさに花束を抱えた莉乃亜を連れて、そのまま歩き出そうとする。

「あ、あの、ちょっと待って？　家を出るなら、部屋の鍵、かけないと……」

一人暮らしをする前に、『戸締り火の始末だけはしっかりとね』と実家の親に言われたのだ。混乱のまま足を止めた彼女を見て、男は苛立たしげに眼鏡を外してスーツの胸ポケットにしまう。

莉乃亜が住む小さなアパートを振り向くようにして一瞬視線を送り、長々と嘆息した。

「――盗まれて困る物が、ある部屋には思えませんが？」

「え？　あ、あの……」

「……問題はありませんね。では行きましょう」

柔和《にゅうわ》そうに見えた男は冷淡に言い切ると、言葉とは相反する強引な様子で、莉乃亜を連れ出す。そして、外で待たせていたらしいリムジンの後部座席に、ポイッと彼女をほうりこんだのだった。

「あの、一体何なんですか？」

呆然としている莉乃亜の前で、男は眼鏡を再び掛け直す。そして、じっくりと頭のてっぺんから足の先まで莉乃亜の様子を見下ろして、大きくため息をついた。

リムジンなんて乗ったことのない莉乃亜は、車の中とは思えないような、快適で優雅な空間に一瞬目を奪われた。だがそれ以上に、自分を攫《さら》うようにして車に乗せた男の正体が気になっている。

（許婚《いいなずけ》とか言ってたけれど、もしかして新手の誘拐犯とか……さもなければ、ストーカーとか？　でも、こんな立派な車に乗っている人が、うちみたいなド庶民をお金目的で誘拐とかしないだろうし、私に特別な何かがあるわけでもないし……）

色々考えても理由は分からない。やっぱり事情を聞いてみるしかなさそうだ。

「……あの。許婚《いいなずけ》って、婚約者ってことですよね。そもそも私、貴方のお名前すら知らないんですけど」

莉乃亜が尋ねると、目の前の男性は口角を上げて一応は笑顔を見せた。だが、その目はちっとも笑っていない。

「それは失礼しました。私は御厨樹《みくりやいつき》。貴女が勤めている会社の、代表取締役社長をしておりまして――貴女の許婚《いいなずけ》、ということになるようです」

「――社長おおおおお?」

少々酔っぱらっているせいかもしれない。普段より大きな声を上げてしまった。すると目の前の男性は品の良い仕草で、うるさい、と言う代わりに自分の耳を塞《ふさ》ぐ。整った顔をしているから、どこかのタレントかと思ったけれど、言われてみれば目の前の人は、御厨ホールディングスの御曹司で、莉乃亜が勤めている傘下《さんか》の生命保険会社の社長と同じ顔をしている。

「ご、ごめんなさい。社内で社長をお見かけしたことは何度もあるんですけど、いつも、このくらいの大きさでしか見たことなくて。……目の前にいると、意外と本人だって分からないものなんですね……」

親指と人差し指を広げてスケールを示しながら必死に謝る莉乃亜を見て、樹はムスッとした表情のまま頷く。

「それで、私が貴女の許婚《いいなずけ》だということは理解してもらえたのでしょうか?」

「それは……まったく意味が分かりません。私に許婚《いいなずけ》がいるなんて、親から一切聞いてないですし、そもそも、そんな立派な家でもないですし……」

言い返す莉乃亜をじっくりと見つめた後、男は眼鏡を外し深く息を吐き出した。

「まあ、それはいい。だが事情を説明するにしても……こんな恰好をしている女と真面目に話す気分にはなれない」

突然言葉遣いが変わり、莉乃亜は目を見開く。さっきから散々失礼なことを言っていたけれど、それでも丁寧な口調だったのに。そう思った瞬間、言われた内容にハッとして、自分の姿を見下ろした。

着慣れているお気に入りの部屋着。ただし着心地を優先した分、見た目は相当にだらしなく伸びきっている。その上、前髪が邪魔で適当にゴムで結んだ髪形。化粧は当然してないし、足元はサンダルだ。

「あの……だって、家でのんびりしているときに、急に連れてこられて……」

自分を抱きかかえるようにして、莉乃亜は自分の身を小さくする。贅沢《ぜいたく》な車内で、見た目も服装も整った男と二人きりだ。緊張もするし警戒もする。それにこの人だったら、家にいるときにもこんな恰好はしないだろう。それに比べて今の自分は……。自信の持てない恰好にますます声が小さくなる。そんな様子を見て小さく吐息をつくと、樹はスマートフォンを手に取り、どこかに電話を掛けた。

「ああ、私です。今からすぐ服を一式届けてください。寸法は『高岡莉乃亜』の制服発注時のデータを参考にしてください。では三十分ほどで私の自宅まで届けてもらえますか？　……それではよろしくお願いします」

丁寧で柔《やわ》らかい口調で会話すると、樹は電話を切る。この人は相手によって言葉遣いを使い分けているのだろうか。彼はちらりと莉乃亜を見て言う。

「じき服が届くからそれに着替えてくれ。そのあと詳しい説明をする」

それだけ言うと、背もたれに体を預け、莉乃亜の存在を完全に無視するように目を閉じた。

(何なの一体。連絡もなくやってきて、家でのんびりしていた私を無理やり着のみ着のまま連れ出しておいて、ちゃんとした服に着替えないと、真っ当に話すらしないって……)

莉乃亜だって外に出るときにはそれなりに恰好は気遣う。向こうの都合で連れ出したのに、こんな対応をされるなんて理不尽だ。男に対して怒りがこみ上げてくる。

(許婚《いいなずけ》だか何だか知らないけど、絶対この人だけは許せない。見た目がちょっとぐらいイケメンでもお金持ちでも、結婚なんて絶対しないんだから!)

目をつぶったままの目の前の男をギリギリと睨《にら》み付けながら、莉乃亜はそう心に誓う。

不安を怒りに変換し、音の静かな車内で過ごすこと十分ほどで、リムジンはエンジンを止めた。

「今日から貴女には、こちらで生活してもらう」

そう言い、樹は眼鏡を胸ポケットから出して掛ける。

そして莉乃亜が当然ついてくると確信しているかのように、彼は一人で車を降りていく。慌てて莉乃亜が車を降りると、目の前には大きく綺麗な建物があった。

ガラス張りの扉を抜けていく樹を、仕方なく莉乃亜は追っていった。すると樹を出迎えるかのように、執事風の服を着た男がやってきて頭を下げる。男と共に建物の中に入ると、そこは広いエントランスになっていた。大理石の床に、ホール奥に点在する洒落《しゃれ》たソファー。ホテルのエントランス風だけれど、少し雰囲気が違う。

思わずきょろきょろと辺りを見渡している莉乃亜を見て、樹は微《かす》かに顔をしかめた。

「あの、ここは？」

「私の住むマンションです。――ああ、彼女も今日からここに住むことになります。顔を覚えてください」

樹は、穏やかな口調で莉乃亜を執事風の男性に紹介する。やっぱり相手によって口調を使い分けているのだろう、と莉乃亜はちょっと嫌な気分になる。

「さようでございますか。私はこのマンションのコンシェルジュ、速水《はやみ》と申します。お困りの際は、お声掛けくださいませ」

丁寧に頭を下げられて、莉乃亜も慌てて頭を下げた。

「わ、私は高岡莉乃亜と申します。あ、あのよろしくお願いします」

「高岡様ですね。かしこまりました」

優雅に会釈する紳士風の男性に見惚れていると、樹は速水が呼んでいた大きなエレベーターに乗る。

慌てて追いかけた莉乃亜は、エレベーター内の大きな鏡に映る、自分たちの姿を見て絶句した。

樹が堂々としているのは当然としても、その隣にいる自分があまりにもみすぼらしい。羞恥心《しゅうちしん》にかぁっと熱がこみ上げた。変な風に縛っていた前髪のゴムを外し、手で髪を梳《す》く。着心地が良くて気に入っていた部屋着は、ここではありえないほどみっともない恰好に思えた。

キラキラと明るい光を放つエレベーターの中で、莉乃亜は居心地の悪さに体を小さくして息を詰める。早く、どこか人目につかないところまで移動出来ることをひたすら祈っていた。

実際には長くても数十秒だろう。けれど莉乃亜の体感としてはようやくたどり着いたエレベーターは、高層階で止まったようだ。ドアが開くと、樹は慣れた様子で広い廊下を歩いていく。一番奥まで行くと、一軒家かと思うような立派なポーチを通り、樹は部屋の扉を開ける。お手伝いさんでもいるのだろうか、と莉乃亜が身構えていると、そんなこともなく。

「ここには誰もいません。入ってください」

冷たく声を掛けられて、莉乃亜は慌てて玄関に足を踏み入れた。

「適当にここで座って待っていてください。私も着替えてきます」

樹はそう言うと、広いリビングルームらしき部屋に莉乃亜を置き去りにした。

莉乃亜はひとまず部屋の中央まで歩いていく。高い天井からは見事なシャンデリアが吊るされている。とりあえず室内に大きな鏡がなかったのだけは、本当に救いだったかもしれない。このきらびやかな空間で今の自分の姿は見たくない。

ソファーの周辺に敷かれた絨毯《じゅうたん》は、一足ごとに体が沈むようなたっぷりとした毛足の物だった。莉乃亜は呆然としたまま、言われた通りどこかの雑誌で見かけたような、洒《しゃ》落《れ》たデザインのソファーに腰を下ろす。

「う……っ」

一度座ると、そのまま立ち上がれなくなりそうなほど、ずぶずぶと体が沈み込んでいく。それでいて体を柔《やわ》らかく包み込む感覚が心地いい。

(お金持ちってよく分からないけど……すごい)

家具一つ一つが繊細に作られており、まさに芸術品という感じだ。莉乃亜は緊張したまま、膝の上に手を置いて座り、目だけをせわしなく動かして辺りを見渡す。

(っていうか圧倒的に住んでる世界が違うよね。それがなんで許婚《いいなずけ》？　もしかして誰かと勘違いしているんじゃないかな。ほら、同姓同名とかで……。だったら、そのうち誤解も解けるよね)

そう考えると、なんだか少し肩の荷が下りた。その途端、普段、莉乃亜が見ることのない贅沢《ぜいたく》暮らしに純粋な興味が湧いてくる。

（お金ってあるところにはあるんだなあ……）

なんて思いながら、ソファーから立ち上がると、今度は一つ一つの家具や飾りをじっくり見て回ったり、素敵インテリアを目で楽しんでいると――

「何をしているんですか？」

叱責《しっせき》するような厳しい声が聞こえて、莉乃亜はハッと振り向く。

そこには先ほどまでのスーツから、少し気軽なスラックスと襟付きのシャツに着替えた樹が立っていた。眼鏡を掛けたイケメンは、私服でもオシャレでカッコいい。

驚いた莉乃亜は触れていた硝子《ガラス》の置物を引っかけてしまった。そのまま落下し、ふわふわした毛足の長いじゅうたんに吸い込まれていく。

「あっ……」

慌てて、落ちた置物を拾おうと膝をついた瞬間。

『紫藤《しどう》でございます。社長失礼します』

インターフォンの音が鳴り、そのまま声がオープンで届いてくる。次いでカチャリという電子キーの開く音がした。

「ああ紫藤さん。休日出勤中に手間取らせましたね。さっそくで申し訳ないけれど、彼女に持ってきた衣装一式を渡してもらえませんか」

リビングに慣れた様子で入ってきたのは、秘書室でも美人で切れ者と評判の高い、紫藤かほりだった。噂ではどこぞのお嬢様で、社長の結婚相手の最有力者だと言われている。

もちろん、ごくごく普通の社員に過ぎない莉乃亜は、その姿を間近で見るのは初めてだ。

「……高岡さんですか。それではこちらをどうぞ。社長の許可がございましたので、制服発注時のデータを拝見し、合うサイズの物をご用意しました。もし問題があれば、お声掛けください」

紫藤は床に膝をついていた莉乃亜相手に、わざわざ屈みこんで同じ目線の高さにし、服を渡そうとする。

「あ、あの……すみません」

慌てて姿勢を正した莉乃亜の恰好は、残念過ぎる部屋着。スレンダーなメリハリのある体形にきちんとスーツを身に着け、完璧に化粧を施《ほどこ》し、髪まで整えられた天然モノの美人秘書とは、月とスッポンだ。莉乃亜は出来ることならこの場から全力で逃げ出したくなった。

「ああ、紫藤さんにも紹介しておこう。高岡さんは私の許婚《いいなずけ》です。半年後に挙式の予定となっています。秘書室の仕事と直接関わることはないでしょうが、彼女の顔は認識しておいてください」

樹は紫藤に向かってさらっと『許婚《いいなずけ》』などという言葉を口に出す。秘書室と言えば、御曹司である『御厨社長』を狙っている女子社員の宝庫だと言われていて、その中でも紫藤は第一候補と噂されているのに……

「私もさっき知らされて、それで今連れてこられて……」

しどろもどろに説明する中、許婚《いいなずけ》だという樹の言葉を否定し忘れていたことに気づいて、莉乃亜は慌てて手を振る。

「た、多分、何かの間違いだと思います。あ、同姓同名の別の方と勘違いしているとかなんじゃないかな、って」

必死な莉乃亜の様子に、紫藤はにっこりと微笑んで、聞こえないくらい小さな声で囁《ささや》く。

「さようでしたか。そうでしょうね。――高岡さんでは御厨社長とは不釣り合いですから……」

その言葉に莉乃亜は目を見開く。

「失礼しました。それでは私は職務に戻らせていただきます」

紫藤は立ち上がり、優雅に一礼して部屋を出て行った。

その後、莉乃亜は前立ての小さなボタンがたくさんついた、お嬢様っぽいワンピースに着替えて、先ほどのリビングで樹と向かい合う。ようやくこの部屋に相応《ふさわ》しい恰好になって、莉乃亜は少し落ち着くことが出来た。樹は眼鏡を外し、それを弄《もてあそ》びながら彼女を眺める。

「ようやくマシな恰好になったな」

裸眼の樹の目つきは少し鋭い。そして紫藤がいなくなったからか、丁寧な言葉遣いはやめたらしい。態度を変えた樹はソファーに体を預け、肩を竦《すく》める。

「あんな恰好をされていると、どこに目を向けていいのかすら悩むからな」

つけつけとひどいことを言われて気分を害した莉乃亜は、思わず樹を睨《にら》んでしまった。

「そもそも人の家に連絡もなしにやってきて、私の意思も確認せず、ここまで着のみ着のまま連れてきたのは御厨社長じゃないですか」

先ほど紫藤に嫌なことを言われたことを思い出し、声を尖《とが》らせて樹に文句を言う。

「……確かにアポイントなしに直接家に行き、そのまま連れてきたのは、あまり褒められたことではなかったな」

謝っているような言い方だけれど実は謝ってない。そんな彼の態度に莉乃亜がさらに気分を害していると、樹は外した眼鏡の弦《つる》を唇に押し当てて何かを考えるような仕草をした。

「まあどちらにせよ、お前は俺の妻になるオンナだ。どう扱っても俺の自由だろう？」

（——ちょっと待って？）

彼の言い放った言葉に、莉乃亜は目を見開く。

「……他にも色々聞きたいことはあるんですけど。まず最初に、なんで『妻になる女は、どう扱っても別に構わない』んですか?」

全然納得できないという気持ちを込めて莉乃亜が言い返すと、樹も不機嫌そうな顔で反論した。

「俺がなんで『たかが結婚相手』に、折れなければいけないんだ?」

ソファーの向かいに座った樹は、眼鏡をカウンターに置きながらそう言い捨てた。莉乃亜は彼の言葉に一瞬、絶句する。

「……結婚ってそういうことじゃないと思うんですけど」

「結婚が愛情で結びつく関係だとか、そういうつまらないことを言うんじゃないだろうな?」

「私にとってはそうです」

「俺にとっては、『そう』じゃない。だが、お互いの意見は違っていても、現時点ではお前は俺の許婚《いいなずけ》、ということになっている」

莉乃亜の顎《あご》を綺麗な長い指が捕らえる。冷酷な瞳に覗《のぞ》き込まれて、莉乃亜はふるりと体を震わせた。

「……私が貴方の許婚《いいなずけ》、なんていうのは、そもそも本当なんですか?」

間近にある整った顔立ちにドギマギしてしまう自分に苛立ちを覚えながら尋ねる。

やっぱりこんなことに急に巻き込まれて納得出来ない。

「ああ、そこに関しては……間違いはない」

「そもそも、誰がどういう経緯で決めた結婚なんですか？」

莉乃亜がそう言うと、一瞬樹は困ったような顔をする。

「――？」

瞬《まばた》きをした瞬間、間近にあった樹の顔が、さらに近づいた。

「あの？」

「決めたのは貴女の祖母と、私の祖父だ」

「え。祖母が決めた話なんですか？」

祖母は同居している孫である自分をすごく可愛がってくれていた。自分にとって悪い話を持ってくるわけがない。今まで反発しか感じなかった目の前の男が、その祖母が選んだ相手だと思うと、ほんの少しだけ警戒感が薄れる。

「貴女の祖母と私の祖父は幼馴染《おさななじみ》だそうだ……」

そう答えると、樹は莉乃亜の顎《あご》を引き寄せた。

「――っ！」

次の瞬間ひどく冷たい唇が、莉乃亜の唇へと重なっていた。莉乃亜は何が起こったのか、まったく理解出来ずにいた。

あまり恋愛経験のない莉乃亜だが、それでも一応、学生時代に男性とお付き合いして、キスぐらいはしたことがあった。けれど、こんなムードも何もなく、口づけされたことはない。

さらに、今まで座っていたソファーに体を押し付けられて、間近に迫る男性の顔に一気に恐怖がこみ上げてくる。思わずトンとその胸をついて、少しだけ距離を確保した。

「ちょっとなんでいきなり――」

「……私は亡くなった祖父を尊敬している。だからこそ、その遺志を受け入れたいと思ったんだ」

その表情は真剣で、おばあちゃん子である莉乃亜の気持ちにすっと溶け込んできた。彼女の抵抗の手が緩《ゆる》んだことをいいことに、樹は莉乃亜を柔《やわ》らかくソファーに押し付けたまま、言葉を続けた。

「だから……こういう出会いがあっても悪くない、と私は思っている」

祖父のことを思い浮かべたのだろうか。ふわりと邪気のない笑みを見せられると、綺麗な顔をしている人だなと、ぼうっと見惚れてしまう。そんな莉乃亜の唇を樹は再び奪った。

「ちょっ……」

先ほどよりは少し強引さが収まって優しいキスになったせいで、莉乃亜の危機感がわずかに減る。思ったより反発感が少ないのは、目の前の男性が自分の許婚《いいなずけ》と名乗っているからかもしれない。

お酒が抜けて冷静になれば、おかしいと判断出来ることでも、ほろ酔い気分では上手なリードとキスに翻弄《ほんろう》されて、理性が弱まってしまう。

「……触り心地の良さそうな肌だな……」

ゆるりと莉乃亜の頤《おとがい》から首筋に指先が滑る。

「ダ、ダメです。触っちゃっ……」

慌てて大きな手から逃れようとするけれど、しっかりと押さえ込まれていて、ソファーから身を起こすことが出来ない。

「ひぁっ……」

首筋の辺りに温かいものを感じて、思わずピクンと身を震わせてしまう。

「しかも相当感じやすい……。これならベッドの中でも良い妻になれそうだ」

くすっと笑う呼気がキスで濡れた首筋に掛かり、ゾクッと背筋に不思議な感覚が走る。

さりげなくエロいことを言われた気がしたけれども——

「って、ダメですっ」

ふわりと胸の辺りに重みを感じた、と思った瞬間、それが包み込むようにやわやわと動く。文句を言おうとした唇が、次の瞬間には再び覆《おお》われていた。

「んっ……ぁっ」

先ほどは優しく触れるだけのキスだったのに、今度は何度か啄《ついば》むと、呼吸の合間に薄く開いた唇を割って舌が入り込む。

「んっ……んんんっ」

抵抗する間もなく、莉乃亜は舌を絡めた深いキスをされていた。胸元から手が離れたと思って安心していたが、いつの間にかボタンを外されていたらしい。大きな手がするりと胸元に差し入れられて、直接肌を撫でられていた。微《かす》かに冷たいその指は何故か心地よくて、甘い怯《おび》えのような感覚がぞわぞわと背筋を這《は》い上っていく。

「ダ、ダメです。そんなっ……」

文句を言おうとする莉乃亜の唇の端を、彼のもう一方の手が撫でる。

「……うるさい唇は、塞《ふさ》ぐに限る」

妙に艶《つや》っぽい表情で笑うから、目を奪われて文句を言いそびれてしまった。するとまた濡れた唇が莉乃亜のそれを覆《おお》い、物理的に言葉を遮《さえぎ》られる。逃げるべきだと分かっているのに、頭のどこかで、『この人は、おばあちゃんが選んだ人なんだ』などという妙な考えが浮かんで、抵抗する力を削いでいく。

そんな莉乃亜の様子を理解しているのか、彼の手はますます不埒《ふらち》な度合いを高めていき、素肌を直接撫でて、たわわな膨らみの質量を楽しむように手のひらで弾ませる。

「……ふぅん、意外とエロい体をしてるんだな……」

一瞬唇を離してそう言うと、樹は綺麗に口角を上げて見せる。彼の台詞《せりふ》に不満を告げようと思った瞬間、また唇を塞《ふさ》がれて……

「んんんんっ」

次の瞬間、彼の指がブラジャーをずらして入り込み、莉乃亜の胸の蕾《つぼみ》を掘り起こすように転がす。

「ふぁっ……」

思わず体が跳ね上がって、唇がずれる。自分の声とは思えないほど甘い声が上がり、莉乃亜は慌てて口をつぐんだ。

「……本当にエロいな。もう……硬くなっている」

くくっと笑う呼気が耳殻《じかく》に触れてゾクリとする。今度は指の先を使ってその硬くなっている部分を摘ままれてしまう。

「コリコリしてる。食べたら旨《うま》そうだ」

「ひぅっ……やっ、ダメっ」

莉乃亜が制止するより前に、唇が蕾《つぼみ》を覆《おお》い、チュッと音を立てて吸い上げる。脳まで鋭い快感が走り、恥ずかしさにカッと体が火照《ほて》るような感じを覚えた。さらに、ぞわっとお腹の中に不思議な感覚のさざ波が起こる。

「あ、ぃやっ」

「それに……こっちも……」

指がストッキングを穿《は》いていない生の脚をするりと伝い、躊躇《ためら》うことなく下着の上から中心をゆるりとなぞる。まるで莉乃亜が抗《あらが》わないと信じ切っているような男の行動に、さすがに危機感が湧いてきた。

「ほ、本当に、それ以上はダメですっ」

「……ダメって言っても、こんなに湿っていたら、全然説得力がない。開いたら中はもうとろとろなんだろう？」

何が起きているのかよく理解出来ていないながらも、莉乃亜の理性はダメだと言っている。なのに、お酒に弱った未熟な欲望は理性を妨げる。

それによく知らない人に、いきなり失礼なことも出来ない。と躊躇《ためら》っている間に、樹の深くて良い声で官能的な台詞《せりふ》を耳元で囁《ささや》かれる。すると勝手に体にゾワゾワとしたものがこみ上げてきた。

すごくいけないことをされていると分かっていても、ついドキドキしてしまう。けれどその手がショーツの内側に入り込もうとした瞬間、ふわふわとした感覚を危機感が上回った。

「もう、本当にやめてください」

誰にも触られたことのないところを、結婚前なのに触れられるわけにはいかない。莉乃亜は彼の手を引っ張って剥《は》がし、慌ててスカートの裾《すそ》を直そうとした。

すると、莉乃亜の頤《おとがい》を樹の指が捕らえ、冷えた視線が降ってくる。

「まったく面倒だな。お前は俺の妻になる女だ。黙って俺の言うことだけ聞いていればいい」

今までとは明らかに纏《まと》う空気が変わった彼の様子に、莉乃亜の頭が完全に冷える。彼女は大きく目を見開いて、自分の許婚《いいなずけ》を名乗る男を見上げた。

「……結婚前提だ。文句はないだろう？」

莉乃亜はとっさに顔を左右に振って、押し倒されている状態から何とか逃れようと必死になる。

自分の乱れた服装を見て、はだけられた胸元を慌てて手で押さえる。『許婚《いいなずけ》』なんて言葉に惑わされて男性の一人暮らしの部屋にうかつにも連れ込まれてしまった危険性に、莉乃亜はようやく気づいた。

「も、文句、あります。結婚前提だとしても、結婚前にこんなことはダメですよっ」

そう言って、男の腕の中から逃れようとジタバタと暴れる。うるさいと思ったのだろう、その先は唇を手で覆《おお》われて言葉を消された。その手に噛みついてやろうかと思って見上げた瞬間、彼がひどく苦い顔をしていることに莉乃亜は気づいた。

その瞬間、何故か莉乃亜の体から抵抗する力が抜けた。

「……どうした？　俺の言うことに従うことにしたのか？」

「そういうわけじゃないんですけど……」

不思議そうに尋ねられるが、莉乃亜自身も自分の行動が理解出来ない。ただ、少しだけ冷静になった今、やはり言うべきことはきちんと言っておくべきだ、と判断した。

「……あの」

口を塞《ふさ》いでいた樹の手をそっとずらすと、莉乃亜は彼を見上げ、小さく声を上げた。

「貴方の周りにいる女性がどういう人たちなのかは知りません。でも私は結婚するまでは男の人とはそういうこと、しないって決めているんです」

莉乃亜の言葉に、樹は首を傾げる。

「……なんでだ？」

「今時古いって言われるんですけど、結婚するってことは、相手の人を受け入れて、身を尽くして一生愛し続けるってことだと……そう思っているんです。だから、結婚式をしたその日の夜に、自分の旦那様になる人だけに初めて、私のすべてをもらって欲しいんです。たとえ『許婚《いいなずけ》』だったとしても、本当の夫婦になるまでは、そういうのって、ダメだって……そう思うんです」

目の前の人が社長でも誰でも、自分の意見を主張するのは苦手だ。それでも言わないで済ませていいことと、いけないことがあると莉乃亜は思う。だからこそ真剣に自分の思いを告げると、意外にもあっさりと樹は莉乃亜を解放した。

「……もういい」

「……え？」

「言いたいことは分かった。それなら最終的な関係は、結婚してからで構わない。ただし味見ぐらいはいいだろう？」

「……味見？」

何を味見するというのだろう、という莉乃亜の疑問は次の瞬間、思いがけない形で解消した。何故なら、樹は目を見開いた莉乃亜の頤《おとがい》を持ち上げて……

「んんんっ！」

再び唇を寄せてキスをする。彼はわざとゆっくりと唇を食《は》み、すり合わせてきた。思わずゾクリとして体が跳ね上がりそうになるが、莉乃亜はぎゅっと唇を噛みしめて、相手の胸を押し返す。

「……お前みたいな地味な女でも、恋人とキスぐらい、したことあるんだろ？　俺は結婚前に色々な相性を知りたい主義だが、お前のその主張も新鮮で面白いと思った。少なくとも、結婚という言葉に飛びついて、何でも許す女よりずっと誠実だしな。だから、お前を無理やりどうこうはしない。ただ気が向いたときに、こうやって味見ぐらいはしてやる」

やはりこの人は油断も隙もない。そう思って莉乃亜は大きく息を吐く。

「……味見は困ります。それに……まずは事情を話してもらわないと……」

（これ、ガツンと文句言ってもいい状況だよね。なのに私ってば、なんで普通のこと言っているんだろう）

弱腰過ぎる自分に怒りを感じつつも、せめてこれ以上は『味見』されないように唇を手で庇《かば》う。そして慌ててソファーから身を起こすと、部屋の端っこに逃げ込み、樹に背を向けて服を整えた。

「確かにいきなり『許婚《いいなずけ》』などと言っても、貴女の方も一切事情を知らされていないようだ。ならばきちんと説明しておくべきだな」

改めて向かい合ってソファーに座ると、樹はさっき莉乃亜を『味見』したときとはまったく別人のような顔をして、自分たちに課せられた義務と事情について話し始めた。

「貴女の父方の祖母に、高岡春乃《たかおかはるの》という女性がいるな？」

いきなり祖母の名前が出て来て、莉乃亜はわずかに目を見開いた。

「はい、高岡春乃は私の祖母です」

「私の父方の祖父、御厨ホールディングスの総帥《そうすい》だった御厨宗一郎《みくりやそういちろう》は、一ヶ月ほど前、突然の心筋梗塞で亡くなった」

その言葉に莉乃亜は小さく頷く。経済ニュースに詳しくない莉乃亜でも、自社のトップに君臨する、その人の名前ぐらいは聞いたことがあった。

「……このたびはご愁傷様でした」

目の前にいる人がその人の孫であったことに気づいて、莉乃亜は深々と頭を下げた。

突然のお悔《く》やみの言葉に、一瞬樹は目を瞬《またた》かせた。

「ああ。で……その祖父だが、貴女の祖母の高岡春乃さんと縁があったらしい。そして二人の話し合いの結果、私たちの間で許婚《いいなずけ》関係が結ばれたようだ。祖父の遺言でそれを聞かされて、私は貴女を妻として迎え入れたいと思った」

真面目な口調で言われて、莉乃亜は先ほどまでとのギャップに何とも言えない気持ちになってしまった。確かに理屈としては、そういう形なら有り得る話かもしれないけれど、それにしてもまったく知らない人間同士が突然結婚、などと言われてもピンとこない。

「今時、こんな話もあまりないだろうが、祖父は私のことを非常に可愛がってくれていた。その祖父が貴女を選んだというのであれば、そこには何かしらの縁があるのだと私は思う。すぐ結婚などと言われても同意出来ないだろうから、これから半年一緒にここで暮らして、互いに考える時間を取れれば、と思ったのだが……」

そして樹が涼やかな瞳をまっすぐ莉乃亜に向けて話をする。正直よく分からない怪しい話なのにもかかわらず、妙な説得力があった。思わず頷きそうになる莉乃亜は、ギリギリのところで慌てて顔を左右に振る。

確かに今の話を聞けば、突然押し付けられる形になった許婚《いいなずけ》問題に、樹も戸惑ってい
るように思えた。
そして樹が故人に対して敬意を払い、その遺言である遺志に対して出来る限り誠実に
対応しようとしているように見えたのだが。
（でも、すごく手が早かったよね。あっという間にエッチなことに持ち込まれちゃった
し。態度はコロコロ変わるし、簡単にこの人を信用しちゃいけない気がする）
とっさにそう思い直すと、目の前で誠実そうにしている男をじっと見つめながら考
える。
「そうだ。あの、父に電話してもいいですか？」
どちらにせよ、こんな大事なことを、誰にも言わずに決めるわけにはいかない。
それに父ならば、祖母から何か聞いているかもしれない。そう思い、莉乃亜は目の前
の男性を見上げる。
「どうぞ」
樹の許可を得て、莉乃亜は持っていたスマートフォンで実家に連絡を取った。
「……もしもし？　莉乃亜だけど」
電話を掛けると、運よく父親が電話口に出た。休日の父は機嫌良さそうに、莉乃亜に
元気にしてるか、と尋ねてくる。その言葉をさえぎって、莉乃亜は気になっていたこと

を尋ねた。

「ねえ、お父さん。私に許婚《いいなずけ》なんていないよね？」

すると、向こうで絶句する父親の様子が伝わってくる。そりゃ急にそんなこと言われたら誰だってびっくりするよね、当然だよね、と莉乃亜が説明しようとした瞬間。

『……莉乃亜、今更そんな話、どこで聞いた？』

「……え？」

父親の返答に、今度は莉乃亜が絶句する。目の前で樹は様子を窺《うかが》うようにこちらを見ていた。

「え、あの……これって、本当の話なの？」

思わず電話を握りしめて莉乃亜が尋ねると、電話の向こうで父親は深くため息をついた。

『ばあさんが……な』

「……どういうこと？」

『昔ばあさんが縁のあった男に、うちの孫に女の子が生まれて、向こうに男が生まれたら、長子同士を添わせよう、とそんな話をしてたらしいんだ』

それは莉乃亜も知らなかった許婚《いいなずけ》話だった。

「うそっ……私、初めて聞いたよ。相手の御厨さんから、今その話をうかがって……」

『いや昔、笑い話みたいに聞いた話だったから。ばあさんも今頃になって本当にそんな話が出てくるとは考えてなかったんじゃないかと思うんだが、その感じだともっと具体的な話だったようだなあ……』

「それって、おばあちゃんに確認したくても……」

『ああ、無理だろうな……』

父親はため息をつく。莉乃亜の祖母は数年前から認知症を患《わずら》っていて、意味のある会話がなかなか成り立たない状態なのだ。

「どうしたらいいの、私」

簡単な事情を話すと、父親はしばらく黙りこみ、やがて口を開いた。

『年寄り同士の昔の口約束だ。気に食わなければ、破談にしてもまったく構わない。……だがそれも一つの縁だと思うなら、お前自身で判断したらいい』

「うん……分かった。ちょっと色々考えてみる」

莉乃亜は電話を切って、改めて目の前の男性を見上げた。

「どうだった?」

「……やはり、そういうお約束はあったみたいです」

ぽつりと莉乃亜が言うと、彼は落ち着いた口調で話を続けた。

「それでどうする?　俺は祖父の遺志に従いたい。前向きに受け入れていこうと思っている」

莉乃亜は一瞬目を閉じる。祖母は元々小さな診療所で医者をやっていた。そんな忙しい仕事の合間に莉乃亜を散歩に連れて行ってくれたり、学校から帰るとお菓子を用意してくれたり。働きに出ている母親に相談出来ないことでも、祖母にならなんでも話すことが出来た。全部、笑顔で受け入れてくれていた……

「私も、祖母にはすごく可愛がってもらったんです。だから……」

多分、樹が祖父の遺志を尊重したいと言った瞬間から、はっきり断れない程度には莉乃亜の心も動いていたのかもしれない。あいまいな答えに樹は胸元に差し込んでいた眼鏡を掛け直し、莉乃亜の顔をじっと見つめた。

「……だから？」

そっと膝に置かれていた莉乃亜の左手の甲に、樹の大きな手が重なる。

（ああ、大きな男の人の手だ）

なんとなく許婚《いいなずけ》話を認めてしまったからか、莉乃亜の手に触れる手が、これからの人生を共に歩むもののように思えた。すると、もう一方の樹の手が莉乃亜の手のひらを包む。そのまま樹は真剣な瞳で、莉乃亜の瞳をまっすぐに見つめる。

「まずは半年、私と人生を重ねてくださいませんか？」

突然の口調の切り替わりに莉乃亜は目を瞬《またた》かせた。とはいえ、結婚の申し込みなら丁寧な口調でおかしくはないのか……などとあまり冷静に物事が考えられない。

「私の祖父と貴女の祖母が繋いでくださった縁です。私は大事にしたい。貴女もそうではないですか？」

眼鏡越しの瞳は、社内で評判の穏やかで頼りがいのある社長、というだけでなく、優しい王子様のようで、ドキンと莉乃亜の胸をときめかせる。さっきまでの横暴で俺様な彼はどこに行ってしまったのだろうか。そう頭のどこかで考えつつも、彼の言葉と声に気持ちが揺さぶられた。

「はい、分かりました」

気づけばその魔力に溶かされるようにして、莉乃亜は頷いてしまっていた。

「……ありがとう」

樹はそっと莉乃亜の手を唇に引き寄せ、左手の薬指の指輪を嵌《は》める位置にキスを落とす。

「――っ」

「では、貴女のこの指は、私が予約させてもらいます」

（ど、どうしよう……）

すごく気障《キザ》な仕草なのに、イケメンがするとカッコいい。先ほどまでの態度の悪さをうっかり忘れてしまいそうになる。

（でも……さっきの彼と今の彼と、どっちが彼の本性なんだろう？）

莉乃亜の現実的で疑り深い性格が警鐘を鳴らす。

「……あの」

「なんですか？」

「……今の御厨さんと、さっきまでの御厨さん、どっちが貴方の本性ですか？」

聞かなければいいのに、莉乃亜はつい、そう尋ねてしまっていた。

パチリと瞬《まばた》きをする樹と正面から目が合い、莉乃亜は真剣に話をしてくれていた最中に失礼なことを言ってしまったと思って、慌てて謝ろうとした。

だがそのとき。

「くっ……あはははははっ」

いきなり目の前の男は笑い始め、挙句の果てに眼鏡を外して目尻に溜まった涙を払う。

「……は？　あの？」

戸惑う莉乃亜の手を放すと、樹は自《みずか》らの前髪を緩《ゆる》やかに掻き上げる。

「どっちが俺の本性かって？　お前、なかなか面白い考え方をするな」

（あ、また口調と、人称が変わった……）

莉乃亜は驚きと共に目の前の男性を見つめる。

「紳士的に迫って、こう返されたのは、お前が初めてだ。面白い女だなあ」

笑いが収まると、樹は真顔で莉乃亜の顔を真正面から見つめる。

「お前はどっちの方が本当の俺だと思う？　もしくは、どっちの俺の方が好みだ？」

莉乃亜は意味が分からなくて、目の前の人物が少々おかしな人間なのではないかと思い、わずかに距離を取る。

それが気に食わなかったのか、樹に再び手を捕られて、今度は抱き寄せられた。間近に迫る顔を見上げて、莉乃亜は呆然としてしまう。

「何も答えないなら、こっちの方が好みか。望むならさっきの続きをしてもいいが……」

妖艶《ようえん》に目を細めて言われて、からかわれていると分かっていても、本能的にかぁっと熱がこみ上げてしまう。

「ちょ、ちょっと待ってください」

「まあいいか。どうせ結婚するのであれば、本来の俺を分かっていた方がいい」

クイと顎《あご》を持ち上げられて覗《のぞ》き込む瞳は傲慢なくせに、どこか妙な寂しさを内包しているような気がして……

「よく分かりませんが……そんなに無理しなくてもいいと思います」

「……は？　何を言っているんだ？」

眉根を寄せて意味が分からないという顔をされ、莉乃亜は慌てて説明をする。

「あの……こっちの方が本来の御厨さんってことでいいんですよね。どっちが好きかと言われたら、ごめんなさい、よく分からないので、どっちが好きとかはないです。……だけど、こっちの御厨さんが本当の自分に近いと思っているなら、私と接するのは自分らしい貴方でいいです。本当の貴方が相手でないと、半年一緒に過ごす意味はないですから……。もしかしたら本当に一生一緒に過ごすことになるかもしれない……んですよね？」

一気にそう言うと、莉乃亜を追い詰めていた樹の力が弱まる。

「……ホント、変わった奴だな」

ふっと力を抜くと、樹は莉乃亜に興味を失ったように再びソファーに腰を下ろした。

「なら、先に言っておく。会社で見せている俺は周りの願望に合わせて作った『経営者向き』のキャラクターみたいなものだ。本来の俺は相当に身勝手でわがままな人間、らしいからな」

そう言うと彼は肩を竦《すく》めて小さく苦笑する。

「まあ、一緒に暮らせばお互い徐々に本性が見えてくるだろう。その上で半年後に本当に結婚するのか話し合いをすればいいのかもしれないが、こっちにも都合があって、とりあえず半年後に挙式の予約は入れさせてもらう」

「え。ええええ？　まだ何も決まってないのに、結婚式ってどういうことですか！」

そういえば、紫藤に紹介されたときもそんなことを言っていなかったか。

思わず大きな声を上げると、手首を掴《つか》まれて耳元に唇を寄せられる。

「またうるさくするようなら、その口、塞《ふさ》ぐぞ？」

会社の女性たちに騒がれるその端整な顔で、妙にセクシーな視線を向けられる。

話せばまっとうに話せる人かもしれないと思った次の瞬間、とんでもないことを言い出されて、莉乃亜は文字通り再び言葉を失う。

「ところでそろそろ夕食の時刻だな」

突然話題を変えられ、莉乃亜は呆気にとられる。けれど、そういえば遅い昼食をとろうと思っていたのに、そのまま連れ去られたせいで何も食べていないことに気づいた。

「とりあえずお互い状況が見えてきたところで、何か食べに行くか？」

その言葉に、あまり外食する習慣のない莉乃亜は樹を見上げる。

「いえ、あの。……よかったら私、何か作りましょうか？」

正直色々あり過ぎて頭が混乱しているが、いつもやっている料理をすれば少し冷静になれそうだ。そう思って尋ねると、樹は肩を竦《すく》める。

「作るって……この家には何もないぞ？」

「え？　キッチンぐらいは……」

「一応キッチンはあるが、使ったことはない」

そう言われ、莉乃亜は目を見開く。

「あの、普段、朝ご飯は？」

「……食べない」

ありえないことを即答されて、莉乃亜はパクパクと口を開けて二の句が継げない。

「お前が食事を作って食べたいというのなら、調理器具も用意させるが……」

莉乃亜は樹の言葉に、おずおずと尋ねる。

「……調理器具？」

「言っただろう？　今日からお前はここに住むんだ」

そう言うと、樹は外していた眼鏡を掛けて、ふわりと笑う。眼鏡を掛けた瞬間に樹の雰囲気が穏やかになることに、莉乃亜はようやく気づいた。

「やっぱり……私、これから、ここで生活するんですか？」

きっと絶対に嫌だと言えば、今の眼鏡を掛けている樹なら、家に帰してくれるかもしれない。と微《かす》かに期待をしたのだが……

「そのつもりで、貴女をこの家に連れてきたんです。それに貴女も先ほど半年のトライアルに承諾してくださったと思ったのですが」

にっこりと綺麗に口角を上げて笑われて、莉乃亜はうっかり半年同居することに対して頷いてしまったことを改めて後悔する。というか結構、男性に対しては警戒心が強いはずなのに、何故か樹に対してはその警戒心が上手く働かない。気づけば樹のペースだ。

「そういえば私、泊まるとしても、着替えとか……」

せめて一度家に帰りたいと樹に告げると、彼は軽く肩を竦《すく》めた。

「それに関しては、もう連絡済みです。ああ、調理器具も一緒に頼んでおきましょう。他に必要なものがあれば、追加で言ってくだされば」

さらっと言われて、莉乃亜は目を丸くした。

「え。ということは、また紫藤さんが……？」

思わず聞き返すと、樹は眼鏡の奥の目を緩《ゆる》く眇《すが》めた。

「さっきは休日出勤の就業時間内で、別件の用事もあったからついでにお願いしましたが、今回は専門の人間に依頼します」

「……専門の人間？」

言っている意味が分からなくて首を傾げたが、彼はそれについて説明をするつもりはないらしい。樹は少しの間席を外し、莉乃亜はそのままソファーに座り、しばらくじっとしていると、室内にチャイムの音が響く。

「……どうぞ」

樹が電子錠を解錠し、声を掛けると、入ってきたのは綺麗な女性だった。年齢は莉乃亜より少し年上だろうか。落ち着いていて、きびきびとした印象を受ける。

「いつもお世話になっております。御厨様にご依頼いただいたものをお持ちいたしました。包装は不要ということでしたので、服とリネン類はクローゼットの方に、調理器具は担当の者がキッチンに設置させていただいています。お嬢様。申し訳ございませんが、明日の朝、サイズの合ったものをお届けしたいと思っておりますので、お部屋をお借りして採寸させていただいてもよろしいでしょうか？」

その言葉に莉乃亜は意味が分からなくて、樹を見上げた。

「クローゼットを確認して、足りないものがあれば用意してもらえ。採寸はどの部屋でしてもらっても構わない」

樹はこともなげに言う。

女性はデパートの外商の人間とのことで、別室に移動すると莉乃亜のサイズを測り、後は持ってきたものをウォークインクローゼットに収めていく。

「あの、手伝いますけど」

「いえいえ、こちらのお宅に服を納めさせていただいているのはいつものことですので」

自分のために用意してもらった服だ、自分で整理するのが基本だろうと思い声を掛けたのだが、笑顔で断られてしまった。

「申し訳ございません。高岡様の制服のサイズしか存じ上げなかったのでこれしか用意出来ず……。また明日の朝、必要なものを持って参ります」

彼女はそう言いながら服をしまう作業を続ける。服まで用意してもらっているのだ、せめて片づけくらいはしたいと思っていたのだが、これ以上いるとかえって邪魔をしてしまうことになりそうだ。そう考え、莉乃亜は服の収められている大きなウォークインクローゼットから出て行った。

「お金持ちってこういうのが普通なのかな……」

何となく申し訳なさを感じながら、リビングに戻った莉乃亜は、電話で打ち合わせをしているらしい樹に気づいて、部屋の入り口で足を止めた。

冷静に指示している様子は、評判通りの出来る社長そのものだ。莉乃亜は雰囲気にのまれたまま、初めて知る樹の姿を見つめていた。

凛《りん》とした立ち姿。綺麗に整えられた前髪をほんの少し掻き上げ、肩で耳元に電話を挟み、手帳を見て話している。何かおかしかったのか、眼鏡の奥の目を和《やわ》らげて、小さく笑う。端整な容姿の彼が真剣な表情をして立っている姿に、莉乃亜は思わず見惚れてしまっていた。

(働いている男性ってそれだけでもカッコよく見えるよね。元々の見た目がいいから、よけいに……)

ふと、さっきあの唇に触れてキスされたことを思い出し、なんだか現実感がなかった『許婚《いいなずけ》』という言葉が、莉乃亜の胸の中に落ちてきた気がした。トクン、とどこか甘い胸の鼓動を感じて、莉乃亜は改めて目の前に立つ男性を見つめた。

（私の、未来の旦那様？　――あの人が、そうなんだろうか？　確かに見た目だけなら、白馬の王子様、と言っても別に違和感はないかもしれない。でもちょっと待って。その後の行動を考えたら……）

眼鏡を外して荒っぽく迫ってきた様子を思い出すと、やっぱり王子様と言うにはちょっとイメージが違うかもしれない……と思う。二重人格っぽいし、正直ひっかき回され過ぎて、御厨樹という人が、どういう人なのかまったく見えてこない。

でも傍若無人《ぼうじゃくぶじん》に振る舞うくせに、たまに浮かべるどこか寂しげな瞳が、莉乃亜は気になって仕方ない。なんであんな目で人を見つめるのか、と思ってしまうのだ。

（今日から、半年一緒に暮らすって言ってた……）

その間に、この人が運命の人だと、そう確信する瞬間がやってくるのだろうか？　と莉乃亜は不思議な気持ちになる。そんな莉乃亜の視線の先で樹は手帳を閉じると、電話を切った。

「そんなところで何を突っ立ってるんだ？　部屋に入ってきたらいいだろう」

入り口で立ち止まっている彼女に気づいた樹は莉乃亜を部屋に招いた。

「あの、お仕事の話をしているようだったので、邪魔したらいけないなって……」

莉乃亜の言葉に、樹は小さく笑う。

「大した話はしていないが……服は一応確認したのか？」

莉乃亜はその服を用意させたのが、目の前の男だということに思い至り、慌てて頭を下げた。

「あの、ありがとうございます」

「……何がだ？」

樹は眼鏡の奥の目を怪訝《けげん》そうに細めた。

「いえ、だって……私のために服とか色々と用意してくださって……」

「当然だろう。何も持たせずに、ここに連れてきたんだからな。ところで調理器具と食材も適当に用意させたが……本当にこれから家で夕食を作るのか？」

何故か楽しそうに尋ねられて莉乃亜は目を瞬《またた》かせた。

「ちょ、ちょっと見てきます」

慌ててキッチンに向かうと、そこは独立した空間になっていた。

「うわ～、無駄にアイランドキッチン だ……」

海外ドラマで見るような広いキッチンにダイニングスペースまで併設されている。そのキッチンは彼が言った通り、誰かが使った痕跡がまるでない。

「あ、これ、この間テレビで見た最新の炊飯器……」

テレビで紹介されていた最上位機種の炊飯器から始まって、真新しいフライパンに鍋、キッチンツールなどがきちんと整理されて収められている。脇には何だか新妻っぽいフリフリしたエプロンまで用意されていて、つい笑ってしまった。さっそくそれを手に取って、真新しいワンピースが汚れないように身に着ける。そして冷蔵庫を開けると、中には食材がパンパンに詰まっていた。

「すごい、色々用意されてるなあ」

生鮮食品の他に、お取り寄せで人気の昆布や漬物まで用意されていて、テンションが上がる。いっそお茶漬けでもすごく美味《おい》しいんじゃないかというレベルだ。

（……とりあえず、まずはご飯を炊こう……）

桐の箱に仕舞われている高級そうな白米を、添えてあった計量カップで計り洗米する。作業していると、突然入り口から声が聞こえた。

「……結構、それなりに様《さま》になるもんだな」

興味深げに、樹はその様子を眺めている。

「あの。出来上がったら声掛けますから、リビングに戻っていてください」

慣れてないキッチンで右往左往する姿はあんまり見られたくない。落ち着かなくて、莉乃亜は後ろを振り向かずにそう言った。だが彼は動く気はないらしい。

「あ、食事はそんなに大したものは用意出来ないですけど、良い食材がいっぱいあるので。味付けは庶民ですが一緒に食べましょう」

樹のどこか物珍しそうな視線を感じ、少し気恥ずかしい気持ちになりながら、莉乃亜は料理を続ける。研《と》いでおいた米を炊飯器にセットし、早炊きモードのボタンを押す。

「今から炊くのか？」

樹がちらりと視線を送る先には、有名店の食パンが置かれている。

「そっちは明日の朝にでも。やっぱり夜はご飯を食べないと、なんか調子が崩れちゃう気がしません？」

「いや、そんなこと気にしたこともない」

どうやら食生活の基本すら全然違うらしい。結婚以前に、一緒に住むことだけでも問題は山積みな気がする。とはいえ、少なくとも樹は気前がいいことだけは間違いない。

夫にするならケチはダメだと言う実家の母親の言葉を思い出して、莉乃亜はこっそりと笑う。そのまま手早く出汁《だし》を引き、具材を出した。

「あの、樹さんは苦手な食べ物とかないんですか？」

「ああ、祖父がうるさかったからな。アレルギー以外の好き嫌いは許さないということらしい」

莉乃亜は思わず笑ってしまった。

（この人はお祖父ちゃん子だったのかな、だからこんなよく分からない婚約話まで遺言代わりに受けちゃったのかも？）

「何がおかしい？」

ムッとした表情の樹を見て、莉乃亜はほんの少し微笑ましく思う。

「いえ、私も祖母が好き嫌いにはうるさくて、一緒だなあって」

莉乃亜はふふっと笑みを零《こぼ》しながら、野菜を切り始めた。

するとゆっくりと彼女の背後に立った樹が、するりと莉乃亜の腰に手を回す。

「――っ」

びっくりして思わず体がぴくんと跳ね上がってしまった。

「なるほどな。キッチンに立つ女は、妙に色っぽくていいな。新妻って感じのフリフリのエプロン姿も……」

耳元で艶《つや》っぽく囁《ささや》かれて、莉乃亜のうなじが一気に熱くなってしまう。

「――ひゃっ……」

腰に手を回し、無防備な首筋に唇を押し当てられ、思わず莉乃亜は妙な声を上げてしまった。

「色気のない声を上げるな」

「あっ……あのっ」

「なんだ？」

焦りまくる莉乃亜に対して、樹は落ち着き払っている。

「ほ、包丁持ってますから、危ないので、離れてくださいっ」

とっさに包丁を持ったまま振り向こうとすると、樹は目を丸くして、ゆっくり腰に回していた手を離した。

「襲ったりしないから、刺すなよ?」

からかうみたいに言われ、莉乃亜が返答に困っていると、樹は笑って莉乃亜から距離を取る。

「まあ、料理をしている女に手を出すときは、それなりの覚悟をしろということだな。勉強になった……」

くくっと何故か楽しげに笑われて、莉乃亜は熱が上がりそうになるのを、普段通りの料理を作ることで落ち着かせた。

この人はどんな人なんだろう。正直疑問だらけだ。でも縁があってこうしているのなら、お互いのことを知りたい。だったら食事を一緒にする、というのは良いアイディアだと自分でも思う。

「はい、そろそろご飯にするので、座っていただけますか?」

先ほどの包丁が怖かったのか、料理を作る莉乃亜を少し離れて見つめていた樹は素直にダイニングテーブルに移動する。簡単な夕食だけれども、それなりに美味《おい》しそうに出来て、莉乃亜はこっそりと笑みを浮かべた。

「いただきます」

「いただきます」

自然と食事の前に声が重なる。お箸を両手で挟んで、手を合わせて軽く頭を下げる樹の様子に、きちんと食べ物と食事を作った人への敬意を持てる人なんだと好感を抱く。

「……どうした？」

じっと見ていたことに気づいたらしい。怪訝《けげん》そうに尋ねられて、莉乃亜はにっこりと笑顔を向けた。

「いえ、食事前にきちんと挨拶《あいさつ》出来る方で嬉しいなって」

「祖父がそういうことにうるさかったからな」

まただ。よっぽど彼はお祖父ちゃん子なのだろうか、と莉乃亜はさらに親近感を強める。

「……どうですか？」

出した料理に一通り箸をつけた頃、莉乃亜は樹に尋ねてみた。

「……普通に旨《うま》い」

子供のように妙につたない言い方で、ぽつりと漏れた言葉に、莉乃亜は首を傾げた。

「普通に美味《おい》しいって……どういう意味ですか」

「これより旨《うま》い食事はいくらでもあるが、毎日食べるにはちょうどいいくらいかもしれない」

（それって毎日食べても飽きない食事だって言ってくれているのかな？）

ある意味最大の褒め言葉じゃなかろうかと、莉乃亜はなんだか嬉しくなってしまう。

「じゃあ、材料費を出していただけるなら、これから私、二人分作りますね」

こんな高級食材を用意してもらったら、料理を作る手間くらいで対価になるかどうかは分からないけれど、一緒に住むにはいくつかルールを作るべきだろう。そう思い尋ねると、彼は目を見開いた。

「俺の食事も作ってくれるのか？」

「はい、こちらに住まないといけないのなら、今まで通り自炊出来たら嬉しいですし、一人分も二人分も一緒ですから。それにあの、結婚するかどうかのトライアルなら、一緒に食事を取る、なんてことでも相性が分かると思うんです」

莉乃亜の言葉に樹はふっと視線を逸らす。やがて小さく吐息をついて、呆《あき》れたような声を上げる。

「まったく変わっているな……」

「……ダメですか？」

「俺は食事が不要なときも多いぞ」

「そういうときは連絡ください」

「……分かった。後で連絡先を教えてくれ」

何故か不機嫌そうに眉根を寄せながらも、真っ当な返事をした彼に、今度は莉乃亜が目を見開く。

そうしてたわいもない話をしながら、食事は進んだ。

食後はビルトインの立派な食洗機に手早く食器をセットして、リビングに向かった樹の後を追う。

彼はカウンターとスツールの奥にある棚の前に立っていた。

「それ、なんですか？」

莉乃亜の問いに、樹がボタンを一つ押すと棚が開いた。中には様々な酒瓶が並んでいるのが見えることから、どうやら備え付けられているバーカウンターらしい。

「……食事の礼だ。何か飲むか？　飲めるようなら何か出してやる」

「あまり強くはないですけど、少しぐらいなら飲めます」

莉乃亜が目を丸くしながらもそう答えると、樹はカクテルのようなものを作り始めた。

「味は保証しないが、アルコール度数は低くしてある」

むす、と不愛想に彼が言う。そのまま二人でスツールに座ると、自然と二つのグラスが重なり合う。

「……この奇妙な縁に」

少し神妙な顔でそんな台詞《せりふ》を言う樹のことがおかしくて、莉乃亜は小さく笑ってしまった。

（今回の件は、この人も戸惑っていたのかもしれない。口は悪いけれど、基本的には親切だし、そんなに悪い人じゃないのかも？　ああでも、なんか味見されたっけ……。見た目が良い人だから女の人に拒否されることなんてないのかもしれないけど、自分はそういうタイプじゃないし……）

思いながら、莉乃亜はカクテルに口を付けた。

「あ、美味《おい》しい」

一気に飲み干す。甘くてお酒っぽい感じがしない。それに、緊張していた体にアルコールがしみわたって心地よい。

「意外と飲める方なんだな。だったらもう一杯飲むか？」

その言葉に素直に頷くと、莉乃亜は新しく作ってもらったお酒を口にした。予想外の一日が過ぎていったことに、なんだかおかしくなってくる。少なくともアパートの部屋で、宅配便を待っていたときには想像もしてなかった休日だった。

「ホントなんだか夢みたいな一日だったな」

目の前の男性の整った顔を見て、やっぱり王子様みたいなどと気楽なことを思い、莉乃亜はくすくす笑ったのだった。

＊＊＊

樹は機嫌良く酒を口にする莉乃亜を見ながら、今回の騒動の発端を思い出していた。

樹がこのバカげた許婚《いいなずけ》騒動に巻き込まれたのは、つい数日前のことだった。

御厨ホールディングスの総帥《そうすい》であった樹の祖父が二ヶ月ほど前、突然の心筋梗塞で亡くなったのだ。直後から、裏側ではその莫大な遺産相続についての話し合いが行われていた。祖父・宗一郎には子供が四人。その長男が樹の父親だ。当然、今後の運営に関しては、樹の父親がその中核を担《にな》うと考えられていたのだ。

とはいえ、公明正大な祖父の人柄を考えると、均等に遺産が相続されると父ときょうだいたちも予想していた。遺言書が残されていれば、その分与に関して大きな問題は生じないであろうと、そう一族は考えていた。

宗一郎の遺言は法的に有効な形で既に作成されており、その内容については宗一郎の四十九日の法要にて一族に開示される、と顧問弁護士からは発表されていた。

だがその遺言公開の当日――一族が想定していなかった展開が用意されていたのだ。


「……そもそも、その高岡莉乃亜、というのは誰ですの？」

淡々と尋ねるのは、樹の母の美咲《みさき》だ。

「……以前、宗一郎氏の命を救った高岡春乃という医師の孫、のようですね」

弁護士は眼鏡を掛け直しながら、遺言書をじっと見直し、一言一句間違いのないように答える。

「遺言書によれば、口約束ながら宗一郎氏の孫である樹氏と、高岡莉乃亜さんとの間には婚約が成立しています。双方がそれに合意し、婚姻関係を結ぶのであれば、御厨ホールディングスの株式を二十六%ずつ、樹氏と莉乃亜さんに相続させる、とそのような内容になっております。もちろんこれは御厨宗一郎氏の、全遺産の遺留分には抵触しない部分の相続ですので、故人の遺志が最優先されます」

弁護士の言葉と予想外の展開に、樹は言葉を失っていた。

つまり、そのよくわけの分からない『高岡莉乃亜』という女性と結婚すれば、御厨ホールディングスの株を夫婦で五十二%保持出来る。

夫婦で過半数、つまり五十一%以上の株式を所持すれば、実質的な経営権を樹が担《にな》うということになる。

「……樹が、その女性と結婚しなければどうなるんだ?」

ざわつく室内で声を上げたのは、樹の父親の孝臣《たかおみ》だ。夫婦仲の悪い美咲と孝臣は、同じ室内に居ながら、端と端に立っている。

「その場合、五十二%の株式は、遺留分に従って通常の形で分配されることになります」

顧問弁護士は淡々とそう答えた。

つまり樹がその女と結婚しなければ、株は樹の父親と叔父伯母たちに均等に分けられるということになる。もちろん表面上は上手くやっているように見える孝臣ときょうだいたちであるが、それほど綺麗で信頼出来るものではないことを、樹も十分理解している。経営者として稀有なカリスマ性のあった祖父が亡くなった時点でその求心力は失われている。他のきょうだいの下につくことを嫌って、株を手離す人間が出て来てもおかしくない。つまり今後の経営のことを考えれば、この株は他の信用出来ない親族には譲れない。ならば自分自身の手元に置いておきたいと樹は思う。

「……樹、どうするんだ?」

孝臣の言葉に、一族が一斉に樹に視線を送る。樹は、すっと息を吸って腹に力を込めた。

「まずはその、高岡莉乃亜さんにお会いしてみましょう。結婚は……互いの相性もありますし、どうなるか分かりません。ただ敬愛する祖父が私のために選んでくださった方です。きっと素晴らしい人に違いないと私は信じています」

その女を自分の妻として確保することが最優先だ。そう判断した樹は、親族たちの前で最上級の笑みを浮かべて見せた。

樹は空になった莉乃亜のグラスを手に取り、新しく口当たりの軽い酒を注いで差し出す。ただし、アルコール度数は高い。

さっき襲われかけた男相手に深酒をするとは、ずいぶんと警戒心の薄いことだ――と樹は薄く唇の端に笑みを浮かべる。人に騙《だま》されたことがないのだろう。

この地味なお人好し女から結婚の承諾を得なければ、樹は祖父の残したものを手に入れることが出来ない。

――酔い潰《つぶ》してでもこの女だけは絶対に手に入れなければいけないのだから。

第二章　表は王子、裏はドSの御曹司

「う～～ん、よく寝た」

ふかふかのベッドで莉乃亜は大きく伸びをする。いい香りがして、心地よい。パチリと目を開けると、そこには高くて綺麗な天井が広がっている。

（私、どこかのホテルに泊まってたっけ？）

しばらくぼーっと考えていると――

「……目が覚めたか？」

耳元で聞こえた甘くて深い男性の声に、莉乃亜は慌てて横を振り向く。

「……昨夜は随分と激しかったな……」

それは、昨日初めて会話した、莉乃亜の自称『許婚《いいなずけ》』の声で――眼鏡のないその男の肩は、上掛けを掛けただけの素肌だった。

さらに莉乃亜は自分の恰好を見て、悲鳴を上げる。

「きゃあああああっ」

「……うるさくするなら、口を塞《ふさ》ぐぞ？」

その言葉を聞き、莉乃亜は慌てて頭まで布団にもぐりこむ。薄暗い布団の中で、微《かす》かな視界と指先で自《みずか》らの恰好を確認する。

とろんと指先に触れるのは、多分シルクの寝間着……と言うには少々色っぽ過ぎる、レースがたっぷり使われている透《す》け感抜群の素材だ。想定外の状況に、思わず頭を抱えたくなる。

（何？　私、昨日の夜、何をしたの？）

お酒を勧められて飲んだことまでは覚えている。その後どうしたのか、真剣に昨日の記憶を辿《たど》ろうとしていると、いきなり視界が明るくなった。

「おい、何してる？」

眼鏡を掛けていない樹は、どこか怒っているような表情で、莉乃亜が隠れていた布団を剥《は》がしてきた。

（ちょっ……ちょっと待って？）

樹の姿は……少なくとも見える範囲は裸だ。

「あ、あ……あの、私？」

不安のあまり眉が下がった状態で尋ねる。

昨日初めて出会った許婚《いいなずけ》と、お酒に酔った勢いで、あっという間にミダラな関係に陥《おちい》ってしまったのか？　そういえば彼は結婚前提であれば、そういう関係になることに抵抗はなさそうだったし、女性に慣れていそうだったし、手はものすごく早かったし、出会って早々キス以上のことをしてしまったのだ。元々ハードルは下がっていたかもしれない。

（……私……何をしたのおおお？）

自分で自分が信じられない、と思いながら、莉乃亜は涙目で樹を見上げる。結婚するまで手は出さない、と昨日樹は約束してくれた。けれど、お互い結構お酒を飲んでしまったので、その流れでこうなったのなら……。莉乃亜も大人だ。彼だけを責めることは出来ない。それでも。

（結婚するまではそういうこと、しないって決めていたのに……）

自分のした無責任な行動に、涙が目の縁《ふち》に盛り上がり、零《こぼ》れ落ちそうになった。

「……お、おい？」

わずかに樹の声が動揺する。

「……だって……ちゃんと結婚するまで大事にするって、おばあちゃんと約束したのにっ。こんな簡単に……。相手が許婚《いいなずけ》だって言ったたって……」

思わずそう涙声を上げた瞬間、樹の唇の端が歪む。

そして莉乃亜の顔を覗《のぞ》き込んでいた顔が、いきなり破顔した。

「だがまあ、今更だな……」

樹は莉乃亜をベッドに押し付けると、そのまま唇を寄せてくる。

とっさに、莉乃亜は樹をはねのけることが出来なかった。今日初めてのキスは、何故か少しだけ懐かしくて。もしかしたら昨日の夜、たくさんしたのかもしれない……この人とキスを。そう思ったら全身の熱が一気にこみ上げてくる。

（そうか、私、彼とそういう関係になったから、キスもこんな風に受け入れられちゃうんだ……）

気づくと幾度《いくど》も繰り返される啄《ついば》むようなキスに、徐々に力が抜けていく。樹のキスは、思ったより意地悪でもなく、ちゃんと優しくて、甘い。それになんだか、胸が微《かす》かに切なくて痛い。

「……？」

ふと離れた唇に、ゆっくりと目を開けると、樹の瞳の奥がやけに楽しそうに瞬《またた》いている。

「……昨日のこと、少しは思い出したか？」

その言葉に莉乃亜は力なく顔を左右に振った。

「……そうか。で、気分は？　色々あったが体調は大丈夫か？」

あけすけに聞かれ、莉乃亜は思わず真っ赤になる。

「大丈夫です。──あ、でも、やっぱり結婚するまでは、ちゃんと別のベッドに寝たい、です。……恥ずかしいし……」

刹那《せつな》、莉乃亜の顔を覗《のぞ》き込んでいた樹が、ふわりと落下するようにして莉乃亜を抱きしめる。

「──そうか、それはよかった。嫌われるかと思ったが……」

耳元で囁《ささや》かれた声が少しだけ嬉しそうに聞こえるのは気のせいだろうか。

「あの、ごめんなさい。大事なことなのに、忘れてしまっていて。だけど、こんな関係になったのなら、ちゃんと結婚しないといけないと思います」

状況から見て、エッチしちゃったことには間違いないよね、と思いながら莉乃亜が必死の思いでそう告げると、くつくつと笑いながら樹が答える。

「なら今日から、俺のことは名前で呼べ。お前の、未来の夫らしいからな」

『未来の夫』という言葉に何かが、背筋を撫でていくような思いがする。

やっぱり目の前の人がそうなんだろうか。

「あの……樹、さん？」

言われた通りに下の名前で呼ぶと、なんだか懐かしい気持ちになる。

「ああ、それでいい」

樹は眼鏡を掛けていない状態でも、柔《やわ》らかい笑顔で笑う。その笑みを見て、莉乃亜はふっと温かい気持ちになった。ゆっくりと顔を向けて、少し赤くなったまま笑みを返した。

「——ちなみに」

そんな莉乃亜の頬を、彼はそっと大きな手のひらで包み込み、言葉を続けた。

「昨日は何もなかったぞ」

「——え？」

突然の樹の台詞《せりふ》に、莉乃亜は絶句した。

この状況から判断して、間違いなく昨日、樹とそういう関係になったと思っていたのに。

次の瞬間、さっきの優しい笑顔はどこにいったのかと思うくらい、彼は意地悪く笑った。

「……ちゃんと結婚式を挙げるまで、そういうことはしたくない、と俺に訴えてなかったか？　こう見えても、相手の望まない関係を強要するほどプライドがないわけではないからな」

堪《こら》えきれずくつくつと笑い始める樹に、莉乃亜は思わず口をぽかんと開けてしまう。

「あの、そうしたら私、まだ？」

自《みずか》らの体を抱きかかえるようにして尋ねた瞬間、安心するあまり涙がまた溢《あふ》れてくる。

そんな莉乃亜を見て樹は困ったような顔をした。

「ったく……勘弁してくれ。その恰好はお前が自分で着替えたんだ。可愛くて気に入ったからと言って、昨日酔っぱらった状態で、俺に披露《ひろう》してくれたぞ。このベッドの上で」

その言葉に莉乃亜は布団で隠した自分の寝間着姿を見直す。

確かに可愛いデザインだけど、地味な莉乃亜が、間違っても男性の前で見せるようなものではない。だけど、酔ったときの勢いなら、確かに絶対ないとは言いきれない。

(昨日は色々と普通じゃなかったし……)

それに、ちょっとぐらい肌が透《す》けて見えていたとしても、一応ちゃんと着ているし、裸じゃないし……と必死に自分へ言い訳をする。

「……そ、そもそも、なんで私、ここで樹さんと一緒に寝ているんですか?」

「ベッドはここにしかないからな。当然、これから半年間ずっとお前にはここで寝てもらうことになる」

「えっ?」

莉乃亜はその言葉に慌てて辺りを見渡す。

広い寝室に、ぽつんと置かれているベッドはダブルサイズよりもっと大きい。離れて寝れば、シングルベッドより断然一人あたりの面積は確保出来るが——

（そ、そういうことじゃないよね……）

　部屋はシンプルというより、ほとんど何もない、ただ寝るだけのための部屋のように思えた。たとえ寝室が一つしかないとしても、この部屋にもう一つベッドを置くスペースは十分にあるのではないか。

「ベッド……もう一つ買う予定とかは？」

　無駄だと思いつつ、ためしに聞いてみる。

「……その予定はない」

　樹は莉乃亜の髪を、指先で梳《す》きながら、小さく口角を上げて答える。その様子に、絶対に自分の反応を面白がっている、と莉乃亜は気づいた。とっさに抗議しようと口を開く。

「あの、やっぱり！」

　その瞬間、樹に手を取られて、ベッドに押し付けられるようにのしかかられる。

「あっ……あのっ」

「ごちゃごちゃうるさいことを言うなら、婚前交渉の真似事でもするか？」

「ダ、ダメです、そんなふしだらなことは絶対にダメですからっ」

　必死になって、莉乃亜は迫る樹の胸を押して逃げ出そうとする。

「しかし……本当にお前は面白いな。勝手に処女喪失したと思い込んで泣きそうになるわ、ほっとしたらまた泣きそうになるわ。まあ俺としてはいいオモチャが手に入って、しばらく退屈しないで済みそうだ」

真剣にこの状況に悩んでいた莉乃亜には、樹の軽口がやけにカチンときた。

「……オモチャってどういうことですか？」

思ったより尖《とが》った声が出たが、樹は動じる様子もなく言葉を続ける。

「——ああ、その寝間着。今夜から毎晩、それを着て俺と一緒に寝てくれ。よく似合っているし遠慮しなくていいぞ。これから色々と、俺も楽しみだ」

にやにやと悪そうに笑う自称許婚《いいなずけ》に思いっきりパンチを喰らわせたい、と思いながら、莉乃亜は手のひらをグーに握りしめる。

「お前を無理やりどうこうするつもりはないから安心しろ。まあ、お前から頼まれれば考えないでもないし、俺の理性を振り切るほどお前が色っぽければ別だが」

再びくくっと楽しそうに笑われて、莉乃亜はあれこれごっちゃになった複雑な感情のまま、

「人をオモチャ扱いしないでくださいっ」

と、樹に向かって叫ぶ。

（——やっぱこの人、嫌な人だ。ちょっとカッコよく見えても、騙《だま》されちゃダメ。人をオモチャ扱いするなんてサイテー）

莉乃亜は目の前で、子供みたいに爆笑している男を見て、心の中でののしる。

だが莉乃亜は、樹が彼女の意思を尊重して手を出さないでいたという事実には気づいていなかったのだった。

＊＊＊

莉乃亜の勤務先であるあんぜん生命保険の代表取締役社長は、先日亡くなった御厨宗一郎会長の直系の孫である御厨樹が務めている。祖父の七光りでついた若社長などとも言われているが、樹が代表になって数年で保険会社としての健全性が高まったため評価する声も多いという。

そんな御厨社長の許婚《いいなずけ》、などというたいそうな話を持ち掛けられた莉乃亜はコールセンターで電話での顧客対応をするのが仕事である。正社員なので、将来的には管理者側に回るのだろうが、今の時点ではOJTを兼ねて、派遣社員と一緒に電話を受けている。

一本電話対応を終えて、問い合わせ内容などをパソコンの顧客情報に入力すると、莉乃亜は小さく息をつく。今日は朝から電話が鳴りっぱなしで、ようやく昼近くになって電話が途切れたところだ。

「ねえねえ、莉乃亜。今日社長の視察があるって聞いたんだけど、知ってる？」

インカムを外すと、ブースの隣に座っている同僚の遠藤《えんどう》さつきに声を掛けられて、莉乃亜は慌てて首を左右に振った。

「そうなの？　知らなかった」

まさか、今朝本人から聞いた、なんて絶対に言えない。なんて誤魔化《ごまか》そうかと思っていると、さつきと莉乃亜の電話機が同時に鳴り始めた。

莉乃亜はインカムを付け直して、電話を取るスイッチを押した。

「はい、お電話ありがとうございます。あんぜん生命保険、お客様窓口、担当の高岡です」

コールセンターは、女性だらけの職場だ。こういった職場では、ものすごい美人とか、頭がいいとか、仕事が出来るとか、スタイルが良いとか、確実に別格扱いされる何かがある人間以外は、絶対に目立ってはいけないのだ。

莉乃亜は女子高から女子大までの女だらけの生活で、そこだけはとことん叩きこまれた。なので、嫌われない程度の地味めのメイク、穏やかな笑顔、しゃべり過ぎない程度の会話——とにかくそれを、心がけている。

(それなのに……どうしてこんなことになっちゃったかなあ)

ここは、地方の女子大卒がすんなり入れるような会社ではない。日本有数の優良企業である御厨ホールディングス傘下《さんか》の保険会社で、正社員として仕事を得られたことはかなりラッキーだったと言える。

安定企業なのだ。地味に目立たず、長く勤めたい会社なのだ。簡単にクビになるわけにはいかない。そう決意したとき、目の前の電話がまた鳴り始める。

（――よし、気を引き締めていかなければ）

唇をぐっと噛みしめて、莉乃亜が電話の受け答えに集中しようとした刹那《せつな》。

『まあお前が望む望まないにかかわらず、お前は俺のモノだ』

ふと、ベッドの中で、わざわざ莉乃亜の耳元で囁《ささや》いてきた深くてセクシーな男の声を思い出し、電話の受け答えの声が震えそうになるのを誤魔化《ごまか》す努力をする。最近は樹のせいで、すっかり調子が狂いっぱなしなのだ。

こうやって彼と離れて冷静に考えれば、別に樹の言うことを聞く必要なんてない。けれど、莉乃亜の祖母と、樹の祖父が約束した話だと言われれば邪険にも出来ない。なおかつ、最初のあのとき以来、樹はからかったりはするものの、莉乃亜が貞操の危機を感じない程度には紳士的に振る舞っているのだ。

（はっきり断る、とかまでの決定打はないんだよなあ。困ったことに）

そんなことを考えて、莉乃亜は小さくため息をついた。

＊＊＊

「みなさん、いつもお疲れ様です」

さつきの話していた通り、昼休憩に入る直前、樹が珍しくコールセンターに顔を出した。女子社員に人気の高い樹が来ると、周りはそわそわして落ち着かない空気になる。

それを十分に理解している彼は、知的で柔和《にゅうわ》に見えるフチなしの眼鏡越しに、コールセンターの女性たちへ優しい笑みを浮かべた。

「当社の生命保険各種の売り上げが伸びているのは、皆さんの丁寧で親切な顧客対応のおかげだと、社内外からの評判も非常に高いです。これからも尽力いただけたらありがたいと思います」

相変わらず低くて深くて、心地いい声だ。莉乃亜はつい聞き惚れてしまう。

——でも。

うっとりした視線を向ける他の社員の中で、莉乃亜はキッと鋭い視線を送る。そんな様子に気づいたのか、ふっと面白そうな笑みを浮かべた樹は、莉乃亜に一瞬だけ視線を送ってから全体を見渡した。

「また新商品が出る予定で、新しいマニュアル等も配られると思いますが、今まで以上に丁寧でカスタマー満足度の高い電話応対をよろしくお願いします」

周りの女性たちに、綺麗で穏やかな笑みを向ける。けれど、莉乃亜は知っている。それは仕事上の顔で、彼の本性ではないのだ。みんな、騙《だま》されないでっ、と言いたいけれど、さすがにそれは口に出せない。ぎゅうっと手を握って莉乃亜が堪《こら》えていると——

「社長より、オペレーターの皆さんへ差し入れをいただきました。美味《おい》しいスイーツみたいですよ。休憩室の冷蔵庫にしまっておきますので、一つずつどうぞ」

コールセンターの渡会《わたらい》室長の言葉に、きゃああっという喜びの声があちこちから上がった。

「ありがとうございます」

一斉に女子社員から上がるお礼の言葉に、樹は優雅に会釈をして、軽く手を上げる。そして莉乃亜に視線を向けることもなく、コールセンターを出て行った。その後ほどなくして休憩時間に入ると、やはり『御厨社長』についての噂話に花が咲く。

「やっぱり社長ってカッコいいよね～」

「うんうん、でもさすがに雲の上の存在って感じ」

机の上に並べられた差し入れのケーキを一つずつ取ると、スタッフたちはそれを美味《おい》しそうに食べながら、噂話に興じる。

「御厨社長って、今年三十二歳だっけ？　なんか実年齢より落ち着いてて、大人な雰囲気だよね」

「まだ独身でしょ。そろそろ結婚するのかな？　ほら、社長秘書室の紫藤さん――社長と噂になっているってあの人とかどうなのかな？」

（紫藤さん、ねえ……。綺麗だけど怖かったよ）

なんて莉乃亜がこっそりと思っていると、突然さつきに声を掛けられた。

「ねえ、莉乃亜。どう思う？」

「え？」

いきなり話を振られて、とっさに言葉を探す。

「え。いや、あの……お似合いなんじゃ……ないのかな？」

とっさに無難な返答が出来た自分にほっとした。

「そうだよね。美人で学歴もすごくて、仕事も出来て優秀で……良いおうちのお嬢様なんでしょ？　いいなあ、やっぱり私たちとは住んでる世界が違うんだね～。ね、莉乃亜？」

じっと顔を覗《のぞ》き込まれて、鋭いさつきが何か気づいているのではないかと動揺してしまった莉乃亜は、手元のケーキをころりと床に落としてしまう。

「うわっ」

慌てて拾おうと立ち上がる莉乃亜を見て、周りのみんなが笑った。

「莉乃亜ってばもったいない」

「せっかくの社長からの差し入れなのに……」

とりあえずそのおかげで、話が少しだけ逸れたことにほっとして、莉乃亜は照れた表情を浮かべたのだった。

＊＊＊

樹と過ごし始めて二週間ほどが経った。彼の仕事が早い日や休日などは一緒に食事を取り、夜は同じベッドで例の寝間着を身に着けて寝ている。たまに軽くキスをされたり、からかわれたりはするものの、広いベッドの両端でそれぞれ眠っていた。きわどいちょっかいを掛けられることはなく、挨拶《あいさつ》のようにされるキスやさりげないハグにドキドキしつつも不安を感じなくなった、そんなある日。

「莉乃亜、いつも通りだね。いいの？」

更衣室のロッカーでさつきに声を掛けられて、莉乃亜は周りを見回す。出社後、制服に着替えているみんなの様子がいつもと違う事に気づき、首を傾げた。

「……今日、何かあったっけ？」

莉乃亜の言葉に、さつきはまつげエクステをしてきた目をぱちぱちと瞬《またた》かせた。

「今日、テレビのCM撮影がコールセンターであるって課長が説明してたでしょ？　あんなにみんなが盛り上がっていたのに、忘れてたの？」

その言葉に莉乃亜はあっと声を上げた。

「今日……だったっけ」

あんぜん生命保険では、人件費のかからないインターネットを経由した通販型の生命保険に力を入れているのだが、それを前面に出したCMを撮影することになったのだ。

当然、人気タレントがメインで出演するものの、コールセンターの自然な雰囲気を大事にしたいということで、背景にはスタッフたちが普段働いている様子を撮ることになっている。

(だからみんな、めっちゃ気合入ってたんだ……)

このところの許婚《いいなずけ》騒動のせいで、そんな情報はすっかり莉乃亜の頭から消えていた。

(まあいいか、どうせ目立ちたくないし。綺麗な子はいくらでもいるし……)

目立つのが苦手な莉乃亜は、簡単にメイクを直すだけで、いつも通りの姿で更衣室を出て行った。


「それではよろしくお願いします」

コールセンター内ではさっそく撮影準備が始まっていた。社内では見かけないラフな恰好をした人たちが、さまざまな機材を持って走り回っている。

「あ……泉川《いずみがわ》常務だ」

誰かが小さな声を上げた。向こう側に立つ男性は、保険会社の社員にしてはかなり洗練されたオシャレなスーツを着ている。

身長が高くて、スタイルが良い。目鼻立ちははっきりしていてノーブルな印象を受ける。

瞳も髪も色素が薄くて茶がかっているので、パッと見、ハーフのモデルみたいだ、と莉乃亜は思った。

「あの人、あんなに若いのに、うちの会社の常務なの？」

まだ三十歳手前にしか見えないと思い、莉乃亜が耳打ちすると情報通のさつきが教えてくれた。

「ああ、御厨一族の人でしょ。うんと、泉川常務って御厨社長の従兄弟《いとこ》になるんじゃないかな。若く見えるけど社長と同い年って言ってたから、三十二歳？　確か大手広告代理店に勤めていたけど、最近退職して、こっちに来たとか」

「なんでそんな人がココに来てるの？」

他の社員の疑問に、またもさつきが答える。

「前歴を生かして広告宣伝部の仕事の補助に入っているって聞いたけど……。結構このCM、力入っているんじゃない？」

などと莉乃亜たちが噂話に興じていると、男性の声がセンター内に響いた。

「HARU《ハル》さん、入ります」

するとスタッフと同じ制服を着た人気女性タレントが部屋に入ってきて、撮影用に用意されたブースに腰掛ける。

「うわっ。やっぱり綺麗」

「顔ちっさ、スタイルいいっ！」

同じ制服のはずなのに、まるでドラマから飛び出してきたように別物に見える。ざわざわとする室内の空気に、なんだか莉乃亜まで気分が高揚してきた。

「センターのスタッフの方々、それでは撮影にご協力お願いします！」

アシスタントディレクターの声に、他のメンバーも定位置に座り、撮影が始まった。


「カット～。なんか違うんだよなぁ。もうちょっと自然な流れが欲しいなあ」

もう一時間以上こうしている気がする。ＣＭっていうのはずいぶん手間と時間がかかるものなんだなと、莉乃亜は小さくため息をついた。

「ちょっと自然な流れで、他のスタッフと微笑み合うシーンを入れてみようか」

監督がそう言うと、絵コンテを持った撮影側スタッフと、広告宣伝部の社員が常務の方に走っていく。

スタッフと何か打ち合わせをしていた泉川常務が、一瞬ちらりとこちらを見た気がした。

「そこの君。ちょっと来てくれないかな」

泉川から送られた視線に、莉乃亜は思わずどきりとする。慌てて周りを振り向くけれど、彼はまっすぐに莉乃亜だけを見ていた。

「は……はいっ」

慌てて返事をして、席から立ち上がり彼の方に歩いていく。すると泉川は目を細めてもう一度、意味ありげにこちらを見つめてきた。容姿が整っているだけではなく、妙に色気のある人だな、と思いながら、莉乃亜が彼の横に立つと、ふわりと微《かす》かに甘い香水の匂いがする。

泉川は至近距離で何かを確認するように、じっと莉乃亜を見た。意味不明な熱っぽい視線に莉乃亜はドギマギしてしまう。

従兄弟《いとこ》と言っても、知的でクールな印象の樹とは似ていないようだ。

「そんなにじっと見られると、こっちが緊張するんだけど……」

耳元で小さく囁《ささや》かれて、思わず目を見開くと、間近で綺麗にウインクを飛ばされた。そんな気障《キザ》な仕草がやけに決まっている、と莉乃亜は半分呆《あき》れつつも、つい見惚れてしまう。

「で。監督、この子でどうですか？」

何を？　と莉乃亜が聞くより前に、泉川は監督と話し始めていた。莉乃亜は何が起こるのか分からなくて不安な気持ちになる。

「今日はＣＭ撮影ってことで、気合入ったんだろうけど、他のメンバーは、うちの社のイメージにしてはネイルやつけまつげとか化粧が濃過ぎますからね……」

泉川の言葉に監督が手を打つ。

「信頼感っていう今回のテーマなら、彼女の清楚な感じがいいね。じゃあ高岡さんだっけ？　君で行こう！　時間も押してるし、彼女に少しだけメイク足してくれる？」

「は、はい？」

二人の会話の意味が分からなくて、莉乃亜は目を瞬《また》かせた。

「じゃ今、スタッフが君のヘアメイクを整えるから、終わったら、ＨＡＲＵさんの横の席にスタンバイしてもらっていいかな？」

監督の台詞《せりふ》を聞いた瞬間、莉乃亜はゾワリと背中に嫌な感じを覚える。

（視線感じるっ……！　私、目立ちたくないのにっ）

あまり仲の良くないメンバーの鋭い視線を背中に感じた気がして、冷や汗が湧いてくる。

「私では撮影スタッフの皆さんにかえってご迷惑をおかけしそうですし、ちょっと……無理なのではないかと思うんですが」

「突然ごめんね。でも、高岡さん、うちの社員なわけだし、ちょっと頑張ってくれる？　後で金一封も出すし」

とっさに入れた断りの言葉も華麗にスルーする泉川の笑顔に、この人自身がＣＭに出たほうがよほど受けがいいだろうにと内心愚痴《ぐち》りながら、頷くよりほかなかった。

（目立ちたくなくて普段のメイクで参加したのに、なんでこんなことに……なんか最近、私の周り、おかしなことになっているからっ！　地味で心穏やかな生活アゲインっ）

などという莉乃亜の心の叫びは気づかれぬまま、結局は逃げることも出来ず――撮影スタッフにメイクを施《ほどこ》されると、ＣＭ撮影は続行された。

その後は順調に進んだが、それでも半日かかった撮影が終わった頃には、既に日差しが西に傾き始めていた。

「高岡さん、今日はありがとう。ちょっといくつか確認したいこともあるから、このまま常務室に来てくれるかな？　上司には断っておくので」

撮影が終わると同時に泉川に言われ、莉乃亜は常務室に連れて行かれた。

「うん、そこ座って。今日はお疲れさま。今、秘書がコーヒー淹《い》れて持ってくるから」

そう言われてソファーに座ると、綺麗で有能そうな女性が莉乃亜の前にコーヒーを置いて下がっていく。

（秘書さんってみんな美人で仕事が出来そうな感じだよね……）

などと思いながら、その後ろ姿を見送っていると、カチャリと部屋の扉が閉まった後、泉川が何故か莉乃亜の隣に腰を下ろした。

（え？　なんで。向かいにもサイドにも席があるのに、私の隣？）

あまり仕事らしくない距離感覚に、莉乃亜が首を傾げていると——

「高岡……莉乃亜ちゃんだっけ。君のおかげで撮影が成功したよ。他の女の子たちは派手過ぎてね。君みたいに清楚で可愛い子がいてくれてよかった。ホントに」

にっこりと笑顔を向けられる。

泉川は長い脚を見せつけるかのように高く組んで、そのままソファーの背もたれに腕を置いた。ちょうど、莉乃亜の肩を抱くような体勢になる。

「うん、莉乃亜ちゃんってやっぱり可愛いね。俺の好みかも」

そのまま反対側の指先が伸びてきて、莉乃亜の小さな顎《あご》を捕らえた。

「あっ……」

突然の近距離に、綺麗な花に見惚れてしまうみたいに、泉川の整った顔を見つめてしまう。

「莉乃亜ちゃんって、ホント肌綺麗だね……触り心地、確かめたくなっちゃうかも？」

囁《ささや》きながら、いきなり顔が近寄ってくる。イケメンの囁《ささや》きに、一瞬頭がぼーっとなりかかっていた莉乃亜は、ハッとして自分の立場を思い出す。仮にも許婚《いいなずけ》がいるのにこんなことをするなんて……

「あの、やめてください！」

と、莉乃亜がその胸を押し返したのと、

「昴《すばる》！　ここに高岡莉乃亜がいるだろう？」

と乱暴に部屋の扉が開き、聞き覚えのある声が耳に届いたのは同時だった。

「おや。御厨社長。いらっしゃい」

覆《おお》いかぶさる泉川を必死に押し返している状況で現れた樹の姿に、莉乃亜は思わず息を呑む。

「……こんなところで何をしているんだ」

普段なら眼鏡を掛けた樹は温和な印象だが、今は眼鏡の奥の視線が鋭い。

「昴、いや、泉川常務。彼女は俺の許婚《いいなずけ》だ。ちょっかいをかける相手を間違えてないか？」

昴というのは、どうやら泉川の下の名前らしい。そういえばさつきが、二人は従兄弟《いとこ》関係だと言ってはいなかったか。

とりあえず泉川が身を起こしたのにほっとしながら、そっと莉乃亜は彼から距離を置いた。

「今日のCM撮影の功労者をねぎらおうと思った……というのが表向きの理由だけど」

くすりと泉川は小さく笑う。

「あのさ、樹君が何を思っているのかしらないけれど、じいさんはさ、自分の孫と莉乃亜ちゃんを結婚させたかっただけだと思うんだよね」

そう言うと、泉川は莉乃亜に向かってにっこりと微笑んだ。

「……だったら別に、樹君じゃなくて、俺でもいいんじゃない？　ねえ、莉乃亜ちゃん。御厨社長と俺は従兄弟《いとこ》なんだよ。同じ祖父を持っている、ね。俺の母親が御厨社長の父親の姉なんだけどさ。祖父は自分の孫と君を結婚させたかったみたいだし、この男より、俺の方が好みだったりするんだったら」

ちらり、と樹の顔を見てから、彼は満面の笑みを浮かべた。

「――いっそのこと、コイツとの関係解消して、俺と婚約しない？　俺は莉乃亜ちゃん、断然気に入っちゃったな。可愛いし、素直だし、性格も良さそうだし」

「……え？」

いきなり泉川から言われた言葉が、莉乃亜にはまったく理解が出来なくて、目をぱちくりさせる。

「それに莉乃亜ちゃんって、一緒になった男に幸運を授ける、ラッキーガールの匂いがするんだよね」

驚いている莉乃亜の顔を覗《のぞ》き込んで、泉川はそのまま肩に手を回そうとする。その瞬間、樹は莉乃亜の手を取り、ソファーから立ち上がらせると、自分の方に引き寄せた。

「……もういいだろう。いきなりそんなことを言われても、彼女も混乱するだけだ。そもそも今回の話は、祖父から俺の婚約話として遺言書に遺されていたものだ」

莉乃亜の肩を抱いて、樹は彼女を自分の方にさらに引き寄せた。

「莉乃亜。そんな奴に付き合うことはない。さっさとこんな部屋は出るぞ」

樹はそう不機嫌そうに言うと、莉乃亜の手を掴《つか》み、部屋を出て行こうとする。

「御厨社長？　そういう強引なやり方は、女の子にソッコーで嫌われるからね。莉乃亜ちゃんだって、優しく紳士的にエスコートされたいよね？」

くすくすと泉川は笑って、莉乃亜に向かってウインクを送る。

「……くだらない。行くぞ」

莉乃亜は樹に手を握られ、そのまま廊下に連れ出されたのだった。


「あ……あのっ」

カツカツと靴音を立てて、重役室の並ぶ廊下を歩く樹が怖い表情をしている。莉乃亜の言葉を無視したまま、一番奥にあるエリアに入る。

そこは社長付き秘書が仕事をしているブースのようだった。通路を抜けて奥にある社長室と書かれた重厚な扉を樹が開けようとすると、紫藤に声を掛けられた。

「社長、お電話が入っています」

莉乃亜がいるのを気にしてか、あえて樹の耳元で取引先名を告げる。

「……後から掛け直します。とりあえず、十五分間は誰も部屋に入ってこないようにしてください」

紫藤に向かってそう言うと、樹は奥の部屋に入っていった。

強い圧力のようなものを感じて莉乃亜が振り向くと、紫藤を始めとした秘書数名が、鋭い視線を飛ばしていた。

(い、樹さんも怖いけど、こっちの方がもっと怖いっ)

どちらにせよ逃げ出すことも出来ない。莉乃亜は秘書室の女性たちの視線を避けるように、慌てて奥の部屋に入る。

(社長室なんて……今まで一切縁がなかったから変な感じ)

樹の社長室は思ったよりずっとシンプルで、マンションの部屋と似た雰囲気だった。さっきの泉川の常務室より質素なくらいで、莉乃亜は少し驚く。きょろきょろと部屋の中を見ていた莉乃亜は、樹に肩を押さえられソファーに座らされた。

「……あの？」

「なんでアイツの部屋に連れ込まれてたんだ？」

樹の眼鏡の奥の瞳は、先ほどからずっと鋭い光を宿している。

「アイツの部屋って……常務室ですし。コールセンターでCM撮影があって、そこに泉川常務もいらして。なりゆきで私も撮影に協力させてもらったら、話したいことがあるから、って……」

怖い顔で上から覗《のぞ》き込まれて、莉乃亜は別に悪いことをしていたわけでもないのに、何故かだんだんと声が小さくなる。

「……それで、いきなりアイツが、お前を口説き始めたってことか？」

彼の冷たい口調に、莉乃亜はヒヤリと背筋が寒くなる。

「隙があったから、こんな体勢になってたんじゃないのか？」

次の瞬間、ふわりと樹にソファーに押し付けられ、莉乃亜は慌てて首を左右に振った。

「……隙なんて……私っ」

そう言い返すと、樹は先ほど泉川がそうしていたように、莉乃亜に顔を寄せる。

次の瞬間、樹の唇が莉乃亜に触れる。ぴくんっと体を震わせながらも、莉乃亜は目を閉じて、そのキスを受け入れた。先ほどからの樹の表情が、どこか傷ついているように見えて莉乃亜の抵抗する意思を奪っていたのだ。

「んっ……」

淡い口づけが、あっという間に、深いものに変わっていく。

「樹……さっ……」

逃げ出そうとしても、覆《おお》いかぶさっている樹の体が大きくてそれも叶わない。莉乃亜は涙目になりながら、今までされた中で一番深いキスを受け続けていた。

正直ドキドキする気持ちより、切ない気持ちが勝ってしまうのは何故なんだろうと莉乃亜は思う。熱っぽいのにどこか苦しげな樹の表情に、いつも抗《あらが》うことが出来なくなるのだ。執拗《しつよう》に繰り返される深い口づけに呼吸が苦しくなると、それを見計らったかのように、ゆっくりと樹の唇が離れた。

至近距離で見つめる、眼鏡の奥の艶《つや》めいた瞳に、改めて莉乃亜の心臓がドキンと高鳴ってしまう。

「……お前は俺のモノだ……」

樹は眼鏡を取ると、サイドテーブルにそれを置く。キスで濡れた唇を指先で撫でながら囁《ささや》かれて、莉乃亜は恥ずかしさと同時に、樹に対しての怒りがじわりと芽生えてくる。一緒に生活してお互いを知ることは承諾したけれど、結婚はまだ決定事項ではない。それにそもそも俺のモノだという言い方には納得がいかないし、隙があると責められるのも意味不明だ。

「……まあ、さっきお前はアイツを押しのけようとしているように見えたが……。少なくとも、俺のことは押しのけようとはしないってことか」

「……私の許婚《いいなずけ》は樹さんで、常務ではないですから」

樹を睨《にら》んで、そんなことすら疑われたのかとさらに怒りがこみ上げる。樹はそんな莉乃亜を見て、困ったように小さく肩を竦《すく》めた。

「そんなに怒るな……。昴がお前を自室に連れ込んだって聞いて、心配して駆けつけたんだ。あの男は女にだらしない上に見境もない。そんな奴に、仮にも自分の許婚《いいなずけ》を近ほど、泉川がそこまで言われるほどひどい人だとは思えないけれど、確かにそんな人なら、自分の許婚《いいなずけ》は近づけたくないかもしれない。

樹が駆けつけてきたときの焦ったような表情を思い出す。

（一応、心配してくれたのかな？）

莉乃亜は樹の先ほどからの言動を少しだけ納得した。

（もしかして……ちょっとぐらいは、嫉妬《しっと》、されたのかな？）

そう思った瞬間、胸がきゅんと甘く疼《うず》く気がした。あの切なげな表情も、嫉妬《しっと》の気持ちがあるのだったら。……少し乱暴にされたことも、なんだか許せる気がした。

「あの……心配させてごめんなさい」

真っ赤になった顔のまま自然と出た言葉に、樹が目を瞬《またた》かせた。

「……いやいい。今日はもう仕事を終えて帰るか。このところ、遅い帰宅が続いていたしな」

どこか毒気を抜かれたような声で樹が言うと同時に、部屋の扉を叩くノック音が聞こえた。

「ああ。もう十五分経ったか……」

そう呟《つぶや》くと、樹は莉乃亜の手を引いて元通りソファーに座らせる。

「――どうぞ、中に入ってください」

会社で樹が作っているイメージ通りの穏やかな声で、返事をした。

「失礼します、社長。今日の予定についてですが」

紫藤がメモ帳を片手に部屋に入ってくる。

「ああ、その件ですが、今日はどうも体調がすぐれない。少し疲れてしまったようです。急ぎの予定はなかったはずなので、夜の予定はキャンセルしてもらいたいのですが」

樹が、柔《やわ》らかいながらも抗《あらが》えない雰囲気の笑みを浮かべる。

「……あの、今日の夜の予定はキャンセルされて、そのままご帰宅されるということでよろしいのでしょうか?」

紫藤が形の良い眉をわずかに顰《ひそ》めて、柱時計を見上げた。莉乃亜も目を向けると、時計はちょうど終業時刻である五時を指していた。樹の退社時刻としてはありえないくらい早い。

「……このところ忙しかったですから。貴女たちもたまには早く帰って、のんびりとした時間を過ごすのもいいのではないでしょうか?」

樹がニコリと穏やかな笑顔で紫藤に話しかけると、彼女は一瞬返す言葉に困るような顔をする。

「私たちのことまでお気遣いいただきましてありがとうございます。そういたしましたら、本日の社長の予定はすべてキャンセルしておきます。私どもも、残務を済ませたら早めに退社するように、他の秘書室のメンバーにも伝えます。――それでは失礼します」

紫藤が退室する際、ちらりと莉乃亜に視線を向ける。その眉が不機嫌そうに一瞬顰《ひそ》められた気がして、莉乃亜の心臓が跳ね上がる。女性のこういう視線に良い記憶がないのだ。紫藤はすぐに何事もなかったかのように柔《やわ》らかく微笑み、樹に向かって深く頭を下げて社長室から出て行った。

「……さて、帰るか」

樹は軽く肩を竦《すく》め、莉乃亜がソファーから立ち上がるのを促《うなが》す。

「あ……私、制服着替えてこないと」

自分の恰好を見直して、慌てて言う莉乃亜に、樹は言葉を返した。

「そのままで。車で一旦家に戻ったら、着替えて出直してもいい。たまには早い時間にゆっくり食事を一緒に取るのもいいだろう？」

樹の手が、立ち上がろうとした莉乃亜の頭を撫でるように触れた。視線を向ければ、目の前の優しい色合いの瞳と交わる。それだけで莉乃亜は頰の辺りに、じわりと熱がこみ上げてくるのを感じた。

（この人は何を考えているんだろう……）

一緒の時間を過ごすことが増えてきた樹のことを、莉乃亜はどう捉《とら》えていいのか分からない。ただ、少しでも優しくされると、なんだか胸が甘く疼《うず》くような気がする。

結局『制服のままじゃ恥ずかしいです』と言おうと思っていたのに、言いそびれてしまった。

莉乃亜は改めてちらりとその人を見上げて思う。

今日みたいに、すぐ隙があれば迫ってくるようなことをしたり、キスをしたりして、そもそも信頼出来る人なのかも分からない。

だけど毎日同じベッドで横になっても、莉乃亜にそういう関係を強要したりは一切しない。たまに信じられないことをして、すごく頭にくることもあるけれど、基本的には悪い人じゃないということは徐々に分かってきている。それに……

(おばあちゃんが、私に選んでくれた人だから)

――だから莉乃亜は、樹のことを信じたいと思っているのだ。

「……行くぞ」

少しだけ先に立って振り向く姿は頼りになる社長そのものの姿だ。莉乃亜は、この人が働いている姿をちゃんと一度見てみたいな、と思ったのだった。

樹が通勤に使っているらしいハイヤーに乗ると、彼は先ほど紫藤が言っていた取引先に電話を掛けた。

「……HELLO?」

隣に座った莉乃亜の髪を、何故か電話を持ってない方の指先でくるくるとかき回している。

（……な、なんか、このシチュエーションって、妙にドキドキするんだけど……）

樹の行動は無意識なのかもしれない。それとも女の人にすごく慣れているのかもしれない。

（これだけ見た目がカッコよくて、しかもお金持ちで、仕事も出来て。女性にモテて当然だよね）

恋人同士のような距離感にドキドキしてしまう。莉乃亜は微《かす》かに頬を染めながら、普段と変わらない様子で、冷静に取引先と話をする樹を真横で見つめた。

「……That would be fine with me. I'll call back tomorrow. Well, see you.（私はそちらで構いません。では明日電話します。それでは）」

樹は電話を終えると、チラリと莉乃亜を見た。視線が交わると、じわっと頬から目元まで熱が広がる。

「……惚れ直したって顔してるな」

「……そもそも、まだ惚れてませんっ。単に私、英語が苦手だからすごいなと思って……」

とっさに莉乃亜が言い返すと、樹はくっと喉の奥を震わせて笑う。

そして莉乃亜の顎《あご》を捕らえ、キスする直前まで唇を寄せてくる。

「なら、これから半年できっちりと惚れてもらわないと、結婚式が出来ないな……」

「——あ、あのっ。今日の夕食どうしましょうか？」

莉乃亜は慌てて視線を逸らし、その場から逃げ出そうとした。そんな動きを封じた樹は、もう一度彼女の頤《おとがい》を持ち上げて言い聞かせるように囁《ささや》く。

「……お前は黙って目を閉じておけばいい」

じっと眼鏡の奥の瞳に射貫かれて、莉乃亜は思わず言葉を失った。素直に目を閉じそうになった瞬間、車が滑《なめ》らかに停車する。

「……ついたか」

それまでキスするほど近づいていた唇が、触れることなくあっさりと離れていく。

翻弄《ほんろう》されっぱなしの莉乃亜はドキドキしつつ、運転手にドアを開けてもらい車を降りた。

「おかえりなさいませ」

出迎えてくれるのは、いつも通りコンシェルジュの速水だ。彼に軽く会釈をすると、そのまま樹は莉乃亜を連れて部屋に戻っていく。

「あの。今日の夕食ですけど、何か食べたい物がありますか？」

玄関に入り、ネクタイを緩《ゆる》めている樹を見上げ、莉乃亜は声を掛ける。すると、微《かす》かに樹が目を細める。

「疲れているなら外に食べに行っても構わないぞ」

気遣ってくれているらしい言葉に、莉乃亜は小さく笑みを返した。

「疲れているときこそ、家で食べたくなりません？　たいしたものは出来ないですけど」

莉乃亜の言葉に、樹は口の端を上げると、「だったら肉が食いたい」と言って着ていた上着を彼女に渡す。莉乃亜はクローゼットに向かい、軽くブラシをしてスーツを掛けた。そんな姿を樹は面白そうに見つめている。

「じゃあ、着替えたら食事作りますね」

そう言うと、莉乃亜は自分の服が置いているウォークインクローゼットに向かった。

「何にしようかなあ……あ。牛肉の塊がある」

着替えを終え、キッチンに行くと冷蔵庫を覗《のぞ》いて、作れるメニューを考える。すると、側に立っていた樹が小さく笑った。

「なんだかんだと楽しそうだな」

「楽しいですよ。ごはん食べたいですし。だって樹さんもお腹空いてませんか？」

「そうだな。こんな時間に夕食を食べることが稀《まれ》だが……」

夕方のキッチンは照明をつけなくてもまだ明るい。そんな時間に平日二人でキッチンにいるのがなんだかおかしくて、莉乃亜は小さく笑う。

「いつもこの時間は仕事してますもんねえ。じゃあ、少しだけ時間を掛けてもいいですか？　一時間ほどで出来ると思うので」

ビーフシチューを作ると言ったら、樹は赤ワインを持ってきた。おつまみになりそうな物を並べて、ワインを飲みながら夕暮れのキッチンで料理を進める。そんな普段と違う空気のせいか、珍しく樹がぽつりぽつりと、自身について話し始めた。

「俺は母親が台所に立つ姿は見たことない。当然、母親の作った食事を食べたこともない。いや、親と一緒に食事をした経験すら数えるほどしかないな」

その言葉に莉乃亜は思わず調理の手を止めた。

「父親は家にはほとんど帰ってこなかったし、母親も、家にいるシッターと家政婦にすべてを任せて、外を出歩いていたしな」

その話を聞いて、莉乃亜は、最初に出会ったときに聞いた樹の結婚観を思い出した。そして樹の孤独な子供時代を想像して、胸がぎゅっと締め付けられる。

「お前の家は違ったんだろうな……」

「そうですね。毎日母親が作った食事を食べて、時々祖母が作った食事も食べて。近くにお店がなかったから、あんまり外食はしなくて。あ、たまに父親も料理しましたよ。釣って来た魚を捌《さば》いたりして……」

「そうか。お前の家は父親も料理をするのか……」

くすりと樹が笑いながら、カウンターにもたれかかりワインを傾ける。たわいもない会話を交わす間も、たまに樹が見せる切なげでどこか不安定な表情は、育ってきた家庭環境の影響もあるのかな、と莉乃亜は思う。

「そのうち、樹さんも料理に挑戦してみてはどうですか？　意外と楽しいかも」

くすっと笑うと、莉乃亜は出来上がったサラダを彼の手に押し付ける。

「……なんだ？」

「まずはお手伝いを覚えてください。そのサラダをダイニングテーブルに持って行ってくださいね」

樹は莉乃亜の言葉に何か言いたそうな顔をしたが、小さく肩を竦《すく》めて答える。

「Yes,ma'am.」

彼の返事に思わず目を瞬《またた》かせる莉乃亜をよそに、彼は素直にサラダをテーブルに置く。渡した前菜もワインも、パンとシチューも全部並べて、挙げ句に椅子を引いてエスコートまでしてくれる。腰をかがめた樹を見て、莉乃亜は無意識に手を伸ばしていた。

「――っ」

「……あっ」

樹の髪に触れて、小さな子がお手伝いをしたときに褒めるように撫でていた。サラサラとした艶《つや》やかな髪の感触に、莉乃亜はハッとして動きを止める。

「……なんだ？」

「あの、お手伝い、ありがとうございます」

慌てて手を引っ込めて、樹の様子を窺《うかが》う。

「変な奴……」

そう言いながらも、樹は照れくさそうな顔をして、下を向いて小さく笑った。その様子を見て、莉乃亜は微笑ましい気持ちになる。

「それじゃあ食べましょうか」

二人でグラスを合わせて食事を始める。それからはゆっくりと穏やかな時間が流れていった。


「私、お風呂入れてきますね」

食事を終えて食洗機を使うと話したら、樹が自分でやってみたいと言ったので、やり方を教えて莉乃亜は浴室に向かった。今まで家事は人任せにしていたようだから、こういうことが物珍しくて面白いのかもしれない。元々頭のいい人だし、なんでも覚えてやってくれたらいいな、などと都合の良いことを考えてしまった。

ちなみにお風呂を入れると言っても、普段から掃除はプロの人に任せているらしく、浴室はいつも綺麗だ。だから莉乃亜の仕事は、お湯を張るボタンを押すだけ。せっかくだから今日はリラックスしようと、入浴剤にアロマを準備する。浴槽に徐々にお湯が溜まるのを確認し、鼻歌交じりに浴室を出た瞬間――

「……きゃあっ」

いつの間にやら上半身の服を脱いでいる樹に捕まってしまった。しかも今は眼鏡を外していて、会社の顔とはまったく別の、ものすごく悪そうな顔をしている。

「せっかくだから一緒に風呂に入るか」

気づくと裸の胸に頬がつくほど抱き寄せられていた。莉乃亜はばっと顔を上げるが、流し目を送ってくる樹と視線が合うと慌てて逸らした。

今日の樹はなんだか変だ。今までお風呂に莉乃亜が入っていても無関心だったくせに、今日に限ってこんな行動ばかり取ってくる。こんなからかいにいちいち馬鹿正直に反応してしまう自分が情けない。

「け……結構ですっ」

普通に言い返そうと思っているのに、裸の胸に顔を押し付ける形になっているので、莉乃亜は真っ赤になって上手く話せない。

「……そうか、残念だ。旨《うま》い夕食のお礼に、風呂で体を洗ってやったり、たっぷりと世話を焼いてやろうかと思ったんだが……」

くくっと艶《つや》めいた声で笑うと、発熱し過ぎた莉乃亜の耳朶《じだ》を冷たい唇が食《は》む。ひくんっと身を震わせても、樹は莉乃亜を離してはくれない。

「まあいいか。夜はどうせ同じベッドで寝るんだし。ああ、もちろんあれを着てくれるんだよな？」

「もうっ。いい加減からかうのやめてくださいっ」

寝間着は初日の夜と同じものが数枚残されて、残りは全部処分されていた。仕方なく、莉乃亜は毎晩その寝間着と同じデザインのものを着て、樹と同じベッドの中で寝ている。

ただ、今日みたいにちょっかいを出されることはなかったので、同じベッドで眠ることに慣れつつあったのに、今日の態度が全然違うから、胸がドキドキしてしまう。

（なんか……こんな風に簡単にびっくりさせられるのって、モヤモヤする……）

結局は向こうの経験値の方が高くて、自分は一方的に翻弄《ほんろう》されているだけなんだと、たまに納得出来ない気分になる。

だけど、からかわれてドキドキする感覚が腹立たしいだけではなく、どこかふわふわと浮き立つような甘い感情を起こすことに戸惑っている。戯《たわむ》れのように触れる樹の指先に、唇に、莉乃亜の胸は自然と切なく疼《うず》いてしまう。

「なんでそんなからかうようなことばっかり言うんですか」

樹の裸の腕の中で震える声で苦情を言うと、

「……何でかって？　お前、俺の妻になるんだろう？」

と流し目のような視線を投げかけられて、莉乃亜は言葉を失う。

「結婚するまで体はダメだ、と言われたからな。まずはお前の気持ちだけでも手に入れておこうと思ってな」

「どうせ……冗談のくせに！」

「……全部本気だが？」

樹は短い髪を掻き上げながら、莉乃亜の耳元に顔を寄せて甘く囁《ささや》いた。瞬間、莉乃亜の頬に、樹の唇が触れる。

「――っ」

かっと全身に熱がこみ上げ、固まる莉乃亜に向かって樹は余裕綽々《しゃくしゃく》で笑いかけた。頭の中に、どこかのゲームのように『効果はバツグンだ』というコメントが流れるが、莉乃亜は慌てて首を左右に振る。

「ところでやっぱり、俺と一緒に風呂に入らないのか？」

その言葉に莉乃亜は真っ赤になったまま、浴室の脱衣場の外に出るドアに手を掛けた。

「は、入りませんっ」

「なら結婚後の楽しみに取っておくか」

ついには声を上げて笑い出した樹を置いて、莉乃亜はほうほうの体《てい》でリビングに逃げ戻ったのだった。

しかも風呂の後は、珍しく早くベッドに入った樹が、莉乃亜にも横になるように言う。

「……たまにはこういうのも悪くはないだろう?」

抱き寄せて莉乃亜の後頭部を自分の肩の辺りに置く。腕枕をされているという、恋人同士しかありえない距離感に、莉乃亜の心臓が慌ただしく暴れ回る。

(この人と一緒に居たら、きっと目立ってしまう。それだけは絶対嫌なのに……だったら今のうちに、許婚《いいなずけ》を辞退したらいいだけだ。なのに言い出すことが出来なくて。結局、そうしたくない自分に気づいて動揺する。慌てて彼の腕の中から逃げ出そうとすると――

「……早く寝ろ。襲われたいのか?」

からかい交じりの言葉が微《かす》かに耳元をくすぐる。仕方なく、動揺する自分を隠すように莉乃亜は目を閉じた。

沈黙が支配するベッドは意外にも心地悪くない。樹の香りに包まれて、自分ばかりがドキドキしているのが納得出来ないくせに、離れる気にもなれなくて……

体に回されている樹の力強い腕に、どうしようもなく胸がときめく自分は一体どうしてしまったのだろうと――自分は一体どうしたいのだろうと、莉乃亜は眠れない一夜を過ごしたのだった。

第三章　そしてオフィスで事件が起きる

――ピピピ、ピピピ。

毎朝聞き慣れたアラームの音に、莉乃亜はハッと目を覚ます。

「……っ」

その瞬間、ぐいと引き寄せられて、莉乃亜は目を瞬《またた》かせた。やがて自分の状況に気づいて、かっと顔から火が出そうになった。

ベッドで莉乃亜を抱き寄せたのは、半分寝ぼけて無意識らしい樹だ。しかも自分が頬を擦り寄せていたのは彼の裸の胸だったことに気づいて、莉乃亜は慌てて身を起こそうとする。

「ふぁあ。久しぶりに良く寝たな……」

掠《かす》れた樹の声がどこか満足げでドキンとしてしまう。彼は身を起こしかけた莉乃亜の髪を撫でるようにして引き寄せると、彼女の額《ひたい》に柔《やわ》らかく唇を押し付けた。

「――っ」

ここ数日の樹は、最初出会ったときより莉乃亜に対して妙に優しい気がする。しかも昨日は初めて樹の腕の中で寝てしまった。

こんな恰好で毎晩同じベッドで共に寝起きをしていれば、実態はともかく対外的にはもう深い関係がないとは言えない状況になってしまったと莉乃亜は思う。それなのに。

「……まあ、こういう朝も悪くはない……か」

どこか穏やかに小さく呟《つぶや》かれた樹の言葉を、甘い鼓動と共に心地よく感じている。まずは一緒に生活してみようと言った樹の強引さに、最初は完全に押し切られたけれど、踏ん切りの悪い自分にはこういう形の出会いが良いのかもしれない、なんて一瞬甘いことを考えてしまう。

「あ、あの。おはようございます。樹さん、起きないと会社遅刻しますよ?」

夢見心地のベッドから、柱時計に視線をやって、ハッと莉乃亜は身を起こす。樹はいつも始業時刻より、一時間ほど早く出社するのだ。

相変わらず朝食を食べることはないが、最近は莉乃亜の淹《い》れたカフェオレぐらいは飲んでくれるようになっていた。もちろん莉乃亜はその後で、しっかりと朝食を食べるのだが。

「あの、朝食の準備と、カフェオレ淹《い》れてきますね」

樹に声を掛け、莉乃亜がベッドから下りようとしたとき、手を掴《つか》まれて、軽く引き寄せられる。

「莉乃亜、昨日は良い夜だったな」

そう言って樹はキスをしてきた。あまりに自然にそうされて、莉乃亜は当然のように受け入れてしまった自分にびっくりする。

「な、なんか言い方がヤラしいですっ」

思わず文句を言うと、彼は「そうか?」と言いながら小さく笑った。そんな彼をベッドに残し、莉乃亜は部屋を飛び出そうとした、そのとき――

「まったく……脇が甘過ぎるし、男に不慣れなくせに警戒心が薄くて危なっかしい。簡単に騙《だま》されやす過ぎる」

ぼそりと呟《つぶや》く樹の声が、妙に不穏に聞こえたのだった。

＊＊＊

「はい、お電話ありがとうございます。あんぜん生命保険、お客様窓口、担当の高岡です」

莉乃亜はいつものようにインカムをつけて、鳴り始めた電話を取る。

「はい、各種保険の違いについてですね」

電話の問い合わせ内容を聞いて、莉乃亜は安堵した。問い合わせ内容が、マニュアルの冒頭に入ってくるような一番答えやすい質問だったからだ。

電話を取るまで、相手がどんな用件で電話してくるのかが分からない。だから毎回電話を取るときには緊張する。

いつも通り莉乃亜が一通り説明すると、相手は納得したようで、礼を言って電話を切る。莉乃亜はパソコンの顧客情報のモニターを見ながら、必要な情報をキーボードで入力していく。エンターを押すと、また次の電話が入ってきた。

「はい、お電話ありがとうございます。あんぜん生命保険、お客様窓口、担当の高岡です」

莉乃亜が明るい声で電話に出た瞬間。

『ねえ、おねーさん、パンツ何色穿《は》いているの？』

ぐふふふふ、というくぐもった笑い声が受話器の向こうから聞こえる。

またか、と莉乃亜は内心で小さなため息をついた。

「こちらはあんぜん生命です。お客様、お電話の掛け先をお間違いではないでしょうか？」

声のトーンは下げず冷静に声を掛けると、電話の向こうのいやらしい笑い声がさらに大きく聞こえてくる。

『おねーさん、声ちょー可愛いね。ねえ、マジで、パンツ何色穿《は》いているの？　ちょっと脚開いて、スカートの中見せてよ』

「……お客様？　当社へのご用件のお電話でないようであれば、切らせていただいてもよろしいでしょうか？」

週に何回かはこんな電話を取ってしまう。莉乃亜はぐっと目を閉じて、嫌な気分を追い出そうとした。あんぜん生命のコールセンターは女性オペレーターが中心だ。相手をしてもらえると思うのか、セクハラまがいの電話を掛けてくる手合いが常に一定数いるのだ。

こういう電話はさっさと切るに限る。けれど、相手は一応お客様だ。こちらから強引に切ることは出来ない。

『ご用件？　そうそう保険の説明も聞きたいんだけどさ。その前にちょっとね。お姉さんにはピンクの可愛いパンツが似合うと思うんだよね。こうさ、肌触りが良くて、中身が透《す》けそうな色がいいなあ〜。ほら、エロくなって濡れると、透《す》けて見えそうなやつ』

（いやだなあ。どうしよう）

困り果てた莉乃亜が視線を上げると、ガラスの向こうにあるモニター室に、チーフスーパーバイザーでもある課長の島崎《しまざき》がいる。

……はずだったのだが。

（……え？）

普段そこにいて、こういうエロ目的の電話が掛かってくるたびに、代わりに対応してくれるのは男性である島崎だ。しかし彼はいつもの椅子には腰掛けていない。代わりにモニター用のインカムをつけているのは、普段通り一分《いちぶ》の隙もないスーツを身に着け、フチなしの眼鏡を掛けた樹だった。

（樹さんが……なんで？）

樹が隣に立っていた島崎に話しかけると、島崎がこちらを見て手を上げる。『電話代わるよ』という合図に、慌てて莉乃亜は、

「お客様、申し訳ございません、少々お待ちください」

とだけ声を掛けると、即座に保留を押す。これで課長が電話を取ると、ほとんどの場合こういう痴漢まがいの電話はあっと言う間に切れるのだ。

島崎が樹からインカムを受け取り、会話し始めたのを見て、いつもの莉乃亜ならほっと息をつくのだが、今日は違った。

何故なら、島崎の代わりにこちらに視線を向けた樹の様子が、普段の会社での彼とは思えないほど、鋭く剣呑《けんのん》な雰囲気を帯《お》びていたからだ。莉乃亜はその光景に、なんとなく嫌な予感を覚えたのだった。

＊＊＊

『出社後、至急、モニター室に来るように』

翌朝出社すると、室長からの伝言がペタリと机に貼り付けられていた。

（な、なんだろう？）

最近、何かトラブルを起こしただろうか。

（特に問題になるような電話はなかったはずだけど……あっ）

莉乃亜は昨日受けた嫌がらせの電話を思い出した。お客様相手の仕事だけに、相手が何をどう受け取るのかは分からないのだ。

「……はぁ……」

ため息を一つついて、莉乃亜は席を立ち上がり、モニター室のドアを開ける。

「こんな無茶苦茶な話、聞いたことないですよ。今日から？　しかも今からですか？」

島崎課長の声が飛び込んできて、莉乃亜は目を見開いた。

「上からの指示だからな。定石通りじゃなくても仕方あるまい」

ぽんぽんと渡会室長が、島崎課長の肩を叩く。

「まあ君が高岡君を買っていたのはよく分かっているが、これればかりは仕方ないだろう？」

突然自分の名前が出て驚いた莉乃亜は変な声を出しそうになる。それをとっさに呑み込んで、話をしている二人に声を掛けた。

「おはようございます。……あの、私がどうかしたんですか？」

「ああ、高岡君、おはよう」

渡会室長が、莉乃亜の顔を見てため息をつく。その表情を見て、一体何があったんだろうと不安がる莉乃亜に、室長が一枚の紙を渡した。

「……これ、なんですか？」

書類を覗《のぞ》き込んだ途端、飛び込んできた文字に、莉乃亜は思わず声を失った。

そこには、今日の日付と、莉乃亜の名前が書かれている。そして『人事異動』という主題と、『秘書室に異動』との文字が並んでいた。

「——なんで私が秘書室に？」

それ以上の言葉が出ない。

「……昨日、突然モニター室に御厨社長がやってきて、『高岡莉乃亜の電話をモニターさせて欲しい』と、言ってこられて……」

島崎課長は困惑している顔で、莉乃亜を心配そうに見つめる。

「……高岡君、君は前もって人事異動の話について聞いていたのか？」

渡会室長の言葉に、莉乃亜は首を左右に振った。今朝は樹とそれらしい話をしていない。だが間違いなくこの人事は樹が決定したものだ、と莉乃亜は確信していた。

「そうか。……もし昨日のモニターの結果、君を秘書室に、というのであれば、この辞令は社長自《みずか》らの意思で希望したトップダウン人事ということになる……。例のない事態ではあるが、書類は正式な物だ。君が問題ないようであれば、今から人事異動の通り動いてほしい」

少々強引な室長の言葉に、莉乃亜は一瞬逆らいたくなる。

オペレーターの仕事は、一般的に見てあまり人気の職業ではないかもしれない。けれど、莉乃亜はこの仕事が好きだ。

そんな莉乃亜の気持ちを確認することもなく、なんの相談もなしに、何故樹はこんな方法を使って、別の部署に異動させようとするのだろうか？

だけど、困り果てている渡会室長と、何とか撤回させようと必死の島崎課長を見て、莉乃亜は逆に彼らを自分の事情に巻き込んでいることを自覚した。

（樹さん……何を考えているの？）

さっきまでの不安感が、一気に理不尽なことをされた怒りに変わる。

樹は自分勝手過ぎるのだ。莉乃亜は小さく息を吐き、二人に向かって辞令の書類を片手に答えた。

「分かりました。私、まずは秘書室に行って、状況を確認してきます」

ちゃんと樹に会って、彼の言葉で説明を聞いてくるのだ。

莉乃亜はコールセンターの制服から私服へと着替え荷物を持つと、島崎と共に秘書室に向かった。

秘書室は取締役などの役員たちの部屋が並ぶ最上階の入り口にある。以前、樹に連れられて来たときは気づかなかったが、このフロアは廊下の内装から既に違う。天井も高く、廊下の脇には高そうな壺に豪華に活けられた花が飾られている。

「人事異動の発令を受け、高岡莉乃亜を秘書室に連れてきました」

島崎が秘書室の前で声を掛けると、秘書室の一番奥から男性が立ち上がってこちらに来た。

「コールセンター室から参りました、高岡莉乃亜です……」

「ああ、貴女が高岡さん」

莉乃亜に気さくに声を掛けてきたのは、柔《やわ》らかな印象の四十代前半の男性だ。綺麗に上げられた髪にも服装にも乱れは一つもなく、優しげで柔和《にゅうわ》な目を細め、緩《ゆる》やかに口角を上げる。そして聞き取りやすい声で、穏やかに挨拶《あいさつ》をした。

「秘書室長の篠田《しのだ》です。これから高岡さんには社長付きの秘書として、勤務していただくことになります。まずはすぐに社長室にお連れするように、と社長に言われているので、このまま来ていただけますか？」

「はい……」

莉乃亜は複雑な心境で篠田の後を追って社長室に向かう。

「あ……あの、こんにちは」

秘書ブースの前で、おずおずと挨拶《あいさつ》をすると、紫藤は素晴らしく綺麗な営業スマイルを返してきた。

「御厨社長よりお伺いしております。よろしくお願いします」

ただその目は全然笑っていない。

「社長、高岡さんをお連れしました」

篠田がノックの後に社長室のドアを開けると、デスクで書類に向かっていた樹が視線を上げて、柔《やわ》らかい笑みを浮かべた。

「ああ、篠田室長、お手数をおかけしました。それでは高岡さんと少し面談をしたいので、室長は業務に戻ってください。ありがとう」

眼鏡の奥の視線は、仕事場だからだろう、柔和《にゅうわ》で穏やかに見える。だが、心の内もその通りとは限らない。一体この人は何を考えているのだろうと思いながら、莉乃亜は室長が出て行くのをお辞儀をして見送った。

「さっそく高岡さんが来てくれてよかった」

その台詞《せりふ》も、仕事モードに入っているからだ。だが、いつもの樹と雰囲気が違い過ぎてなんだか落ち着かない。

「樹さん、なんで私を秘書室になんて……」

文句を言おうとする莉乃亜を、樹はデスクから手招きをして呼ぶ。莉乃亜が彼の脇に来ると、樹は立ち上がり、にっこりと笑って莉乃亜の顔を覗《のぞ》き込んだ。

「貴女は今日付けで私の秘書となったわけです」

樹は目を優美に細めると、莉乃亜の頤《おとがい》に手をかけ、顔を仰向《あおむ》かせる。親指でゆるり、と莉乃亜の唇を撫でた。

「――っ」

ゾクリとする感覚に、文句が零《こぼ》れそうだった唇が動きを止める。

「会社では、社長、または、御厨社長と呼んでもらわないと困りますね、高岡さん」

妖艶《ようえん》に微笑み、囁《ささや》くように告げられると、莉乃亜はいつもの樹と違う『御厨社長』の雰囲気に圧倒されてしまう。

「あのっ、しゃ、社長っ」

思わず声が上ずってしまう。そんな莉乃亜の頤《おとがい》からゆっくり手を外すと、樹は首を微《かす》かに傾げた。

「はい、なんですか？」

「私は何故突然、部署異動になったんですか？」

莉乃亜の言葉に、樹は面白そうに目を煌《きら》めかせた。

「……それはですね」

莉乃亜の耳元に唇を寄せる。

「……お前は俺のモノだからだ」

「――っ」

瞬間、ドキンと鼓動が跳ね上がる。

なんて無茶を言う人だろう。会社は貴方の私物じゃないんです。私にだって自分の意思があるんです――言いたい言葉はいくらでもあるのに、その台詞《せりふ》一つで、中途半端に開いた莉乃亜の口は閉じることが出来なくなってしまった。

「開いた口が塞がらない、という表情をしてますね。リアルでそんな表情をする人を初めて見ましたよ」

くすりと笑《え》む表情は、普段の樹とは雰囲気が違う。

「まあ、表向きの理由としては、貴女の勤務態度と実際の仕事ぶりを見させてもらって、顧客に対して非常に丁寧で温かい対応をされていたことに感心し、ぜひ私付きの秘書業務をお願いしたいと思いました、ということです」

一転真面目な顔で話す樹を見て、ここは会社だしと莉乃亜は改まった表情で頷く。

「そうですね、最初はマネージメントや書類作成に関しては不明点も多いでしょうから、高岡さんにはまず、得意な電話対応や、私の身の回りの手伝いなどをお願いします。……質問は？」

怒りはひとまず置いておき、莉乃亜は教師に質問する子供のように、小さく手を挙げた。それを見て、ふっと樹が口角を上げる。

「質問ですか？」

「はい。あの……表向きの理由は分かりましたけど、表があるなら裏の理由もあるんですよね？」

その言葉を莉乃亜が言った途端。

樹は眉を顰《ひそ》め、莉乃亜の腰に手を回し、ぐいっと引き寄せた。

「まだ分からない？」

さらに腰がしなるほど抱き寄せられて呆気にとられる莉乃亜の耳元で、樹が囁《ささや》く。

「――あんな電話……。お前のことをネタに、いかがわしい妄想をするのは、俺だけで十分だ」

樹が言っているのは昨日のエロ電話のことだ、とようやく気づいた。そんなことで……と思いながらも、男性に慣れてない莉乃亜は豹変した樹の色香にあてられて、腰が砕ける。

「って、妄想って……」

いかがわしい妄想を樹がする？　しかも自分に対して？

微《かす》かに零《こぼ》れた莉乃亜の言葉を確認するように、樹は再び彼女の頤《おとがい》を持ち上げる。

「……許婚《いいなずけ》だというのに手も出さず、イイ子で、毎晩同じベッドで寝起きを共にしているんだ。妄想くらいしちゃ悪いか？」

さっきまで社長として話していたのに、ニヤリと笑った瞬間、普段の樹が眼鏡の奥から顔を出した。

「この女をどう抱いてやろうか、抱いたらどんな反応をするのか……そのくらい男なら普通に妄想するぞ」

すぅっと目を眇《すが》め、艶《つや》めいた流し目を送られる。

「昨日の夜なんて、一晩中、腕の中で抱いてたんだからな」

「――っ」

こんな場所で、家で二人きりのときにすら言われたことのないような恥ずかしいことを言われて、莉乃亜は心臓が喉元までせり上がるようなドキドキ感を覚える。

そんな彼女を見て満足げな表情を浮かべた樹は、表情を一変させて、穏やかな笑みを浮かべた。

「まったく困りますね。職場でそんな艶《つや》っぽい顔をされては……」

（この人、絶対に二重人格だっ。しかもわざと人格を使い分けて、私をからかって遊んでいるんだ）

ころころと変わる言葉と表情に、莉乃亜は呆然として、樹の腕の中から逃げ出す隙を完全に失う。

慣れた様子で樹の唇が近づいてくる気配に、自分のペースを完全に失った莉乃亜が視線を揺らした瞬間。

——コンコン。控えめなノック音がした。

「御厨社長、スケジュールの確認をさせていただきたいのですが」

その声に、樹はそっと莉乃亜を腕の中から解放する。

「ああ、紫藤さん。この間うちで紹介したけれど、高岡さんも社長付きの秘書として、一緒に仕事をしてもらうことにしました。当面は私へのお茶出しなどの対応と、電話応対の仕事を中心に、教えてやってください」

樹の言葉に紫藤はにっこりと華やかな笑みを零《こぼ》す。

「高岡さん、これからよろしくお願いしますね」

会釈をされて、莉乃亜は慌てて頭を下げた。

「それでは先に、本日の午後のスケジュールを確認させていただきます」

紫藤は手元の紙を見ながら、今日の樹のスケジュールを読み上げていく。

「本日十二時より役員会のランチミーティングがあります。その後一時半より、ＭＫＪ銀行にて頭取との定例懇談。三時には社に戻っていただいて……」

次々と告げられる予定を、樹は頷いて聞いている。

「午前中は書類仕事を優先するので、高岡君への説明が一通り終わったら、彼女にコーヒーを持ってきてもらうようにお願いしてもらってもいいですか」

柔《やわ》らかな口調で紫藤に伝えた後に、樹はファイリングされた書類を確認しながら眼鏡の弦《つる》を直す仕草をした。

　すると紫藤は莉乃亜に目線で社長室を出るように指示する。莉乃亜は、書類に目を落とし、こちらの方を振り向きもしない樹に深々と一礼をして退室した。

「今日から秘書室に異動になった高岡さんです。私たち同様、社長室付きの秘書になり
ます。皆さん、よろしくお願いします」

　莉乃亜と紫藤が社長室を出ると、秘書ブースで紫藤が他の秘書たちに声を掛けた。

　すると女性が三人、こちらに寄ってくる。いずれも目鼻立ちの整った、モデル張りの
綺麗な女性ばかりだった。

「王子様が突然、町中で女の子を攫《さら》ってきたみたいね……」

　くすりと笑って莉乃亜を見下ろしたのは、一番身長が高くてスタイルの良いショート
カットの女性だ。胸の名札には『秘書室　長谷川《はせがわ》』と書いてある。

「長谷川さん、軽口は慎《つつし》んでください。御厨社長からは、まず慣れるまで電話応対と社
長へのお茶出しをするようにと言われています」

　紫藤の言葉に、奥の二人が眉を顰《ひそ》める。

「……お茶出し、ねえ……」

　綺麗なロングヘアを編み込みにしている女性は、『宮崎《みやざき》』。目元に涙ぼくろのある女性

は、『吉本《よしもと》』。莉乃亜はとっさに名札を確認する。

「やっぱり社長の気まぐれ、なのかしら」

吉本は肩を竦《すく》め、莉乃亜の足先から頭のてっぺんまで視線を滑らせる。

「けど……ずいぶん宗旨替えしたみたいね」

と、小さな声を漏らすのは、宮崎の方だ。

「そうねえ、町中で拾ってくるには相当地味な容姿だし」

くすくすと笑って答える吉本に、紫藤は何も注意しない。

(とてもじゃないけど、友好的とは言えない感じかも)

この状況に、樹は綺麗な女性をそろえて悦に入るような人間だったのか——自分はここにいる有能で綺麗でスタイルの良い女性たちとはタイプが違うと、莉乃亜は不安になる。

そして簡単な業務説明を聞き始めて五分。莉乃亜はますます自分がここに不釣り合いな存在だということを感じ取っていた。

最初はお茶出しと電話応対ぐらいなら、と思っていたが、秘書ブースで紫藤に説明されている間に掛かってきた電話を聞いて青ざめた。

先ほどの長身美人の長谷川が流暢《りゅうちょう》な英語で応答をしていたのだ。

(私……いきなりこんな部署に来て、一体どうしたらいいの？)

焦りながらも必死にメモを取る。

「こちらが秘書室に直接電話が来る顧客リストです。パソコン上で簡単な情報も見られるようにしてあります。当然社外秘ですので、管理には十分注意してください」

紫藤が差し出したファイルを莉乃亜が受け取ると、二人の視線が合う。紫藤の瞳には、自分の領分を侵されたような微《かす》かな苛立ちが込められている気がした。

（でも、私だって望んでここに来たわけじゃないのに……）

口に出来ない思いが胸にこみ上げてきたそのとき、社長室のドアが開く。

「少し休憩したいので、悪いけれど……」

樹の声に全員が一斉に顔を上げた。

「――高岡さん、コーヒーではなくてカフェオレ、淹《い》れてもらえますか」

その言葉に、何故か秘書ブース内の空気が固まった。

莉乃亜はその理由が分からないながらも、はい、と返事をした。それを見て紫藤が吉本に目配せを送ると、吉本はため息をついて腰を上げる。

「高岡さんを給湯室に案内してきます」

吉本に案内されて連れてこられたのは、ちょっとしたカフェぐらい設備が整っている役員室専用の給湯室だ。

「ねえ、なんで貴女、ここに異動になったの？」

妙に色っぽくて絡むような視線を送ってくる吉本に、莉乃亜はなんと答えていいのか分からない。

「……いえ、私もよく分からないんです」

「おかげで紫藤さん、妙にピリピリしてて困るわ～。なんでだか知っている？」

吉本が肩を竦《すく》めた。たとえ理由が分かっても絶対この人には話さない方がいい。さっきと同じ、情報には目がないタイプだけど、この人はきっと自分に都合のいいように利用するタイプだ。

「紫藤さんがですか？　いえ、そんな感じには見えなかったですけれど」

「そう？　……それに社長はどうして、貴女にカフェオレなんて頼んだのかしらね？」

そう言いながら、吉本は手早くコーヒーセットを出し、ドリップの道具も棚から出した。

「牛乳なんて……あ、あったわ」

冷蔵庫を開けると賞味期限内の牛乳が見つかる。

「カフェオレの、どこが問題なんですか？」

莉乃亜が尋ねると、吉本はマスカラが密につけられた長い睫毛《まつげ》を伏せて、小さく笑う。

「社長ってね、食に興味がないから、飲み物を指定したことなんてないの。それに普段はブラック派で、コーヒーにミルクや砂糖を入れるなんてこと、絶対あり得ないってつい最近まで言っていたのよね」

じっと吉本が莉乃亜の方を見て、それから意味ありげに笑う。

「なのに、わざわざ他の部署から連れてきた高岡さんに、カフェオレを頼む社長って――とぉっても意味深……」

緩《ゆる》いウェーブの髪を掻き上げて、吉本はちらりと莉乃亜に色っぽい視線を送る。くすり、と口角を上げて笑《え》むけれど、目は笑ってない。返答に困って黙り込む莉乃亜の肩に手を置いて、吉本はにっこり笑った。

「じゃああとはよろしく。カフェオレ、社長に届けてきてね」

莉乃亜は仕方なく頷いて、立ち去る吉本を見送りながら作業を始める。

(なんで……こんな目立つ行動するのかな)

まるで自分と樹に何かがあると疑われかねない。秘書室には女性が多く在籍している。そこはコールセンターと一緒だ。だとしたら処世術も一緒で、『とにかく目立たない』ことが一番大事なのに。

ため息を漏らしながらトレイにカフェオレを載せて秘書ブースを通り、莉乃亜は社長室に届ける。

「あの、カフェオレをお持ちしました」

莉乃亜がそう声を掛けると、樹は目を細めて、こめかみの辺りを押しながら作業の手を止めた。

「ちょうどよかった」

そう言うと、彼は受け取ったカフェオレにさっそく口をつけた。

「あの……ブラック派の社長が、なんで私にカフェオレを淹《い》れろ——とおっしゃるんですか？」

文句を言いたい気持ちで尋ねてしまった莉乃亜の言葉に、樹は首を傾げる。

「……そもそも貴女が私にカフェオレを勧めてきたんでしょう？　朝食を食べないなら、せめてミルクたっぷりのカフェオレでも飲んでいってください、と。そして、飲んでみたら意外と美味《おい》しかった——というだけのこと」

柔《やわ》らかいトーンで話されると、莉乃亜はいつもの樹とは別人と会話しているみたいでどうにも調子が出ない。

「……私、目立ちたくないんです。異動した早々、こんな目立つことをしたら……」

莉乃亜の言葉に、樹は眉を顰《ひそ》める。

「それは初めて聞いたな。貴女が目立ちたくないのは何故？」

出自も見た目も、自然と人目を引く目の前の人物は不思議そうに尋ねる。

「目立ちたくないことに理由なんてないです。あの……失礼します」

慌てて立ち去ろうとする莉乃亜の手首を、樹が捕らえた。

「貴女が淹《い》れてくれたから、あまり得意でなかったカフェオレが美味《おい》しく感じたんです」

とっさに莉乃亜が振り向くと、樹は捕まえた手を自《みずか》らの唇に押し当てる。誘惑されているのか、翻弄《ほんろう》しようとしているのか理解出来なくて、莉乃亜は固まってしまう。

気に入っていた電話オペレーターの仕事から、出来るわけもない秘書室に無理やり異動させられ、周りから不信感を抱かれた上に、突然カフェオレを莉乃亜に届けさせて。

新しい職場で、莉乃亜は同僚から樹との関係を勘ぐられ、今までみたいに周りに埋没するように仕事をすることが出来なくなってしまった。

「やはり貴女の淹《い》れるカフェオレは美味《おい》しいですね……」

それなのに、そんな無茶な人事異動を発令した本人は穏やかな表情で微笑む。

頭に来ているはずなのに、樹の笑顔を見ると責めることが出来なくなってしまった。

「……貴女の淹《い》れたカフェオレを独り占めしたいという私のわがままです。目立つとか目立たないとかそんなことはどうでもいい」

椅子に腰掛けたままの樹に、ふっと引き寄せられる。彼は、腰をかがめた莉乃亜の髪を掬《すく》うと、キスを落としてきた。

(こんなことで安易にときめいたりなんてしたくない)

と思いながらも、莉乃亜の胸は高鳴ってしまう。誘惑されるように触れられて、こんな風になる自分が情けない。

すぐ赤くなったり動揺したりする自分は、やっぱり身勝手なこの人のオモチャなんだ。

そう自分に言い聞かせながら、頬に触れようとする樹の手から逃げ出す。

「それでは失礼します」

莉乃亜は持てあました感情の変化から逃げ出すように、急いで会釈を一つすると、社長室から出て行った。

――残された社長室の樹が、微《かす》かなため息を漏らしていることになど、気づきもせず……


秘書ブースに戻ると、早速言われた通り、莉乃亜は電話を取り始めた。

莉乃亜に対しての態度は冷たいものの、紫藤の用意していた顧客先マニュアルは完璧で、少し対応に時間は掛かりながらも、一つ一つの電話を丁寧に繋いでいくことが出来た。

（紫藤さんって……すごい）

ちらりと視線を向けた先では、顧客データのファイリング作業をしている紫藤がいる。

長い髪は毛先まで艶々《つやつや》に整っているし、見事なスタイルを包んでいるスーツ姿も凛《りん》としている。

（美人だし、仕事は出来るし、スタイルいいし。絶対男の人なら、こういう人がいいよね。特に会社の代表なんてしているなら、私生活からフォローしてもらえそうだし……）

電話が来ない間は暇な莉乃亜が、そんな仕方のないことを考えていると――

「あれ、莉乃亜ちゃん。いつ社長室付きの秘書になったの？」

「――泉川常務？」

それは先日莉乃亜がテレビのＣＭ撮影で、言葉を交わした泉川だった。

「そうか。莉乃亜ちゃんをうちの秘書にすればよかったのか。さすが、御厨社長。行動が素早いね。先越されたなあ……」

そう言いながら、泉川は握手を求めるように手を伸ばしてくる。

「ねえ、今からでもいいから、うちの秘書になりなよ。君がいるだけで癒《いや》されるし、俺の仕事はかどりそうだしさ」

相変わらず押しの強い泉川に、莉乃亜は目を丸くして動くことが出来ない。

「高岡さんは御厨社長付きの秘書ですからね。仕事の邪魔です。さっさと常務室に戻ってくださいね」

莉乃亜に伸ばしかけていた泉川の手を取り、秘書ブースから外に引っ張り出したのは、身長の高い長谷川だ。

「長谷川ちゃん。相変わらず手厳しいね。仕方ない、莉乃亜ちゃん、また遊びに来るからね」

そう言うと、長谷川に引きずり出されるようにして、泉川は手を振って秘書ブースを出て行く。

はぁっとため息をついて、二人を見送っていると、莉乃亜は後ろからまたもや鋭い視線を感じた。誰のものか。振り向いて確認するのが怖くて、そのまま莉乃亜は電話の前に座る。途端に救いの神のように電話が鳴った。

「はい、あんぜん生命、社長室です」

と応じた瞬間、謎の言語が電話の向こうから飛び込んでくる。

(……何？　英語……じゃないよね？)

焦る莉乃亜は、とっさに辺りを見渡す。だがさり気なく逸らされた吉本と、宮崎の視線。紫藤はこちらに視線も寄こさない。

(ど、どうしよう……)

莉乃亜が視線を彷徨《さまよ》わせると、自分の席に戻ってきた長谷川と目が合った。

「分からないなら代わるよ」

長谷川は淡々と電話を指さす。莉乃亜は『ジャストモーメントプリーズ』だけ言うと、保留音を鳴らして長谷川に電話を回す。言ってから、かかってきた電話が英語ではなかったことを思い出すくらい動揺していたらしい。

受話器を取った長谷川は謎の言語で、流暢《りゅうちょう》に会話を始める。ほっとして辺りを確認した莉乃亜の目の前では、一切視線を送ることなく仕事に専念する紫藤と、こそこそと何かを耳打ちし合っている吉本と宮崎がいた。

(なんか……紫藤さんは冷たいし、宮崎さんたちはもっと嫌な感じかも)

電話を代わってくれた長谷川も悪い人ではなさそうだけれど、正直愛想がなくてぶっきらぼうだ。秘書ブース内の女性特有の独特の空気感が怖い。息が詰まるような感じに、やっぱり異動したくなかった、と思いながら、莉乃亜はそっと彼女たちから視線を逸らした。


十二時になった。午後から紫藤は樹に同行して社外に出るらしい。

「社長は昼食は外で取るようですので、後はよろしくお願いします」

紫藤がそう告げて出て行くと、秘書室には莉乃亜と他の秘書たちが残った。

「私、昼休みに語学レッスンを入れているので……」

と言って、サッと長谷川が席を立つ。

「……相変わらずマイペースねえ、長谷川さん」

宮崎が呆《あき》れたように呟《つぶや》くと、吉本が妖艶《ようえん》な笑みを浮かべて莉乃亜の顔を覗《のぞ》き込んだ。

「社員食堂は碌《ろく》なものがないし、ランチ、外に出るでしょ？　高岡さんも一緒にどう？　これから同僚になるわけだし」

こう誘われればむげには出来ない。今後のことを考えれば、少しでも仲良くした方がいいことは間違いないのだ。

「はい、ご一緒させてください」

こうして莉乃亜は吉本と宮崎の誘いを受けて外にランチに出ることになった。

二人が連れてきてくれたのは、会社から近いけれど、普段のランチで使うには少し値段が高いお店だった。その分個室スペースがあってゆったりとしている。

「素敵なお店ですね」

とりあえず無難に褒めた莉乃亜の言葉を笑みと共にスルーして、吉本がじっと顔を覗《のぞ》き込んでくる。

「ねえ、高岡さんってコールセンター室から来たんでしょう？　なんで突然秘書室に異動になったの？」

そんな予感はしていたけれど、どうやら身上調査が始まったらしい。もちろんこうなった背景には、許婚《いいなずけ》騒動が絡んでいるのは間違いないと思うのだけど、まだ決定したわけでもないし、話すべきではないだろう。勝手にこんなことをして碌《ろく》に説明もしない樹に怒りを覚えつつも、莉乃亜はとりあえず戸惑っているような表情を浮かべる。

「私もよく分からないんです。ただ、昨日コールセンターで社長自《みずか》らオペレーターのモニターをしていたようだったので、その関係かもしれないです」

首を傾げつつ答えると、二人はふーんとだけ答え、さっさとメニューを決めた。莉乃亜は二人が選んだものと同じランチコースを頼む。

「社長がコールセンターで見初《みそ》めてきたにしては、高岡さんは本当に地味よね」

「そうねえ、仕事がバリバリ出来るってタイプでもなさそうだし」

「……え？」

二人は失礼なことを笑顔に包んでズバリと言う。

「まあ身近にあれだけ美人で仕事が出来る紫藤さんがいるし、毛色が変わっていて面白いのかもしれないわよ」

「愛玩動物的な？　でも紫藤さんは壮絶に機嫌悪そうだったわよねえ」

「そりゃそうよね。長谷川さんじゃないけど、紫藤さんの王子様が、勝手に下町から冴えない町娘拾ってきちゃった、みたいな感じだし」

「まあ愛妾《あいしょう》にしても、正妃には出来ないから、そこらへんは心配しなくてもいいって思ってそうだけどね」

くすくすと二人で笑い合いながら話している内容が、莉乃亜には今一つ理解出来ない。

「あの……何の話をしているんですか？」

思わずそう尋ね返すと、宮崎は口元に手を当てて、どこか底意地の悪い笑みを隠す。

「紫藤さんが社長の隣にいる状態で勘違いするほど、高岡さんは図々《ずうずう》しくはないでしょうけれど、それにしたって気まぐれで連れてこられて、色々巻き込まれそうだし、今後大変よね、ってこと」

「……今後大変？」

「そう、御厨宗一郎氏が亡くなった後だけに、次の御厨社長夫人は誰かっていうのは注目の的なの。もちろんうちの会社でも、御厨ホールディングスでも、ね」

「マスコミも食いついてきているわよね。このところ取材とかすごく増えたし」

彼女たちの言葉に、箸を持つ莉乃亜の手が完全に止まった。じわりと湧いてくるのは吐き気。

「わ、私、目立つの苦手なんです。ですから、そういうのとは関わりたくないです」

否定するように顔を左右に振ると、吉本が綺麗にルージュの塗られた唇の口角をきゅっと上げる。

「そうよね。高岡さんみたいに地味顔の一般人が、そんなことに巻き込まれたくないわよね。その方が賢明だと思うわ」

「ええそうね。自分の立場をちゃんと理解出来る高岡さんなら、秘書室の仕事も早く覚えるでしょうしね。紫藤さんが満足するほどは無理でも、少しでも戦力になってくれたら助かるわ。これからもよろしくね」

莉乃亜が関わりを持ちたくない、と表明した瞬間、二人の様子が少しだけ柔《やわ》らかくなった気がする。台詞《せりふ》が相当失礼でも、そのことに少しだけほっとしてしまう自分が情けない。

「紫藤さんには私たちから伝えておいてあげる。高岡さんは仕事を真面目にやるだけで、社長は狙ってませんって」

「まあ紫藤さん相手に戦っても、高岡さんじゃまるっきり勝ち目はないしね」

くすくすと笑った宮崎の言葉に、莉乃亜は言葉を失う。

まさか、彼女たちをこんな風にけしかけているのは紫藤なのだろうか。

この二人は知らないようだけれど、紫藤は莉乃亜が樹の許婚《いいなずけ》であることを知っている。もし紫藤が本当に樹の配偶者の座を狙っていたのだったら、莉乃亜に対してどう思うのだろうか。ふと最初に会ったときの、「高岡さんでは御厨社長とは不釣り合いですから」と呟《つぶや》いた紫藤の声が耳元で聞こえたような気がした。

熱を出したときのように悪寒で背筋がぞくっと震える。莉乃亜が一番苦手な女性特有の空気に本能的に拒否感を覚えてしまう。

結局、料理は美味《おい》しかったのにまったく箸が進まなかった。


昼に紫藤と出掛けた樹は、帰社時刻になっても戻ってこなかった。莉乃亜は樹のマンションのキッチンで一人、夕食を準備しようとしていたけれど、漏れるのはため息ばかりだ。

（いつもみたいに料理をすれば、気持ちが切り替えられるかと思ったのに）

ふと思い出すのは、樹と共に社長室を出て行ったときの嬉しそうな紫藤の表情。

冷静に考えれば、一番古くから側にいる秘書ということで信頼も厚いようだし、二人で動くことは別に何の問題もない。

けれど今更ながら、樹が他の女性から見てどれだけ魅力的なのか、ということを実感してしまった。

(別に、私は樹さんと好きで許婚《いいなずけ》になったわけじゃないのに……)

けれど莉乃亜は知っているのだ。さして美人でも、頭がいいわけでもない、自分みたいな凡庸《ぼんよう》な人間が、そういう相手と上手くいったときに、他の女性がどう反応するのかを。

(きっと、あのときみたいに)

瞬間、思い出したくもない過去の記憶がフラッシュバックする。

『アンタみたいな女にっ……』

泣き叫ぶ沙也加の顔が脳裏に浮かび、莉乃亜は息を呑む。

あのときの気持ちが一瞬でよみがえり、突然空気中から酸素が減って体に回らない感じがする。

「はぁ……はあっ……」

視界がぼやけ、室内が白く溶けていく。

『高岡さんみたいな地味な人が、調子に乗って図々《ずうずう》しくでしゃばるから、ねえ』

『そうそう、なんか必死過ぎて、みんな裏で笑っているからね』

『勘違い女とかって、すっごい恥ずかしい』

脳内で響く、過去の自分をあざ笑う女たちの声が、今日の宮崎と吉本の笑顔にリンクする。莉乃亜は、とっさにシンクの縁《ふち》を掴《つか》んで耐えようとした。

（あのときと今は……違うから）

いや、あのときよりもっと面倒なことに巻き込まれているのかもしれない。

不安が胸を押し潰《つぶ》していき、肺に酸素が入らないような感覚になる。必死に呼吸を繰り返しても空気が体に入ってこなくて、浅い呼吸がどんどん乱れていく……

もう立っていられなくて、莉乃亜はその場にしゃがみ込んでしまった。吐き気と頭痛がひどい。苦しくて、この場から消え去りたくなる。

（私なんていなくなってしまえば……）

すぅっと目元から涙が零《こぼ》れ落ちたそのとき。

「――莉乃亜っ。大丈夫か？」

突然、後ろから名前を呼ばれて、過呼吸で朦朧《もうろう》としていた莉乃亜は、ハッと意識を取り戻す。

「……大丈夫か？　このまま医者に行くか」

ふっと背中が温かくなる。莉乃亜を抱きかかえて、顔を覗《のぞ》き込んでいるのは樹だった。

大丈夫です、と言おうと思ったのに、掠《かす》れて声が出ない。

樹はキッチンの床に座り込むと、莉乃亜を膝の上に乗せ、強く抱きしめた。トクンという心臓の音が聞こえたのは、自分のモノだったのか、彼のモノだったのか……

「……ぁ……はぁ……」

途端に、酸素が肺に流れ込むような気がした。樹は両手で莉乃亜を愛おしむように包み込み、そっと背中を撫でる。

「無理をするな。力を抜いて、全部息を吐き出せ」

その声に莉乃亜の呼吸が泣き出す寸前のように震えた。だが何度も背中を撫で摩《さす》る大きな手に、徐々に力が抜けていく。どれだけそうやって呼吸を整えていたのか、時間の感覚がなくなった頃、莉乃亜はぽつりと呟《つぶや》いていた。

「……いやなんです」

「……何がだ？」

「もう、怖いんです……」

気づくと莉乃亜の目から、ぽろぽろと涙が零《こぼ》れていた。突然泣き出した莉乃亜を見て、樹は目を瞬《またた》かせる。それから、ふっと唇を緩《ゆる》めた。

「しばらくそのまま、泣いたらいい……」

先ほどより少し優しく抱き直すと、ゆっくりと莉乃亜の髪を、背中を撫でていく。

「何が怖いのかは分からないが、お前は俺の許婚《いいなずけ》だ。俺が守ってやる」

「……守る？」

樹の言葉が頭の中でリフレインする。

「お前が何に怯《おび》えているのか知らないが、俺は少なくとも妻にすると決めた時点で、一生お前を守らないといけない立場になったんだからな」

「——っ……」

（こんな風に……優しくされると、涙が止まらなくなる……）

莉乃亜は言葉が声にならないまま、涙を零《こぼ》し続ける。どうして自分は泣いているのか、それすらよく分かってない。

こんな面倒なことを嫌いそうな樹が、何故か黙ったまま、莉乃亜に付き添ってくれている。ゆるゆると撫でる大きな手のひらの温かさに、徐々に気持ちが落ち着いていく。

そんな莉乃亜の様子に、彼はほっとしたように表情を緩《ゆる》めた。そっと背中を撫でて、時折宥《なだ》めるように、とんとんと背中を叩いてくれる。

自分は一人ではない、守ってやると言ってくれる味方がいる、と知らせてくれるようなその手に、莉乃亜は心から慰《なぐさ》められていた。

どれだけそうしていただろう。少なくとも莉乃亜が泣き止むまで樹は黙って付き合ってくれていた。ようやく涙が止まった莉乃亜は、ゆっくりと顔を上げた。

「……少しスッキリしたか？」

微《かす》かに笑みの気配をまとい、樹は莉乃亜の真っ赤になった鼻をつついて尋ねる。莉乃亜は羞恥心《しゅうちしん》でよけい顔を赤くしてしまった。

「あの……すみません」

その言葉に樹は肩を竦《すく》めて口を開く。

「辛かったんだろう？　ベッドに連れて行ってやるから、しばらく横になっておけ」

そう言うと、無理に理由を聞き出すこともなく、ゆっくりと莉乃亜を抱きかかえたまま立ち上がる。

「えっ？」

急に高くなった視点に、莉乃亜は何が起こったのか分からなくて目を丸くした。

（うわ、これお姫様抱っことかいうやつ？）

恥ずかしくて逃げ出そうとすると――

「暴れると落とすぞ？」

いつもみたいに悪戯《いたずら》めかして言われて、莉乃亜はとっさに体の動きを止める。

「まだ顔色が悪い。しばらく休んだ方がいい……」

そんな樹の言葉に、先ほど思い出した記憶が……微《かす》かに薄れた気がした。

第四章　目立ちたくない私と目立つ彼。

緊張と疲れもあったのだろう。莉乃亜がふと目を覚ますと、時計は夜の十一時を指し示している。

薄暗い寝室で、ゆっくりと辺りを見渡した。樹はもう側にいない。

「樹さん？」

ベッドから抜け出し、寝室を出た途端。

「……大丈夫か？　もう少し寝ておいたらいい」

隣の部屋から顔を出した樹が声を掛ける。仕事中だったのだろうか、手には資料らしき紙束を持っている。

「樹さん、さっきはすみません。今日は会社から帰るのが早かったんですね」

「まあ、これといった用事がなかったからな。でも早く帰ってきてよかった。とりあえず、もう少し横になっておけ」

ぶっきらぼうに言うと、樹は廊下の向こうに姿を消す。莉乃亜は首を傾げて後ろ姿を目で追っていたが、自分の足元がふらついていることに気づき、寝室に戻って再び横になる。

「……そういえば、なんで秘書室に異動になったのか理由を聞いて、内容によっては文句を言うつもりだったのに」

倒れてしまって、こんな風に看病までされたら、文句など言えない。

(それに……)

ふいに思い出してしまった過去が、莉乃亜に重くのしかかっていた。

(私……どうしたらいいんだろう)

樹のこと。紫藤のこと。これからのこと……

つい考えが深く沈みがちになる。そのとき、控えめなノックの音が聞こえた。

「夕食、食べそびれただろう。何か食べるか?」

少し開いたドアから、樹が顔を覗《のぞ》かせる。

「いえ……食欲がなくて。あの、樹さんは?」

「食欲がないのなら、これでも飲んでおけ。それで眠れるならゆっくりと寝るといい」

言いながら部屋に入って莉乃亜に渡してくるのは……

「これ、ホットミルクですか?」

マグカップは温かくて、ふわりと何か良い香りがする。

「いい匂い。これなんですか?」

莉乃亜が尋ねると、樹は眼鏡越しの目を柔《やわ》らかく細めた。

「ああ、子供の頃、夜眠れなかったとき、祖父が飲ませてくれたことがあるやつだ。ブランデーと砂糖が入ったホットミルク……。意外とブランデーの量が多くてな、子供に飲ませるようなものじゃないと思うんだが」

くくっと笑う樹の表情が、明るくて温かいから、なんだかほっこりする。

「イタダキマス……」

莉乃亜は、温かいマグカップの縁《ふち》に唇を寄せた。

「……うわっ」

本当にお酒の量が多い。味はいいけれど、芳醇《ほうじゅん》な香りが鼻腔《びこう》に広がるほどブランデーが入っているらしい。

「アルコールの量が多いのもじいさん譲りだ……」

莉乃亜の頭を撫でながら、樹は照れ隠しのようにニヤッと笑う。今眼鏡を掛けたままだけれど、仕事をしている樹とは別人のように思えた。

「……美味《おい》しいです」

砂糖の甘い味と、味わい深いブランデーの香り。それが混在して、ホットミルクは莉乃亜が知っているそれとは全然違う、品の良い大人の味がした。

両手でマグカップを抱え込むようにして、ゆっくりと飲み切ると、体がぽうっと熱くなる。

「おっと……」

少し力が抜けた莉乃亜の手から、樹がマグカップを取り上げる。

「それだけ飲んだら、朝まで寝ろ」

「……あの、樹さんは？」

少し荒っぽく莉乃亜の肩を押すと、樹はベッドに莉乃亜を押し倒した。

そしてかぶさるようにして、そっと莉乃亜の額《ひたい》にキスを落とす。

「もう少し仕事をやってから寝る。お前は先に寝とけ」

前髪を掻き上げて覗《のぞ》き込む瞳は、以前よりずっと柔《やわ》らかい光を宿している。

「また倒れるようなことがあれば、問答無用で病院に連れていくぞ？」

（単に気持ちのコントロールが出来なくて軽い呼吸困難を起こしただけで、体は全然大丈夫なのに）

そう思いながらも、莉乃亜は小さく頷いた。

「はい、ありがとうございます」

「……あんまりよけいな心配をさせるな。仕事が手につかなくなる……」

莉乃亜がハッと視線を上げると、樹はマグカップを持ち上げ、既に莉乃亜に背を向けていた。

「早く寝ろ」

振り向きもせずにそう言うと、樹は部屋を出て行く。

不思議に思いつつもその背中を見送って、莉乃亜はベッドに横になった。

（結局、なんで秘書室に連れてきたのか、樹さんに聞きそびれちゃったな……でも）

莉乃亜は樹の不器用な優しさに、心臓の鼓動が甘く高鳴っていることにようやく気づく。

（目立ちたくない。それは本当にそう思っているのに……）

逃げ出すにはもう遅いかもしれない。切ない怯《おび》えを胸に抱いて、莉乃亜は目を閉じる。

気づけば樹の香りの残るベッドで、心地よい眠りについていたのだった。


目立ちたくないという莉乃亜の思いが、伝わっているのかいないのか――樹と過ごし始めて一ヶ月以上経過していた。

将来の関係に慣れるため、という言い訳をして、樹に抱き寄せられたり、味見と称してキスをされたりすることも相変わらずだ。

ただそれに対して莉乃亜が嫌な気持ちになったり、不安になったりすることは完全になくなっていた。どちらかというと、ほっとすることすらあって……

「そうそう、例のＣＭ、今日から放映だな」

ソファーに座っていた莉乃亜の背中を抱くように、樹が背もたれとの間に体を滑り込ませる。

(——うわっ)

樹は当然のように莉乃亜の腰を両脚で挟むように座り、後ろから手を伸ばして抱き寄せる。彼自身が椅子のように莉乃亜を包み込んでいるような恰好だ。

(せっ……接近し過ぎ)

かぁっと熱が上がる首筋に、面白がって樹がキスをする。

「ひゃあっ……」

思わず変な声を上げると、くくっと樹が笑った。

「相変わらずだな……いい加減慣れたらいいと思うんだが」

そう言いながら、リモコンを持ち、目の前にある壁掛けの大きなモニターのテレビをつける。そういえばこの家に来て一緒にテレビを見るのは珍しいかもしれない。

「例のCMって？」

「うちのコールセンターのCMだ」

そう言われて莉乃亜はハッと気づく。数週間前に撮影したCMが放映されると、樹は言っているのだ。

「ほら始まった」

腕時計を確認し、時間通りにチャンネルを合わせると、ちょうど番組が終わってＣＭが流れ始めた。人気モデルのＨＡＲＵがコールセンターの制服を着て、にっこりと笑みを浮かべて電話の受け答えをしている。

「うわあ、本当にうちのコールセンターが映っている」

あの日、突然部署を異動してから行くことがなくなってしまったコールセンターがなんだかとても懐かしい。

莉乃亜はテレビ画面を食い入るように見つめて、モデルの美しい笑顔にうっとりと見惚れる。

「やっぱりＨＡＲＵさん綺麗ですよね。品もいいし」

「……そうか？」

樹は何でもないように答えると、くつくつと喉の奥で笑った。

「俺は、意外とこの女もいいと思うんだがな」

『あんぜん生命です』と言って、ＨＡＲＵが横にいたオペレーターに笑顔を向ける。すると『はい』と答えて、笑って頷く女性がいた。

「――っ」

スクリーンに大映しになってたのは莉乃亜自身だった。その姿は綺麗に化粧されて、いつもより大分ランクアップしている。その後ろで、一斉にコールセンターのメンバーがこちらを向いて、同じように『はい』と答えてはいたのだが……

「えええ。な、なんで？」

思わず体をのけぞらせて、莉乃亜は大きな声を上げてしまった。

「お前がCM撮影を承諾した、と聞いていたんだが？」

首を傾げて尋ねる樹の声に、莉乃亜は口をパクパクさせた。

テレビ画面は既に家電メーカーのCMに変わっている。莉乃亜はさっき見たCMが夢か幻であって欲しい、と本気で願っていた。

「だって、あの……あんなに顔がアップで……」

正直、誰だか分からないぐらいの状態で映っているんだろうと思っていただけに、自分が大きく撮影されていたことにショックを受けた。

「今回のCMだが、役員たちからも評判が良かったんだぞ。お前のことも、清楚で我が社のイメージにピッタリだと評価が高くてな」

莉乃亜が評価されたことが嬉しかったのか、樹は機嫌良さそうに笑う。だが褒められても、莉乃亜はちっとも嬉しくなかった。

（どうしよう……）

こんな派手なことをしたら、故郷の友人たちはどう思うんだろう。

また目立ちたがっていると、裏でこそこそと噂話をするんだろうか？

ふと沙也加の顔が頭に浮かぶ。悪意のある噂をでっち上げられたことを思い出し、胸がズキリと痛む。

（大丈夫。一瞬しか映らないし、きっとみんな、忙しいから気づかないよね……）

動揺している自分の気持ちを宥《なだ》めて、莉乃亜はそっとため息をつく。

だが一方で、これだけで終わってほしいと思った莉乃亜の希望はかなうことはなかった。

＊＊＊

『見たよ～。めっちゃ映ってたねえ。コールセンターも大騒ぎだったよ』

スマートフォンに飛び込んできたさっきのメッセージに、思わず莉乃亜はげんなりとする。

社長付きの秘書ブースの中で、莉乃亜は次々と表示されるスマホの通知に小さくため息をついた。

そうでなくても、朝から社内を歩くたびに、人から視線を向けられているのだ。自意識過剰かもしれないけれど、『あの人が……』と指をさされている気すらする。

今も、秘書ブースまでわざわざ覗《のぞ》きに来て、莉乃亜を確認していく役員がいた。

「人気者ね、高岡さん」

莉乃亜に、ぼそりと耳打ちするのは長谷川だ。

「……本当に、勘弁してください。私、目立つのすっごく苦手で……。もう参ってます……」

思わず小声で泣き言を言うと、長谷川は両手を広げ、派手なジェスチャーで肩を竦《すく》めた。

「ま、人の噂も七十五日って言うから、ある程度経てば落ち着くでしょ。そうそう、明後日に社長が表彰を受けるじゃない。そこらへんで大分静かになるわよ」

そう言って、長谷川は予定が書かれたホワイトボードを指さした。明後日の日付には『御厨社長、ベストエグゼクティブ賞、授賞式』と書かれている。オシャレでカッコいい企業人を表彰するというビジネス誌主催の賞に、樹はノミネートされているのだ。

「だと……いいんですけど」

はぁっと再びため息をついて、机に顔がつくほど凹《へこ》んでいる莉乃亜に、面白くなさそうな視線を飛ばしているのは宮崎と吉本だった。そんな中でも紫藤は淡々と日常業務をこなしている。

(やっぱりなんだかんだ言っても、紫藤さんはすごいよね……)

数えるほどしか接していないが、その仕事の速さと確実さは尊敬に値する。まあ莉乃亜に対しては、相当な塩対応であることには変わりはないが。

(きっと私じゃなくて、こういう人が結婚相手なら、樹さんも助かるんだろうに……)

そう考えると、さらに気分が落ち込みそうになる。

紫藤は書類を持って社長室に入ると、再びドアを開けて顔を出した。

「高岡さん。社長にコーヒーお願いします。眠気覚ましにエスプレッソをダブルで、だそうです」

淡々と声を掛けられて、莉乃亜は慌てて席から立ち上がった。

給湯室でエスプレッソを淹《い》れていると、後ろからトントンと背中を叩かれる。

「――泉川常務」

振り向くと後ろに立っていたのは、泉川だった。

「同じフロアなのに全然会わないね。そうそう、CMどうだった？　俺のチョイスは完璧だったでしょ」

自慢げに言われるが、彼のせいで目立つ羽目になった莉乃亜は複雑な表情になる。

「……あんなに大映しになるなんて、思ってなかったです……」

ついうっかり恨み節が出てしまった。

「なんで？　すっごく可愛く撮れていたでしょ。役員会でも評判良くてね」

そう言いながら、泉川はさりげなく莉乃亜の髪を触ろうとする。

エスプレッソマシーンはまだコーヒーを抽出し切っていないので、その場から立ち去れない。どうしようと戸惑う莉乃亜に、泉川は思い出したように肩を竦《すく》めた。

「そういやさ、この間、ちらっとマスコミ関係から漏れ聞こえたんだけど……」

どうやらそっち方面に知り合いの多いらしい泉川は、突如気の毒そうに眉を下げた。

「今後も、色々動きがありそうだから、何か困ったことがあったら相談してよ」

「――え？」

その台詞《せりふ》の意味が分からなくて、莉乃亜は首を傾げた。

「エスプレッソダブルね。樹の分か。……あいつさ、外面はいいけど内面は結構キツイでしょ。いやな思いとかしてない？　大丈夫？」

ふわりと頭を撫でられて、綺麗な顔に覗《のぞ》き込まれる。樹なら許せるその行動が、泉川にされるとなんとなく嫌だと思ってしまうのだ。

「そんな緊張した顔されると悲しいな。ねえ、今度二人きりで、ゆっくり話をしようよ」

誘惑する泉川の言葉と同時に、エスプレッソの抽出が終わった音が鳴る。莉乃亜は目の前の泉川に頭を下げた。

「色々とご心配ありがとうございます。では勤務中ですので、失礼します……」

泉川の返事を待つことなく、莉乃亜はコーヒーを持って給湯室を出て行く。

「まあどうせ、樹も一番大事なことは、莉乃亜ちゃんに話してないんだろうしなあ……」

聞こえた台詞《せりふ》はすごく気になったけれど、足を止めたらややこしくなると思い、莉乃亜は歩調を緩《ゆる》めることなく社長室に向かったのだった。

＊＊＊

何をそんなに嫌がっているのだろう。

怯《おび》えた小動物のように、そっとパソコンの横にエスプレッソを置いていく莉乃亜の気配を感じた樹は、視線を上げずに小さくため息をつく。

その様子を見て、仕事に集中しているのだと判断したのだろう。莉乃亜は静かに部屋を出て行こうとしていた。

（なんであんなに頑《かたく》なに目立つことを嫌がるんだ？）

確かに昴が勝手に莉乃亜をＣＭに起用したのだろう。だが画面を通してみると、莉乃亜がこんな清楚な美人だったのかと驚かされた。

いやそもそも、妙なきっかけで一緒に暮らし始めた女だが、その生活が思ったより不快ではないことに一番驚いているのは樹自身だ。

生真面目できちんとしているところも、家庭的で穏やかな性格も、愛情深い細やかな気遣いも、今まで自分の育った冷たい家庭生活では縁がなかったものだ。

その上、最初は触れたりキスをするたびに困った顔をしていたのが、触れているうちに温まっていく金属のように徐々に自分に馴染《なじ》んできた。莉乃亜も最近は柔らかい笑みを返してくるようになっている。意外にも素直に返される彼女の反応が心地よい。

それは騙《だま》されやすい莉乃亜に、彼女の敬愛する祖母が選んだ将来の結婚相手とは仲良くするべきだと刷り込んだからだ、と樹は思っている。

樹が信じていなかった家庭の温かさを、莉乃亜は自然に与えてくれる。樹は無自覚ながらも、それに対して強い執着を感じ始めていた。

「莉乃亜……」

呼びかけると、彼女はドアの前でハッと立ち止まる。樹は立ち上がり、ゆっくりと彼女の方へ歩いていく。

もしかして、目立ちたくないという理由は単なる言い訳で、そもそも自分と一緒にいることを望んでいないのでは。そう考えれば、今度は不安と焦燥《しょうそう》に翻弄《ほんろう》されてしまう。

樹は、その華奢《きゃしゃ》な腕を捕らえて不安そうな瞳を覗《のぞ》き込んだ。

この女と結婚しなければ、自分の野望を実現させることが出来ない。冷たい家庭しか与えなかった父親を見返したい。樹をおとしめようと手ぐすね引いて待っている親族たちを嘲笑《あざわら》ってやりたい。そのためにはどうしてもこの女を手に入れなければいけない。

単にそう思っていたはずだ。

「樹……さん？」

不安そうな瞳の奥には、自分への好意がどの程度あるのか……。分からないからこそ、触れて確かめたくなる。

莉乃亜の頤《おとがい》を持ち上げ、その唇をゆるりと親指で撫でる。薄く目を細めた莉乃亜の瞳は艶《つや》めいていて、年相応の色香がある。

（……もう、どうでもいいか）

抗《あらが》うことのない華奢《きゃしゃ》な肢体を抱き寄せると、自《みずか》らの腕の中で溶けて力が抜け落ちるまで、何度も唇を合わせせる。そして甘く漏らされる吐息と共に、舌先を忍び込ませた。

最初の頃はぎこちなくしか受け入れられなかった深いキスも、莉乃亜は何度も繰り返すうちに応えるようになり、たまに甘い声を漏らす。艶《つや》っぽさを内包しているくせに、生真面目で清廉《せいれん》な莉乃亜とのキスについ溺れそうな自分に気づく。

「……いつ……きさん？」

追い詰め過ぎて涙声で訴えられると、樹は慌ててその手を離した。

そうだ、結婚したいとこの女から言わせせないといけないのだ。樹は気を取り直し、濡れた莉乃亜の唇を撫でて笑いかける。

「……もう帰社時間ですね。私はもう少し仕事をしますから、先に帰っていてください」

莉乃亜はキスに濡れた唇を淡く開いて、潤《うる》んだ瞳で何かを言おうとする。

「…………」

そんな彼女を抱きしめて、その場に押し倒したい欲望を、樹は気づかれないようにそっと心の奥に仕舞いこむ。何のためにここまで我慢しているのか、自分が分からなくなりながら……

＊＊＊

樹の授賞式の日。莉乃亜はオフホワイトの明るめのスーツを身に着けていた。普段は下ろしたままのことが多い髪は、今日は品良く結い上げられている。華やかな場所に相応《ふさわ》しいようにと樹に言われたのだ。樹はいつもと同じくスーツだが、ポケットにチーフを入れたり、カフリンクスも少しだけ華やかなものを選んだりしていた。

「……ああ、よく似合ってる」

社長室に入ってきた莉乃亜を見て、樹が満足げに笑みを浮かべる。珍しく褒められて、少し嬉しくなってしまう。

「今日は、紫藤も同行するから、困ったことがあれば相談するといい」

樹は眼鏡の奥の目を細める。

「莉……」

「御厨社長。そろそろ会場入りのお時間です」

きびきびと社長室に入ってくるのは、莉乃亜とは対照的に、ワインカラーの華やかなスーツを身に着けた紫藤だ。秘書と社長というには近過ぎる二人の距離に、紫藤は視線すら泳がせず、にっこり笑みを浮かべると、莉乃亜を手招く。

「じゃあ高岡さん、マスコミ対応が必要になった場合には、私が対応させてもらいますので、社長の誘導はお願いいたします」

その言葉に微《かす》かな棘《とげ》を感じつつも、莉乃亜は気を引き締めて慌てて頭を下げた。

前会長が亡くなってからさほど日が経っていないため、後継者争いなどについての質問が出る可能性もある。その場合ノーコメントを貫《つらぬ》き、その場を離れることになっていた。

（なんだか……緊張するな）

もちろん受賞に関すること以外の質問はＮＧとしているが、状況次第で何が起こるか分からない。莉乃亜が微《かす》かにため息をつくと、樹がそっと莉乃亜の背中を撫でる。

「まあこういう対応は慣れている。お前はしっかり俺と一緒に行動すればいい」

耳元で囁《ささや》かれた言葉に小さく頷くと、莉乃亜たちは会場へ向かったのだった。

「今年度、ベストエグゼクティブ賞を受賞された御厨社長です。おめでとうございます」

テレビで見たことのある人気女子アナウンサーが明るい声を上げると、穏やかな笑みを浮かべた樹が、雑誌社の社長たちの前に進み出る。莉乃亜はそれを舞台袖《そで》から見つめていた。樹は記念の盾をもらいマイクを回されると、微笑んでお礼の言葉を言う。

「このたびは素晴らしい賞をいただきまして、ありがとうございました」

頭を下げた樹に、再びマイクが向けられる。短い質疑応答があって、それで授賞式は終わる予定だったのだが……

「御厨社長は端整な容姿をしていらっしゃることもあって、特に女性から人気があると評判ですが、このたび……御厨社長が婚約されるというお話を伺ったのですが、真相はいかがなんでしょうか?」

いきなりそう記者に質問されて、樹は目を見開いた。だが動揺を外に見せず、笑顔で答える。

「そういった話題に関しては、本日の賞のお話とずれますので、いずれそのうちに……」

「お相手の女性が、御社のCMで登場されているということですが……」

その言葉にドクンと莉乃亜の動悸が高鳴る。食いついてきたのは、経済紙を出している会社のゴシップ系雑誌の記者らしい。

樹は動揺をかけらも見せず笑顔を崩さない。

「結婚に関しては、正式に決まってから周知させていただきます。CMに関しては、イメージキャラクターのHARUさんの起用については承知しておりますが、社員をエキストラで使っているということ以外の細かい情報は存じ上げておりませんので……」

「と、いうことは、社長のお相手は、自社の社員……ということでしょうか？　現在、御厨ホールディングスの後継者が決まる大事な時期ですが、その時期に婚約発表ということになれば、皆さんの関心も大きいかと」

樹の言葉にすかさず食いつく記者に、莉乃亜はどうしたらいいのか分からず、スカートの前で結んだ手をきつく握るしかない。

「……申し訳ありませんが、正式な発表をお待ち願えれば」

その様子を固い表情で見ていた紫藤は、莉乃亜の耳元に唇を寄せた。

「社長が舞台袖《そで》に戻って来たら、すぐ社にお連れして」

それだけ言うと、彼女は光溢《あふ》れる華やかな舞台に上がっていく。

そしてさり気なく樹からマイクを預かると、紫藤は女子アナと並んでも見劣りしない美貌とスタイルで、辺りを圧倒するかのように美麗に微笑む。

「ご質問ありがとうございました。質疑応答はここまでで終了させていただきます」

そして笑顔のまま、アナウンサーの前のスタンドにマイクを戻す。

「で、では、御厨社長ありがとうございました。御厨社長、退場されます。最後に拍手でお見送りください」

慌てて女子アナが促《うなが》すと、記者たちも主催者に従い、それ以上の質問をやめた。

紫藤と入れ替わりに舞台袖《そで》に戻ってくる樹の向こうから、華やかな拍手とシャッター音が聞こえてくる。莉乃亜は突然の事態に頭が混乱して動けなくなっていた。

「――莉乃亜、会場を出るぞ」

樹は先に歩き始めるが、呆然として立ち止まっている莉乃亜を見ると、その手首を掴《つか》んだ。

「ここにいると、マスコミの餌食《えじき》になるぞ。なりたいなら止めないが……」

その言葉にとっさに莉乃亜は首を横に振る。

「……ならついて来い」

そう言い、樹は莉乃亜の手を引いて、授賞会場の廊下を抜けていった。

＊＊＊

『貴女は社長秘書として御厨社長を守らないといけない立場なのに、その彼に守ってもらうってどういうつもりなの』

冷たく告げられた紫藤の言葉がまだ頭の中をぐるぐる回っている。

結局莉乃亜は守らなければいけない樹に逆に守られて、なんとか会社に戻ってきた。

樹からは何も責められなかったが、その分紫藤は辛辣《しんらつ》だった。午後から樹が出張に行く準備をしている合間に、紫藤が莉乃亜に向かって放った言葉が、鋭く胸に刺さっている。

自分が情けない。二人を見送った後も、どうしたらよかったのか不安な気持ちでその場に立ちすくんでいた。

「紫藤さん、怖かったわね」

「大丈夫？」

顔を覗《のぞ》き込む吉本と宮崎に、莉乃亜はとっさに笑顔を見せ、動揺を誤魔化《ごまか》した。

「だ、大丈夫です。ただマスコミに追いかけられるとか、生まれて初めての経験で」

力なく笑うと、二人は同情したようにため息をつく。

「そりゃそうよねぇ。タイミング悪かったわね。社長に婚約話が出た後の受賞だったから」

「うちの社員だって話だったけど、相手は……紫藤さんじゃないのかしらね。だからイライラしているんじゃないの？」

「CMに出たって言うと、そういえば高岡さんも出ているわよね」

吉本が涙ぼくろのある目元を細めて、じっと莉乃亜を見つめる。思わず視線を逸らしたくなり、ふわふわと二人の間で視線を彷徨《さまよ》わせていたが、最後は耐え切れず目を伏せてしまった。長谷川はどこかに出ているらしく、ブースには三人きりだ。

するとと宮崎も莉乃亜を見つめて、意味ありげに頷く。

「そうよね。それにわざわざコールセンターから高岡さんをこうやって引っ張ってきたくらいだもの。婚約者は高岡さんじゃないかって思う人もいるでしょうね。……実際のところ、社長とはどうなっているの？」

二人に代わる代わる詰め寄られて、莉乃亜は緊張感で頭痛と吐き気が出てきた。

「……社長が私を選ぶわけないと思います」

「じゃあ、何か事情があって、高岡さんを選ばざるを得なかった、とか？」

「それじゃあ、紫藤さんは納得いかないわよね。そもそも社長の婚約話を、誰がマスコミにリークしたのかしら。早過ぎる情報漏えいは、婚約自体を潰《つぶ》しかねないのに……」

「まあ紫藤さんは潰《つぶ》したいかもしれないけどね……」

ふっと二人が視線を合わせて笑う。紫藤は……この婚約話を知っている。けれどこの二人は何をどこまで知っているのか。確認したい気持ちもあるが、今はこの女性特有の空気が重苦しくて、ここから逃げ出したかった。

「御厨社長の妻の座は、正直高岡さんじゃ荷が重すぎるわよね。それに……」

「あれ、もうボスは社を出たのかな。って何の話をしていたの？」

だから、室内に明るい長谷川の声が響いたのは、莉乃亜にとっては救いだった。慌てて書類を持って立ち上がる。

すると、宮崎と吉本は長谷川の前での私語を慎《つつし》むべきだと思ったのだろう、莉乃亜に詰め寄るのをやめた。

「いや、今日の午前のこと。高岡さん大変だったわねって話」

「そうそう、そういえばさっきの問い合わせの件だけど……」

それをきっかけに社長秘書ブースは普段の喧騒《けんそう》を取り戻す。

そして長いような短いような、落ち着かない数時間を過ごして、ようやく終業のベルが鳴った。

「高岡さん。今日、お茶して帰らない？」

帰宅準備をしていた莉乃亜に声を掛けてきたのは、長谷川だ。ちょっと驚いたような顔をしている吉本を見ながら、長谷川は綺麗なウインクを莉乃亜に飛ばす。

「ね、いいでしょ。たまには」

その言葉に目を瞬《またた》かせている間に、長谷川は強引に莉乃亜の腕を取り、社外に連れ出した。

莉乃亜は長谷川とはあまり話をしたことがない。帰国子女だという噂は聞いたけれど、終業時刻まではしっかりと仕事をする代わりに、終われば誰かとつるむこともなく、さっと帰ってしまう。それも、得意な語学力を上げるためにレッスンを受けたり、セミナーに参加していたりするかららしい。普段からべったりの宮崎と吉本とは対照的だ。

「今日は大変だったみたいねえ。いきなりマスコミに追われたんでしょ？」

ストレートな言い方に思わず莉乃亜は口ごもってしまう。

「まあ、紫藤さんは一人で勝手に怒ってたけど、あんなの新人秘書にやらせる対応じゃないわよ。気にしなくていいと思うわ」

もしかして気にして慰《なぐさ》めてくれたのだろうか。冷たい人というよりは、さっぱりした気性らしいと、莉乃亜は目の前に座る同僚を見つめる。とはいえ、紫藤の言ったように、莉乃亜が樹を守ることが出来なかったのは事実なのだ。そうぼそぼそと告げると、長谷川は小さく肩を竦《すく》めて、注文したアイスコーヒーを一口飲む。

「私さ、本当は外資系の会社に勤めるつもりだったのね。でも、色々縁があって、御厨社長付きの秘書になったの。ボスは若いけど人を見る目はあると思う。私は語学力をビジネスに生かしたいって思っているんだけど、社長はそれを知った上で、勉強出来るよう勤務時間を考慮してくれているしね」

「そうなんですね。私は……なんでここにいるのか全然分からなくて……」

見た目もキャリアも何も能力のない自分だけど、あんな風にマスコミに追いかけられるような人と一緒になっていいのだろうか。

秘書であることにすら、紫藤はあれだけ莉乃亜に対して怒りを露わにしたのだ。もし自分が彼と本当に結婚することになったらどのくらい反対するのか想像がつかない。今日宮崎たちがほのめかしたように、直接嫌がらせをしてくる可能性もあるのだろうか。

『高岡さんでは御厨社長とは不釣り合いですから』

あのときの紫藤の様子を思い出すと胸が苦しい。この場から逃げ出したくて仕方なくなる。

「あんまり細かいこと気にしない方がいいんじゃないかな。今日は大変だっただろうからゆっくり休んだ方がいいわよ。周りの雑音に惑わされると碌《ろく》なことはないから」

そう言ってくれた長谷川の言葉も、今の莉乃亜の頭には残らなかった。


それからどうやって長谷川と別れて、家に帰り着いたのかよく覚えてない。ただその間も、紫藤の糾弾するような視線を、吉本と宮崎のねばりつくような視線を思い出してしまった。それと同時に、昔親友が友人たちを巻き込んで莉乃亜を追い詰めていったときの恐怖も思い出す。

（私はどうすればよかったんだろう……）

照明もつけず、着替えることすら出来ずに、莉乃亜はベッドに呆然と座り込んでいた。

「……莉乃亜？」

どれだけの時間が経ったのか、突然照明がつき、声を掛けられてハッと視線を上げる。そこには授賞式の後も通常通り仕事をこなしたのであろう樹がいた。

「どうしたんだ、電気もつけないで……」

案じて掛けてくれた言葉に、よけい罪悪感が高まる。無意識に言葉がぼろりと零《こぼ》れ落ちた。

「あの、私、やっぱり無理です……」

「……お前、そんなに俺と一緒になるのが嫌か？」

「ちがっ……」

とっさに莉乃亜は顔を上げた。

嫌じゃない。弱くて秀でたところのない自分が彼に相応《ふさわ》しくないだけだ。だけど、今日ちゃんと対応出来なかったことで呆《あき》れられたかもしれない。そう思い至った瞬間、視線ごと気持ちが沈む。

（もう私も、どっちなのか分からない……）

人に後ろ指をさされて、あれこれ言われるのが怖い。

樹は少しわがままだったり、意地悪だったりするけれど、根は優しい人だと思う。カッコよくて優しくてお金持ちで仕事が出来て、世間の人が憧《あこが》れるような素敵な人と婚約して、結婚……

とりたてて見るべきところもない自分程度の人間には、出来過ぎた夫だと言われるだろう。

どうやって媚《こ》びたのかとか、身の程をわきまえない図々《ずうずう》しい女とか、色々と噂されるのだろうと思う。

——きっとあのときみたいに。

「莉乃亜、俺の顔を見ろ」

くいと顎を持ち上げられて、樹の鋭い視線が降ってくる。とっさに怖いと思って視線を逸らす。

「お前はもう、俺のモノだ。逆らうことなんて許さない……」

（怖いっ。目の前の樹さんも、それから樹さんの周りにいる人たちや環境も……）

まっすぐ過ぎる視線は莉乃亜を追い詰めていく。思わず体をよじって逃げ出そうとする莉乃亜を、樹は苛立たしそうに押さえ込む。

「――んっ……」

ベッドサイドに追い詰められ、強引に唇を奪われてしまった。いつもなら焦《じ》らすように交わされる甘いキスも、今はただ、莉乃亜の言葉を奪うだけだ。莉乃亜のまだ冷たい口の中を、樹の感情的な舌が蹂躙《じゅうりん》していく。

「だったら、完全に俺のモノにして、もう逃げられないようにしてやる」

樹の手が、性急に莉乃亜の胸に伸びた。

「――いやっ！」

思わず、莉乃亜は樹の大きな体を力任せに押す。

「……………」

その瞬間、樹はハッと気づいたように目を見開いた。襲われかけたのは自分の方なのに、何故か胸がズキンと切なく痛んだ。

「……私、アパートに戻ります。ちょっと一人で、色々考えさせてください」

それだけ言うと、莉乃亜は呆然としている樹の横をすり抜けて、持って帰ってきたカバンを手に、樹のマンションを飛び出したのだった。


（どうしよう……）

樹のマンションを飛び出した莉乃亜は、ちょうど通りかかったタクシーを捕まえて、自宅アパートに戻っていた。

久しぶりに開けるドア。あの日樹に連れ出されて以来、しばらく入っていなかった自分だけの部屋だ。真っ暗な部屋の照明をつけて、自分のベッドに腰を下ろす。

見慣れた自分の部屋は樹のマンションに比べてずっと狭いけれど、ほっとする空間だったはずなのに。

「……なんだか……広いな」

決して広くない部屋が、何故か広く感じて仕方ない。

「こんなに広かったっけ……」

そのままベッドに寝転がり、莉乃亜は天井を見上げる。

お店で一目惚れして買ったカーテン。実家から持ってきたお気に入りの棚には、使ってみたくて衝動買いしたアロマキャンドル。ベッドだって安くても気に入った物を、何軒も家具屋を歩き回って決めた。

「……あ」

可愛く曲線を描くちゃぶ台の上に置かれているのは、楽しみにしていたＤＶＤだ。

（どうせ一人きりだし……）

見ようかな、と思いながらも、ベッドから立ち上がることが出来ない。

もう一度ゴロンと寝返りを打つと、額《ひたい》に手を乗せて天井の灯りを見つめる。輸入雑貨の店で気に入ったシェイドを選んで取り付けたものだ。全部全部、自分の気に入る物だけで作った、一番落ち着けるスペースだったはずなのに。

「樹さんなんか……突然やってきて、私の生活をめちゃくちゃにして。勝手に……一緒に生活するとか言い出してっ」

文句を言うけれど、なんだか胸が締め付けられて、苦しくて切ない。

（いつも意地悪ばっかり言って、私のことをからかってばかりで……）

莉乃亜が拗《す》ねると、本当に楽しそうに笑って。

（ホント樹さんって最低……）

でも本当に怒りだす前に、莉乃亜を抱き寄せて、頭を撫でて。体調の悪いときはぶっきらぼうに心配してくれて。ちっとも優しくないくせに、意外と親切で。

（なんだっけ、こんな感じ）

樹はいつだって意地悪なのに本当は意地悪じゃなくて。自分はからかわれて怒っているのに、本当は怒ってなんてなくて、拗《す》ねているのに、本当はちょっと嬉しくて……

「樹さんの……ばかっ」

じわりと目元が熱を持ち、涙がぽろぽろと落ちてくる。感情が一日で掻き回され過ぎて、自分でも何がなんだか全然分からない。なんで涙が出てくるのかも、なんで樹に対して怒りを感じているのかも。

……自分の一番安心出来る場所に戻ってきたくせに、こんなに寂しくて仕方ない。

「……樹さん……私が勝手に飛び出したこと、怒っているんだろうな」

でもいきなりあんな風に襲うなんて、全然意味が分からない。今まで隠されていた男性の欲みたいなものを押し付けられて、恐怖を覚えた。

感情のまましばらく涙を流し続けていると、頭の中が少し空っぽになり、自分の気持ちがよく見えるようになる。

（そっか……やっぱり私、樹さんのこと、好きになってたんだ）

恋人のように毎日キスされて、抱き寄せられて、同じベッドで朝まで過ごして。好きじゃなかったら、そんなことを平気で出来るほど、自分は器用なタイプじゃない。

（許婚《いいなずけ》だし、結婚する人なら好きにならないとダメって……そんな簡単なことじゃないって思っていたのに……）

莉乃亜は、小さく苦笑いを浮かべる。

（あれだけカッコいい人だもん。優しくされたらやっぱり好きになって当然だよね）

仕事をしている凛《りん》とした樹の姿。家で甘えるみたいにわがままを言う樹の様子。莉乃亜をからかうような言い方をしても、無理やり嫌なことをされたことはなかった。

（でも……今日はいつもと違っていたから……）

だから、急に怖くなってしまったのだ。樹も、そして樹を取り囲む環境も、今まで彼に守られていた莉乃亜にはよく見えてなかっただけだ。

（……樹さんって本当は私のこと、どう思っているんだろう……）

そもそも今日は樹らしくなく、妙に余裕がなかった。

（私も全然余裕がなかったしな……）

その大本の理由を思い出して、莉乃亜は再び落ち込んだ。今回の授賞式では自分の姿がテレビに出ることはないだろうけれど、あのＣＭは莉乃亜の故郷にも流れているかもしれない。

（沙也加に、あれが私だって気づかれないといいんだけど……）

たとえその場に自分がいないとしても、あの時のように故郷であれこれ悪い噂を流されることに、もう耐えられそうにない。莉乃亜の思考が再び沈みかけた瞬間。

――ドンドンッ。

玄関のドアが荒々しくノックされた。

(何っ?)

突然の物音に、莉乃亜は目を見開く。

「莉乃亜? いるんだろう。ここを開けてくれ」

アパートの薄いドアの向こうから声が聞こえて、莉乃亜はぱっとベッドから体を起こす。

(――樹……さん?)

ここしばらく聞き慣れていた傲慢で偉そうな声。でもいつもより余裕がなくて、どこか莉乃亜の気持ちを不安にさせる響きがある。

(どうし……よう)

そう思いながらも、声に引き寄せられるようにベッドから下り、莉乃亜は玄関に向かう。

(でも……)

ドアを開ける前に、一瞬躊躇《ためら》ってしまう。さっきどうやって別れたのか、樹のマンションを何故飛び出したのかを思い出したからだ。

(どうしよう。開けたら、さっきみたいに襲われたりするんだろうか……)

冷たいドアノブを掴《つか》んだまま、莉乃亜は動きを止める。

「……頼む。顔だけでも見せてほしい」

瞬間、ドアの向こうから聞こえる小さな声。何故かそれが母親に置いて行かれた子供のように聞こえて、莉乃亜はほうっておけずドアを開けた。

「……樹……さん？」

そこに立っていたのは、やっぱり樹だった。

「ど、どうしたんですか？」

けれど予想外の状況に、怒りも不安も忘れて目の前の彼に声を掛けていた。

普段仕立ての良いスーツを綺麗に着こなし、それこそ頭のてっぺんから足の先まで隙一つない恰好をしている樹が——

よれて曲がったネクタイ。ドロドロに汚れた靴。オーダーメイドのスーツが型崩れして、整えられていた髪も乱れている。

(こんな恰好で、ここまで来たの……？)

莉乃亜は驚きのあまり、言葉が続かない。

「よかった。帰っていたんだな……」

莉乃亜の顔を見てそう呟《つぶや》くと、樹はその場にしゃがみ込んだ。

ちょうど帰宅したらしい三軒先のサラリーマンが、何事かとぎょっとした顔をしてこちらを見る。慌てて莉乃亜は樹の手を取り、部屋に引っ張り込んだ。

「あの、とりあえず、上がってください」

「莉乃亜」

名前を呼ばれた刹那《せつな》、ぎゅっと強く抱きしめられて、莉乃亜は息が止まりそうになる。

「……さっきは悪かった」

ぼそりと呟《つぶや》かれた言葉に、莉乃亜の体温が一気に上がった。

「……謝るために、わざわざ来てくれたんですか？」

莉乃亜の震える声に、樹は小さく頷いた。

「もしかして、走りました？」

見たことのない、乱れた姿——それは多分、人目を憚《はばか》らず、スーツ姿のまま走ったからだ。

（でもなんで走ったりしたの？　もしかして……）

そこまで考えたものの、なんだか図々《ずうずう》しいその思い付きに、莉乃亜は恥ずかしくなってしまう。

「悪いか？　途中でタクシーが捕まらないからいけないんだ」

「あの……いつもの車は？」

「呼び出していたら、時間がかかるだろう？」

「タクシーを探しながら走って来るなら、車を呼ぶのとあんまり時間、変わらなかったんじゃなかったんですか？」

　くすっと莉乃亜が笑う。

「……お前って奴は……」

　樹が、ふっと息を零《こぼ》し、額《ひたい》をこつんと莉乃亜のそれに触れ合わせる。それからくつくつと笑い始めた。

「何のために俺がここまでして、追いかけて来たと思っているんだ？」

（……やっぱり私を心配して、謝りに来てくれたんだよね？）

　そう思った瞬間、甘い期待にいつもより速く心臓が鼓動を刻み始める。

（ど、どうしよう。息が苦しい。胸がぎゅっとし過ぎて……）

　はぁっとつくため息まで、どこか切なげな吐息交じりだ。

（こ、このままだと、頭の中が沸騰《ふっとう》しそう）

　莉乃亜はそんな自分を誤魔化《ごまか》すように「お茶を淹《い》れるからどうぞ」と声を掛けると、彼の腕の中から逃げ出して、部屋の中に招いた。

　莉乃亜は小さなキッチンでお湯を沸かしている間も、樹のことを考えていた。

　全力で走って、莉乃亜を追いかけて来てくれたんだ、と思うと、それだけで胸がきゅうっと甘く痺《しび》れるように締め付けられる。

（もしかして、私のこと、少しは大事な人って思ってくれているのかな？）

期待はふわふわと甘い綿菓子みたいに胸の中で膨らんで、莉乃亜の心の中に甘い塊を作り上げていく。

それは少し触れただけで、甘美の滴《しずく》となって蕩《とろ》け落ちていき、莉乃亜の理性を奪ってしまいそうだ。思わず笑み零《こぼ》れてしまいそうな唇を引き締めていると、莉乃亜の後ろに樹がやってきた。

「……触れても、いいか？　もうお前の嫌がることはしないから……」

莉乃亜は彼の言葉に目を丸くする。

「い、いいですよっ」

うなじまで真っ赤に染めて、シンクの方を向いたまま答える。すると、ふわりと背中から樹に抱き寄せられた。

「……お前をこうしていると、なんだか気持ちが安らぐんだ……」

背中に感じる樹の鼓動が、いつもより熱くて速い。トクトクと速まる鼓動は莉乃亜の鼓動と寄り添うように速度を増していく。

「……ドキドキも、しますけどね」

莉乃亜が自《みずか》らを抱き寄せている樹の手の甲に、そっと手のひらを乗せると、さらに抱き寄せる手が強まる。

「本音を零《こぼ》していいか？」

ぼそりと耳元で、どこか戸惑うみたいな樹の声が聞こえた。

「いいですよ」

莉乃亜の答えに、ぎゅうっと樹の手が逃げられないほど強まる。

「……俺は今すぐお前が欲しい。お前を全部俺のモノにしてしまいたい。生真面目なお前のことだ。そうなれば、俺のところに嫁ぐ以外の選択肢がなくなるだろう？　もうお前が俺から逃げ出そうなんて思えないようにしてしまいたい」

切なげな声が耳元に聞こえた途端、莉乃亜は甘い矢で心臓を射貫かれたような気がした。理性を微塵《みじん》もなく溶かされた莉乃亜が、彼の言葉に頷いてしまいそうになったとき、樹の唇が莉乃亜の髪に落ちてくる。

「今一瞬、俺を受け入れようか迷っただろう？　本当にお前は甘いな」

くくっと笑われて、図星だった莉乃亜は顔を赤くする。

「あっ……あの、ちがっ……」

そう言いかけた唇を、樹がいつもよりずっと優しく奪う。

「……違わないよな？」

じっくりと甘やかすように口づけられて、離れた唇を指で撫でられて――妖艶《ようえん》に細められた眼鏡越しの視線に、莉乃亜は見惚れてしまった。

「……樹……さん」

ているんだ」

「まあここまで我慢したんだ。無理強いはしない。さっきのも本当に悪かったって思っているんだ」

殊勝に謝る樹に思わず目を見開くと、彼は莉乃亜の腰の辺りをさわっと触れる。

「でも、もちろんお前が良いと言ってくれるなら、今すぐにでも……」

「きゃっ」

来たときの慌てていた様子はどこへやら、からかうように耳元で囁《ささや》かれ、莉乃亜はじろっと彼を睨《にら》み付けた。それを見て彼は楽しそうににやにやと笑う。

そのとき、ヤカンの笛がピーーーッと音を立てて、湯が沸騰《ふっとう》したことを告げる。

莉乃亜はほっとした気持ちで、お茶を入れるために、再び彼の腕の中から逃げ出したのだった。

「あの、お茶入りました」

莉乃亜の言葉に、寝室兼リビングに敷かれたラグの上に座っていた樹は顔を上げた。

小さなテーブルに置かれたのは、紅茶の入ったマグカップだ。

「そういえば、樹さん、コーヒーの方が好きでしたっけ?」

莉乃亜の言葉に、樹は小さく笑う。

「別にどっちでもいい」

そう言って温かい紅茶の入ったティーカップに口をつけようとした樹は、ハッと顔を上げた。

「ああ、そうだ。ちょうどいい」

樹は部屋に入ってくるときに持ってきていた紙袋を莉乃亜に渡す。

「これなんですか？」

莉乃亜が開けた袋の中に入っていたのは、ボリューム感のある美味《おい》しそうなサンドイッチだった。白い柔《やわ》らかそうなパンの間から、色とりどりの具が、ぎっしりと顔を見せている。

「わあ。美味《おい》しそう」

元々美味《おい》しいものを食べるのが好きな莉乃亜は、その断面に思わず見惚れてしまう。

「来る途中にお前が好きそうな店があったから、ついでに買ってきた。どうせ何も食べてないんだろう？　お前は、腹が減っていると途端に機嫌が悪くなるからな」

そう笑われて、文句も言いたくなるけれど、それでも樹の心遣いが嬉しくて。

「じゃあ、一緒に食べましょうか」

莉乃亜は紅茶の置かれていた皿の上に、袋から出したサンドイッチを広げる。

「いただきま〜す」

昼間から何も食べていなかった胃袋に、樹の心遣いが落ちてきて、なんだかふんわりと幸せな気分になる。サンドイッチは『萌え断』として、SNSに投稿したいくらいたっぷり野菜とチキンが詰まっている。

野菜がシャキシャキとしていて、マヨネーズベースのドレッシングがクリーミーで、お肉がしっとりしていて……

「……うん。すごく……美味《おい》しい」

もぐもぐと口を動かしていると、なんだか力が出てくる気がする。

「凹《へこ》んでいても、旨《うま》いもんは旨《うま》いんだな、お前は……」

呆《あき》れたような言い方も、それはそれで樹らしくてほっとする。

「……ところで、聞きたいことが一つあるんだが……」

食事を終えると、樹は向かいに座る莉乃亜を真面目な顔で見つめる。

「お前はなんでそんなに目立つことを嫌がるんだ？」

その言葉に、莉乃亜はとっさに言葉を失ってしまう。

もしかしたら、くだらな過ぎて樹には理解出来ないかもしれない。でも、樹はわざわざ莉乃亜を心配してここまで来てくれたのだ。だったら樹には可能な限り誠実に、自分のみっともない話をしよう、と思った。

将来どうなるかはまだ分からないけれど、こんな弱い人間が未来の妻なんて嫌になるかもしれないけれど――言わずにこういう関係を続けることに、莉乃亜は違和感を覚えていたからだ。

「あの……くだらないことだって、樹さんは思うかもしれないんですけど」

ふぅっと息を吐くと、莉乃亜はうつむかせていた顔を上げ、まっすぐ樹を見つめた。

「大学の頃の話なんです。私、女子大に通っていたんですけど、近所の大学との合同サークルに参加していたら、ちょっと気になった人が出来て。その人が、割と派手というか、華やかで目立つ女性が好きっていう男性で……」

今はもうフルネームすら思い出せない相手なのに、そのときはすごく憧《あこが》れていて、当時はすっかり周りが見えなくなっていた。

「で、その人に振り向いて欲しくて、友達の勧めるままに、学園祭のミスコンテストに出たんです」

学園祭当日。美容師を目指している友達にヘアメイクをしてもらい、似合う服を選んでもらうと、普段の垢抜けない莉乃亜よりちょっとは可愛く見えて、周りからも褒めてもらえた。莉乃亜はそのことが嬉しくて、舞台の上ではしゃいでにこにこと笑い続けた。

「それで……結果として、コンテストの賞は取れなかったんですけど、スマイル賞、みたいなものは取れて……」

「……それで？」

そう答えながら樹は掛けていた眼鏡を外す。

そして彼はその手を伸ばし、莉乃亜の頬を指先でなぞる。その瞳が何故か少しだけ切なげに見えて、驚いた莉乃亜は視線を下に向けた。

「……それで。その人は私に興味を持ってくれて。ちょっとデートしたり、仲良く遊んでくれるようになって」

でも気づいてなかったのだ。同じ高校から同じ大学に進学した親友の沙也加も、その人を気に入っていたことに。

「だけど親友が彼を好きだったことに気づいてなくて。その子は私がそのことを知っていた上で彼を取った、みたいに思ったらしく」

ふぅっと莉乃亜がため息をつくと、樹は首を傾げた。

「……何か嫌がらせでもされたか？」

いきなり図星を指されて、莉乃亜は言葉に詰まる。ふと過去の光景が脳裏に浮かんだ。

『ねえ、莉乃亜ってすっごい尻軽なんだってね』

『あぁー、聞いた。なんか友達の彼氏を無理やり寝取るのが好きなんだって……ホントかな』

『意外とああいう大人しいタイプが、裏では結構したたかだったりするよね』

『……地味なくせにね』

そう言って友人たちはくすくす笑った。教室に入る前に耳に飛び込んでくる話題は、女子だけによけいにえげつなくて、言葉も心を鋭くえぐるものだった。

怖くて教室に入れない。ギリギリまで外で待って、教授が入ってくるのと同時に教室に飛び込むような日が続いた。

しかもその話をして回ったのが、沙也加だと知ったときには人間不信に陥《おちい》った。原因となった彼と別れても、執拗《しつよう》な悪口や陰口は減らなかった。

それどころか莉乃亜が他の友人への悪口を裏で自分にだけ言っていたのだと、沙也加が周りのみんなに言って回ったのだ。元々莉乃亜と沙也加の仲が良かったことを知っていた友人たちは、人付き合いが良く見た目も可愛い彼女の言葉を信じてしまい……。

気づけばあっという間に、莉乃亜は学校の友人たちの中で孤立していった。それでも卒業だけを目標に何とか勉強を続けて、もう故郷にいたくないと東京での就職先を探したのだ。

その頃のことを思い出すと体がどんどん冷えてくる。指先が震えだして、呼吸が苦しくなる。そんな莉乃亜を見て、彼はそっとその手を握ってくれた。

「莉乃亜、大丈夫か？」

「……私、コンテストに出た時、可愛いとか言ってもらえて嬉しくて、はしゃぎ過ぎてしまったんです。その彼からもチヤホヤしてもらえて、すごく浮かれていた。だから、そのせいで周りの人が嫌な気持ちになったりとか、そういうこと全然見えなくなっていて……」

「……莉乃亜」

樹に真剣な声音で名前を呼ばれて、ハッと視線を上げた。テーブル越しに向かいに座っていた樹は、莉乃亜の方に寄り、背中から彼女を抱きしめた。

「……樹さん……」

「信じていた人間に裏切られるのは辛いな」

ぽつりと呟《つぶや》くと、彼は莉乃亜の肩に顎《あご》を乗せる。ふわりと髪を撫でられると、じわりと体が温かくなる気がした。

「いえ、私が分不相応に目立ったのがいけなかったんです。地味で大人しいままだったら、きっと誰にも嫌われなかったし、沙也加にも嫌な思いをさせなかったし」

「……それは違うんじゃないか？　目立つから叩くような奴は、最初からどこかで相手のことを侮《あなど》っていると俺は思う」

背中越しに抱きかかえていた莉乃亜の顔を覗《のぞ》き込んで、樹がそう告げる。

「分相応とか不相応とかっていうのは、一体誰が決めるんだ？」

ゆるりと指が莉乃亜の頬を撫でる。

「阿呆らしい。そんなのは自分で決めたらいい。メイクや服装を少し変えただけで、それだけ魅力的になった。そもそも最初から自分の魅力に気づいてないだけだった、ということだろう？　メイクも服装もそれを引き出すための道具に過ぎない」

莉乃亜の顔を見つめたまま、樹は口角を上げて小さく笑う。

「そもそもお前は尻軽でも、不真面目でもない。お前を知らない人間が、何を言ったって気にするな。くだらない嫉妬《しっと》に負けて、自分をくすませることが、本当に良いことだと思うか？　馬鹿馬鹿しい。だったらもっと輝いて、そんな奴ら悔しがらせればいいんだ」

低い声で笑って、最後は樹らしい言葉で締めると、彼はそっと莉乃亜の唇にキスを落とす。

「……言っただろう？　お前は俺の許婚《いいなずけ》だ。俺の未来の妻になる女だ。真実と違うくだらないことを言う奴がいれば、俺が叩き潰《つぶ》してやる。お前の持っている素質を、目立ったくらいで叩くような奴は碌《ろく》な人間じゃないからな」

獰猛《どうもう》な顔をして笑う樹に、莉乃亜は眉を下げる。

「……あの、叩き潰《つぶ》さなくてもいいです」

莉乃亜の味方になる、と言ってくれたことは嬉しかったものの、凄《すご》みのある表情をする樹に圧倒されてしまう。だけどすぐに気を取り直して、莉乃亜は小さく苦笑を漏らす。

「すぐにそう思えるかどうか分からないですけど、もうちょっと……自分で頑張ってみます」

「ああ、頑張れ」

端的にそう言うと、樹は背筋を反らして伸びをした。

「しかし……飯を食ったら帰るのが面倒になったな。今日はお前の部屋で眠るか」

「……え？」

（この狭い部屋で？　この小さなベッドで二人で寝るの？）

莉乃亜は目を丸くしてしまう。

けれど樹は、近くのコンビニで替えの下着を手に入れ、シャワーを浴びると、さっさと莉乃亜のベッドに横になってしまった。莉乃亜もシャワーを浴びると、パジャマに着替えて戻ってくる。

既に寝息を立てている樹を見て、疲れているのに必死にここまで追いかけてくれたんだ、と笑みが零《こぼ》れた。

「でもさ、この部屋のどこで私、寝たらいいんだろう」

小さなベッドで寝る樹を覗《のぞ》き込みながら、そう呟《つぶや》くと――

「わわっ」

どうやら寝たふりをしていたらしい樹に、荒っぽくベッドに引っ張り込まれた。

「狭いがここで寝ておけ」

「その狭いベッドは私のもので、占領しているのは樹さんなのに？」

失礼なことを言っている自覚がまるでなさそうな樹に、文句を言いながらもつい笑ってしまう。狭いシングルベッドでぎゅっと抱きしめられて、莉乃亜はじんわりと胸が温かくなった。

「いい匂いだ……ああもう、早く俺のモノになってくれ」

寝ぼけたような樹の声に、きゅんと胸が高鳴る。

「……ちょっとぐらいならいいか。味見はいいって莉乃亜も言ってたしな」

「え、味見？」

くるっと体勢を入れ替えられた莉乃亜は、気づくとベッドに押し倒されていた。

「あの、ちょっとそれはっ」

文句を言いかけた唇にちゅっとキスを落とされた瞬間、首筋にもキスが落ちてくる。

「ひぁっ」

思わず声を上げてしまうと、彼は楽しそうに笑った。眼鏡を掛けていない彼は、たまに悪戯《いたずら》っ子みたいな表情をするから、本気で怒れなくなる。

「もうちょっと……色っぽい声で啼《な》いてくれてもいいんだが……」

「色気のかけらもなくてすみませんね」

そう言うと、耳朶《じだ》を甘く食《は》まれる。

「……あんっ」

「いや……意外と……色っぽかったな」

くすくすと笑いながら、今度は子供がじゃれ合うみたいにして鎖骨《さこつ》に唇が落ちてくる。

「家にあるあの寝間着、持ってきてやればよかった」

彼が今、顔を寄せている胸元は、色気のかけらもないパジャマだ。

「……こっちで良かったです」

それでもパジャマは首元がゆったりとしているから、彼の不埒《ふらち》な唇の侵入を許してしまっている。

「あ、も、ダメです」

「……もうちょっと……まだ俺的には全然足りない」

体の線に触れる彼の手を押さえ込むが、逆に返されて指先にキスを落とされる。

（さっきは……あんなに怖い気がしたのに……）

今はこうやってふざけて触れ合うのがなんだか心地よくて幸せだ。きっとそれは自分の一番弱い部分を彼に打ち明けて、それを受け入れてもらったからだと思う。

「こら、ダメですってばっ」

「いっそ……この邪魔なのは脱ぐか？　嫌なら最後まではしないし」

「……脱ぎませんっ」

ドキドキするけれど、怖くはない。というか今日の樹はいつもの彼よりずっと素直で、どこか浮かれているような気がする。

「なんか今日の樹さん、雰囲気が違いますね」

その目を見て莉乃亜が尋ねると、彼は珍しく視線を泳がせた。

「……お前が俺を避けている理由が、俺のせいじゃないって分かったからかもな」

呟《つぶや》かれた言葉はあまりに小さ過ぎて、莉乃亜は聞き取れない。

「え、なんですか？」

「なんでもない」

樹は誤魔化《ごまか》すように唇を触れ合わせてきた。つぶっていた目をふと開ければ、そこには樹の素の表情がある。幸せそうに見える彼が何だかとても嬉しくて。

（……やっぱり私、この人が好きかも）

わがままで言いたい放題の俺様社長で、偽善家ならぬ偽悪家で、だけど実は結構優しいところがあって……

そんな風に思った瞬間、一気に体中の熱がこみ上げてくる。

トクトクといつも通り血液を送るはずの鼓動までどこか甘い。

好き、と思った人に抱きしめられて眠る夜は、ドキドキが口から零《こぼ》れて落ちていきそうになる。

莉乃亜はそっと自分の唇に手を押し当てて、ときめき交じりの幸せな吐息を漏らしていた。

「……って樹さん？」

激務のせいで、常に睡眠不足気味の樹は、莉乃亜に散々悪戯《いたずら》したあと、満足げな顔をして眠ってしまった。

「こんな人が、私の許婚《いいなずけ》なんだって……名家の御曹司、なのにね」

莉乃亜の小さなベッドで身を縮めて眠っている姿は、ごく普通の一人の男性にしか見えない。

もちろん綺麗に整ったその顔は、きっと他の女性にも魅力的に見えるだろう。御曹司とかお金持ちとか関係なく、『御厨樹』という人間だけで十分人を引き付ける魅力があるのだ。

「絶対目立っちゃうよね……」

こんな素敵な人が旦那様だったら。

それは避けたいと思いながらも、自分の傍《かたわ》らで眠る彼から目が離せない。引き締まった唇に、少しだけ固いサラサラの短い髪の毛。ゆっくり上下する、逞《たくま》しく広い胸に顔を押し付けて、莉乃亜は甘やかな吐息を漏らす。

（まあ……明日のことは明日考えよう）

きっとすぐに眠れないだろうと思いながらも、この部屋に帰ってきたときより、ずっと幸せな気持ちで目を閉じたのだった。

＊＊＊

寝返りを打とうとして、身動きが出来ないことに気づいた樹はゆっくりと目を開けた。

「……ふっ」

その途端、笑みが零《こぼ》れてしまう。狭いベッドの中で身を寄せ合うようにして、樹の胸に顔を落として寝ているのは莉乃亜だ。

あどけないその寝顔を、思わずじっと見つめていた。ほのかに赤みを帯《お》びている頬。艶《つや》やかな睫毛《まつげ》。微《かす》かに寝息を立てる桜色の唇。さらさらの黒髪からは、シャンプーの匂いがする。

目元にかかっている髪をそっと指先で避けると、表情がよく分かる。彼は自《みずか》らの腕の中にいる女を不思議な気持ちで見つめた。

祖父の遺産を他の誰にも渡さないために、莉乃亜を手に入れようと思っていた。それは遺言書の女、という記号だけの存在だったはずだ。

なのに気づけば、こうやって抱きしめることに心地よさを感じている。

他の男から興味を持たれれば、自分のモノなのにと、ひどく不快に感じる。

信頼とか愛情とか、そんな今まで信じてもおらず夢想もしてなかったものを、彼女なら与えてくれそうで。だからこそ逃げられないように必死になって、全部自分のモノにしたい——そう思うことがたびたびある。

この平凡な女に、何故自分が惹《ひ》かれているのか？　自分で自分が理解出来ない。もしかして物珍しいからなのか。それとも——

ゆっくりと睫毛《まつげ》が瞬《またた》いて、黒目がちな目が樹に向けられる。

「……あっ」

毎朝こうして一緒に朝を迎えても、恥ずかしげに狼狽《ろうばい》する姿はまったく変わらない。もっとその表情が揺らめくのが見たくて、わざと平然とした顔を保って唇にキスを落とす。

「……っ」

それだけで瞳が潤《うる》んで、赤みを帯《お》びる莉乃亜の目元に、ぞくりとするような色香を感じた。

身の内に湧き上がる本能的な欲望を煽《あお》られるが、とっさにそれを抑え込む。少なくとも昨日、マンションで感情のまま襲ってしまいそうになったときと同じ顔を見せれば、間違いなく彼女を怯《おび》えさせる。

（それに……）

樹は窓の端から見える朝日を確認する。

もう仕事の時間だと自《みずか》らに言い聞かせて、これ以上彼女に触れることを諦《あきら》めさせる。

「よく眠れたか？」

「は、はい……」

「こっちは狭くて眠れなかったな」

こくこくと頷く莉乃亜に、わざと不機嫌そうに返すのは、目の前の女の反応が知りたくて仕方ないからだ。

理不尽な言葉に謝ってくるのか、それとも拗《す》ねて怒るのか。どちらにしても、それを可愛いと思ってしまう自分がいることも薄々感づいている。

「……樹さんがここで寝ろって言ったじゃない……」

ちょっと不機嫌そうに言う唇が、微《かす》かに尖《とが》っていて、つい触れたくなる。

「んんっ……ぁ」

口づけるたび、うなじが色づき、瞳が蕩《とろ》けるように潤《うる》んでいく。その肌に触れたいという欲望を抑え込むために、彼女に伸びそうになる指を握り込んだ。

「……うるさい唇は塞《ふさ》ぐに限る」

全部奪いたい気持ちを口づけ一つで誤魔化《ごまか》す。我ながら素直ではないと思いつつ、そんな自分を許してくれるであろう莉乃亜に甘えている。

昨日は彼女の過去について聞けたが、自分の家の事情については、何も大事なことを話せていない。中途半端な状況のままなのに、それでもこうしていたいという誘惑に勝てない。

キスに翻弄《ほんろう》されて、自《みずか》らの腕の中で身を預けきっている莉乃亜の姿を見た樹は、満足げな吐息を漏らす。

「さて、仕事に行く前に、一度家に帰って着替えないとな」

これ以上触れ合っていれば、自分の中の欲望に負ける。そのぎりぎりまで朝のひとときを楽しむと、彼は枕元にあった眼鏡を掛け、自宅に戻ったのだった。

第五章　秘密の暴露と、すれ違う想い

自分の過去の出来事を樹に話したことをきっかけに、お互いの距離がほんの少しだけ近づいたような気がしていた。

その数日後、樹は紫藤を伴って海外出張に出かけ、主人《あるじ》のいない社長室の秘書ブースもなんとなく活気がない。

紫藤を伴っての出張がまったく気にならないかと言われれば嘘になる。けれど、先日自分の話をちゃんと聞いてくれた樹を信頼している莉乃亜は、よけいな心配をする暇があったら秘書業務を覚えようと仕事にはげんでいた。

　CMは相変わらずテレビで流れているが、今となっては社内も落ち着きを取り戻している。

「今の時代、人の噂はたった数日で落ち着くのね～」

　そう言って笑うのは長谷川だ。凹《へこ》んでいた莉乃亜のことを随分気に掛けてくれていたらしい。莉乃亜がお礼を言うと、

「まあ、これ以上ネタが投下されなかったらね」

　と不吉なことを言ってさらに笑う。

「もう……さすがにこれ以上は」

　樹に対して、目立つことを出来るだけ気にしないようにすると莉乃亜は言ったけれど、やはり目立つことは得意ではない。なるべく避けて通りたいというのが本音だ。

「まあ今日にはボスも帰ってくるしね。完全に日常が戻ってくるわ」

　日程が書かれたボードを確認した長谷川は、樹が帰社後に行うミーティングの書類を手に秘書ブースを出て行く。莉乃亜は『御厨社長帰社』と書かれた今日の日程を見て、自然と気分が浮き立ってしまう自分に気づいていた。

　ここ数日主人《あるじ》のいないマンションで一人生活するのが、どうにも寂しく感じている自分に気づいていた。

（また戻ってきたら面倒なこと、色々言うんだろうな～）

などと思いつつも、本音では彼の帰宅を待ちわびている。あと一時間ほどで、樹は社に戻ってくる予定だ。

（早く帰ってこないかな）

無意識にそんなことを考えている自分も、大概浮かれているみたいだ。

そんな莉乃亜のところに、泉川常務付きの秘書が顔を出す。

「あの、すみません。高岡さん、先日のＣＭの件で、常務が少しお話ししておきたいことがあるので、常務室まで来てくださいと……」

その言葉に莉乃亜は少し首を傾げながらも頷く。

「はい、分かりました。――それでは泉川常務のところに行ってきます」

秘書ブースで声を掛けると、奥で吉本と宮崎が顔を見合わせて小さく笑った気がした。

「失礼します……」

莉乃亜が声を掛けると、常務室の奥には、今日も派手なスーツに身を包んだ泉川がいた。立ち上がり、莉乃亜に手招きすると、機嫌良さそうな笑みを浮かべる。

「ＣＭの撮影、ありがとう。おかげで評判も上々だって話は、この間したっけ？」

その言葉に莉乃亜は曖昧《あいまい》に頷く。その間に、常務付きの秘書がソファー前のテーブルにコーヒーを二つ置いて立ち去った。

（前回はここで押し倒されかけたんだっけ……）

莉乃亜が警戒してソファーに座らないでいると、泉川は向かって左側の席に腰掛けた。

「まずはこちらにどうぞ」

そう言って、向かって右側のソファーを勧められる。前回明らかにおかしかった距離感は今日は普通のようだ。

「……失礼します」

警戒心を崩さないまま促《うなが》された席に座ると、泉川はにっこりと笑ってコーヒーを勧める。

「それでね、一つ、君に知らせておいた方がいいかなって思うことがあって」

彼は書類を挟んでいたファイルから、紙の束を出してくる。

「……なんですか、これ」

答えることなく満面の笑みを浮かべる泉川に、なんとなく嫌な予感がした。

「拝見しますね」

そう言って、莉乃亜は泉川に渡された紙に目を通した。どうやら週刊誌の記事らしい。

「――っ」

そこでスキャンダラスに語られているのは、樹と御厨一族の話だ。

「俺、前職の関係でマスコミに親しい人間多くて。こういう記事が出るよって事前に通知くれてさ」

笑みを浮かべながら話す泉川の言葉が、莉乃亜の頭をすり抜けていく。

記事は御厨ホールディングスの後継者問題を取り上げている。中には先日のCMの話と共に、名前は伏せられているものの莉乃亜と樹の写真も掲載されていた。

さらに、相続に絡む内紛についても書かれている。総帥《そうすい》であった御厨宗一郎が、自分のお気に入りの孫である樹に財産を譲ろうと画策したという内容だ。

その裏側には、莉乃亜の祖母と樹の祖父の長年の不倫関係があり、許婚《いいなずけ》話は自分たちの代わりに孫同士が結ばれるようにという意図の元、始まった話だったと書かれている。

そして樹自身が御厨ホールディングスの後継者の座欲しさに、祖父の不倫相手の孫である莉乃亜と婚約することを承諾したという展開に繋がっていく。

しかも樹が遺書を盾に親世代を抑え込み、権力と金を目当てに政略結婚を行う醜悪な人物に見えるような、悪意のある書き方をしていた。

そして彼を献身的に支える美人秘書である紫藤との関係についてまで、いやらしい推察が書かれており、祖父と同じように樹自身も愛人を抱えたままこの婚約話を受け入れたのだ、と結論付けている。

「……こんなの……嘘」

呆然と莉乃亜が呟《つぶや》くと、泉川は深刻な表情を浮かべる。

「信じたくないかもしれないけど、樹と紫藤との関係は古いからね。君の知らない色々なことを呑み込んで、紫藤は今も樹の隣にいるんじゃないかな。君も紫藤の気持ちは分かっていいたんだろう？　あれだけの美貌の持ち主だ。樹も嫌な気はしないだろうしね」

「…………」

確かに紫藤が樹を憧《あこが》れのようなまなざしで見つめていたのは知っている。横入りしたような形になった莉乃亜のことを良く思っていないことも。

「まあ、紫藤ならこういった裏事情も全部樹から聞いているだろうけど。いや、それこそ彼女が情報を売った可能性だってある。樹を取り戻すためにね。どっちにしたって大変なスキャンダルになるし、うちとしては記事が外に出るのは避けたいところなんだけど、もう止められないんだ。樹が日本に戻って来次第、対策会議だろうね。君のところにも、マスコミが来るかもしれないので、前もって言っておこうかなって思って」

莉乃亜の顔を見て、泉川が気の毒そうな顔をする。

「ああ、ちなみにそこに書かれていた御厨ホールディングスの株の話ね。それは本当だよ。君と樹が結婚したら、二十六％ずつの持ち分が与えられ、合計五十二％の所有になる――そう祖父の遺言書には書かれていた。だから君たちが結婚しさえすれば、会社は君たちの物だ。自動的に君たち夫婦が御厨ホールディングスのトップになる。そうなるようにあの人が仕組んだんだろうね」

「……だとしたら……樹さんは……」

声を震わせる莉乃亜を、泉川がどこか楽しそうに見つめる。

「そう。樹は御厨ホールディングスの株を手に入れるために、君と結婚する気になったんだ。――まあ樹はそういうタイプの男だよ。冷静沈着で、どこまでも合理的で……ね。正直夫にするには向かない男だと思うよ」

莉乃亜の頭に、穏やかだけれど実は一切感情を外に出さない社長としての樹の表情が思い浮かんだ。一方で、莉乃亜の知っているいつもの顔を思い出せなくなる。

莉乃亜を甘やかしたり、ちょっかいを出したりして始終振り回していたのは、自分が樹を好きになるように仕向けていただけなのかもしれない……。きっと女性にモテる彼なら、男性に不慣れな自分を虜《とりこ》にすることなんて簡単だっただろう。

たくさんのキスも抱擁《ほうよう》も、莉乃亜の気持ちを大事にして、無理に男女の関係にならなかったことも。

――そもそも、自分相手ではそんな気分にもならなかったのかもしれない。名目上、莉乃亜と結婚さえ出来ればよかったのなら。

(そうだよね、紫藤さんがいるし。あんな素敵な人……私みたいな人間を好きになるわけないんだ)

そうだ。分かっていたのだ。魔法の解けたシンデレラは一瞬で、元の灰かぶりの娘に戻るのだ。あのミスコンテストの後、散々味わった苦しみと同じ――

実感しつつあった恋情の炎は、冷たい水を浴びせられて今にも消えそうになる。

「あの……失礼します」

「ああ、この記事が載った週刊誌は明後日には出るから。多分樹にも止められないと思うし、マスコミ対策だけはちゃんとしておくように伝えておいてね」

妙に楽しそうな泉川の声を背に、莉乃亜は感情を乱したまま、常務室を後にした。

社長室に戻ると長谷川はまだ帰って来てはおらず、ブースに残っていたのは吉本と宮崎だった。

「ああ、高岡さん。ちょうどいいところに帰ってきたわ。さっき社長が戻られたの」

樹に会える。その事実に気持ちがつい浮き立つ。けれど……泉川の話を思い出し、胸がぎゅっと締め付けられるような不安感を覚えた。そんな莉乃亜の変化に気づいていないのか普段通りの様子で、吉本が話を続ける。

「社長、時差ボケでぼーっとしているらしくて、十五分だけ仮眠を取るって言っていたから、今から五分後にコーヒーを持って行ってくれる？　ああ、声を掛けずに静かに入って行ってね。寝ているときにドアの向こうから急に声を掛けられるの、あまりお好きでないみたいだから」

「分かりました」

頭が働かないまま、莉乃亜は指示に頷いて、秘書ブースから給湯室に向かう。

(もし……この関係がすべて、株を得るためだけのものだったらどうしよう)

そもそも樹にとっては祖父に勧められた結婚だ。自分のことが好きで結婚するわけではないので、愛情がひとかけらもない関係でも、彼は一つも困らないのだ。単に『高岡莉乃亜』という人間を手に入れることで、権力を自分の物にすることを彼が望んでいるのだとしたら……

最初からそう聞いていたらそれは当然だ、と思っただろう。ただ初めからそう言われていたら、今のような関係にはなっていなかったに違いない。

何も知らず、一緒に生活をしていく中で、一人勝手に樹に惹《ひ》かれていく自分と、冷静に事業のために莉乃亜を選んだ樹との間で、大きく溝が出来ていたかもしれないことに、莉乃亜は改めて気づいた。

(樹さんに会って確認したい。それから私はどうするべきか、自分で考えないと……)

不安で心が押し潰《つぶ》されそうになるが、それでも樹を信じたい気持ちの方が強い。莉乃亜は彼に直接話を聞こう、と心を決めた。そして樹が寝ているはずの社長室にコーヒーを持っていく。

(声は掛けないように、って言ってたよね)

言われた通り音を立てずに社長室の扉を開ける。すると、静かなはずの社長室に人の話す声が聞こえて、莉乃亜はそのまま足を止めてしまった。

「社長。今回の件、どうなさるつもりですか？」

尋ねているのは樹の後ろに立つ紫藤だ。樹は、窓際にいて外に視線を向けている。

「とりあえず、婚約に関する正式な声明を出します。私と彼女はどちらも配偶者がいるわけではないし、政略結婚的な意味合いが強いものだったとしても、公的には何も問題はありませんから。前総帥《そうすい》のスキャンダルも、私個人には、なんら関係ありませんしね」

自分の結婚について、まるで他人事のように話す樹の言葉に、莉乃亜は呆然として動くことも出来ない。樹の冷静な発言はまだ続く。

「まあ確かに企業イメージとしては、不倫だの後継者問題だのは良くはないでしょう。ですが私たちの結婚に関しては常識的に理解されるものでしょうし、ついでに私と彼女が仲睦《なかむつ》まじくしていれば、それ以上のトラブルにはならないでしょう」

事業計画のように語られる自《みずか》らの結婚話に、莉乃亜は強い違和感を覚える。確かに樹から見たら、これは単なる計画の一環でしかなく、莉乃亜も御厨ホールディングスの後継者となるために必要な部品の一つに過ぎない。

（でも私は、そんなこと関係なく……樹さんのことが好きに、なっていたのに）

けれど語られる樹の言葉は、好きも嫌いも受諾も拒否もない冷たいものだ。自分は結局、彼にとってその程度の存在なのだと、改めて思い知らされる。

「ではその方針で進めてまいります」

淡々と答える紫藤の声に、樹がふっと声を和《やわ》らげて応じた。

「貴女が冷静で助かります。これからも今まで通り、私のもとで支えて欲しい。君がいなければ困る。これからもよろしく頼みます」

窓から視線を外し、紫藤を見つめる樹の目を見れば、彼女に強い信頼を向けていることが分かる。

二人の間にあるのは、莉乃亜と樹の間にはない、長年培《つちか》ってきた確かな関係だ。

莉乃亜はぎゅっと胸を締め付けられるような気がした。

「……ありがとうございます。私はどんな状況でも、社長を支え続けるつもりでいますから」

紫藤は樹の信頼を勝ち得ていることに頬を上気させて、彼を見つめていた。その表情が樹に恋をしているように見えて、莉乃亜は唇を噛みしめる。一歩踏み出せば互いに抱き合えるほど近い二人の距離に、嫉妬すら覚える。

(だって紫藤さんの方が私なんかより、ずっと綺麗で賢くて。……この間の授賞式のときだって、樹さんを守るために大勢の前に出て、堂々と振る舞っていて……)

莉乃亜には出来ないことを、彼のために出来る強くて賢い人だ。遺産の問題さえなければ、樹も彼女みたいな人を妻にしたに違いない。いや、記事の内容を見れば、そんなことは関係なく、樹は彼女を選んでいたのだろう。莉乃亜の胸は、耐え難《がた》い痛みに悲鳴を上げた。

自分に向けられていた笑顔も気遣いも、優しい指先ですら。

（本当はどれも全部偽りで、私のためのものではなかったんだ……）

樹の優しさは、本当は紫藤のためのもので、平凡でつまらない女である自分にはきっと過ぎたものばかりで……

莉乃亜はそのままそっとドアを閉じる。そしてコーヒーを秘書ブースの机の上に置くと、こちらを見てひそひそと話している吉本と宮崎に視線を向けることもなく、頭を下げる。

「すみません、体調が悪いので早退させてもらいます。コーヒーだけ、よろしくお願いします」

それだけ告げると、莉乃亜はふらふらと秘書ブースを出て行った。

（もう……いやだ。こんなところにいたくない）

一歩二歩と、歩みを速めていく。出勤用のカバンだけを持った莉乃亜は、帰巣本能に導《みちび》かれるように、故郷へのチケットを手に入れていたのだった。

数時間後、莉乃亜は実家にたどり着いていた。両親は仕事のため、この時間は誰もいない。一人暮らしを始めてからもずっと持っていた実家の鍵で、莉乃亜は中に入る。

「……樹さん、怒るかな」

(でも、もういいよね。きっと樹さんは紫藤さんさえいれば、困ることもないだろうし)

そう心の中で言い訳をしているが、本当は気づいている。

大事なことからはいつも逃げてばかりだ——と。今日だって何も言わずに仕事を放り出して、故郷に逃げ戻ってきた。

莉乃亜は、自己嫌悪のため息を零《こぼ》す。本当は逃げ出しても仕方ない。ちゃんと樹と話し合うべきなのも分かっている。

(だけど……樹さんに『お前とは遺産目当てで結婚する』なんて言い切られてしまったら……)

もちろん借金のかたに売られたわけではない。莉乃亜が納得いかなければ、許婚《いいなずけ》関係を解消することも可能だ。元の生活に戻ることを莉乃亜が選んだ場合、きっと父親も母親も莉乃亜の意思を尊重してくれるだろう。

(だけど……)

ふっと目を閉じると思い浮かぶのは、少し意地悪な話し方をしつつ莉乃亜に向ける樹の楽しそうな笑顔だったり、体調の悪い莉乃亜に、わざわざホットミルクを作ってくれる樹の優しさだったりする。

彼にされて心に響いたことばかりを思い出してしまう。涙も浮かんでくるが、零《こぼ》れ落ちる前に慌てて指先でそれを払う。

けれど払っても払っても雫《しずく》は眦《まなじり》に溜まり、指先がどんどん濡れていく。

（なんでおばあちゃんは、こんな許婚《いいなずけ》話を引き受けたんだろう？）

もちろん記事の不倫のことなんて信じていない。祖母と祖父は仲が良かったし、そもそも女性の純潔に関して昔気質《むかしかたぎ》の真面目な考えを、ずっと莉乃亜に教え込んできた人だ。

だからこそ、莉乃亜も古風と言われようと、結婚前に男性とそういう関係にならないようにしてきたのに……。

そんなことを考えていると、リビングの奥から電話の呼び出し音が聞こえてきた。

「……誰もいない時間なのに、何の電話だろう……」

莉乃亜が電話を取ると、相手は祖母が普段お世話になっているデイサービス施設の職員だった。

「……あら、お孫さん、本当に帰ってきてる」

『あの、祖母に何かあったんでしょうか？』

莉乃亜の不安そうな声に、職員は笑って答える。

『いやね、高岡のおばあちゃんが「孫が帰ってきているから、早く帰らないと」って言うんだけど、いらっしゃるなら延長せずにご自宅にお連れしてもいいかしら？』

「あ。はい。いいですよ。私も祖母に早く会いたいので」

莉乃亜の言葉に、祖母はデイサービスから早めに帰宅することになった。慌てて両親にメールだけ入れて、莉乃亜は祖母が帰ってくるのを待つことにした。

「莉乃亜、おかえり」

自分が家に帰ってきたのに、祖母は学校帰りの莉乃亜を迎えるみたいに声を掛けてきた。

「……おばあちゃん。ただいま」

祖母の顔を見た瞬間、何故か涙が零《こぼ》れそうになる。莉乃亜の頭を撫でると、祖母は孫のためのお茶を淹《い》れてくれようとした。こうして見ていると、認知症がそんなに進んでいるとは思えない。

今日の状態はいいのだろう。医者だった祖母が、こんなふうにシャキシャキと動いているのを見ると、昔とまったく変わらないような気がしてしまう。

「はい、莉乃亜。お茶、入ったよ」

ダイニングテーブルに置かれた温かいお茶を一口飲む。母親の淹《い》れてくれるお茶より濃くて、美味《おい》しいけれど少し苦い。温かいお茶をゆっくりと飲み干すと、何故か、ぽろり……と涙が零《こぼ》れた。

「……あらあら、莉乃亜、どうしたの」

小さな子供の頃みたいに、祖母が抱き寄せてくれる。ゆっくりと髪を撫でる指に、ぽろぽろと涙が止まらなくなる。まるであの頃の頼りになる祖母がそこにいるように思えた。

（今だったら樹さんとの許婚《いいなずけ》話の経緯も説明してもらえるかも？）

「なんでおばあちゃん、私に許婚《いいなずけ》なんて決めたの？」

答えが返ってこない可能性が高い。そう思って尋ねた言葉に祖母は莉乃亜の手をポンと叩く。

「宗一郎さんがねえ、どうしても、自分の孫とうちの孫を添わせたいって言うから。しかもね、莉乃亜が生まれてからは毎年やってきて、会うたびに莉乃亜を自分の孫の嫁にしたいって言ってね」

祖母は優しげに笑って言葉を続ける。

「……そうそう、樹君だったわね。すごく賢くていい子なんだけど、寂しくて可哀想な子だから、優しくて可愛い莉乃亜を樹君のお嫁さんにしたいんだって」

いきなり明瞭な答えが返ってきて、莉乃亜は驚きのあまり涙すら止まってしまう。

「……樹さんのこと、知っているの？」

莉乃亜の言葉に祖母は笑顔で頷いた。今あったことを忘れてしまう祖母だけど、昔あったことは明瞭に覚えているときがある。

「樹君に直接会ったことはないの。でも宗一郎さんはねえ、この町に別荘があって、子供の頃から、夏になるとよく来てたのよ。小さい頃は夏にだけ遊べるお友達で、私が医者になった後も、別荘に来たときに体調が悪くなると診てあげたりしていたわ。気管支炎を悪化させて、本当に九死に一生を得たこともあったのよ」

祖母の声は柔《やわ》らかで、過去を懐かしむ響きがある。

「宗一郎さんはねえ、小さい頃から体が弱くてね。今思うと、私が医者になろうなんて思ったのは、宗一郎さんのことがあったからかもしれないわ」

そう言うと、祖母はダイニングの棚の引き出しから何かを取り出してくる。

「この人、莉乃亜も知っているでしょ？」

そう言って見せられたのは、一枚の写真だった。

「……あ。魚釣りのおじさん……」

夏休みになると、湖のほとりの小さな別荘に一人でやって来ていたおじさんが写っている。

「この人が宗一郎さん。毎年、孫の嫁になる女の子を見に来ていたのよ。まあ、最後は本人に決めさせるって言ってたけど……」

莉乃亜は渡された写真をじっと見つめる。そこには幼い莉乃亜と、樹の祖父、御厨宗一郎がくったくのない笑顔を見せていた。ふと記事のことを思い出して、莉乃亜は顔を見上げる。

「……おばあちゃん。もしかして宗一郎さんのこと、好きだったの？」

不倫だのなんだのと書かれていた記事を思い出して思わず尋ねてしまう。

「うん、好きだったわよ。だって、幼馴染《おさななじみ》だもの。年に一度しか遊びに来なくても大事なお友達。みんなで仲良く日が暮れるまで遊んでね。宗一郎さんが帰る日は、みんなで駅まで見送りに行ったものよ」

懐かしそうに笑う祖母を見て、莉乃亜は、祖母と樹の祖父との関係は純粋に幼馴染《おさななじみ》だったのだと、週刊誌の記事に書かれていたようないかがわしい事実はないと確信する。

「そうか、樹さんのおじいさんって、魚釣りのおじさんだったんだ……」

そういえば冗談めかして、一度聞かれたことがある。

『ねえ、莉乃亜ちゃん。うちの孫の嫁に来てくれないかなあ』

そのとき、なんと答えたのか、莉乃亜は思い出せなかった……

＊＊＊

樹は紫藤と週刊誌の記事に関する話を終えると、莉乃亜がどうしているのか気になって、社長室を出た。だが秘書ブース内の様子がおかしいことに気づく。

「……何かありましたか？」

「あの、高岡さんが急に体調を崩されて、帰ったそうなんですが……」

長谷川の言葉に、思わず眉根を寄せてしまう。

「……体調不良？」

「ええ、コーヒーを届けてもらうようにお願いしてたんですが、その前に、急に体調が悪くなったから帰ると……」

樹の声に慌てて吉本が返事をした。

「コーヒーを届ける前に、ですか……」

ドアの向こうに莉乃亜がいたのかもしれない。樹はそのとき自分がどんな話をしていたのか思い出そうとする。

「随分といい加減な勤務態度ですよね。今、社長は大変な状況になっているっていうのに」

宮崎が不快そうな表情をしているのを見て、ふっと樹は目を細める。

「大変な状況？」

「……社長が出張から戻られてお忙しいときなのに、という意味じゃないですか？」

慌ててフォローする吉本の言葉に、樹は引っ掛かりを感じつつも鷹揚《おうよう》に頷いてみせた。

（例の記事の件は、まだ外には漏れていないはずだ。だとしたらこの女たちは何を知っている？）

二人の反応に今回の話の裏が関わっている気がしてならない。二人がちらりと紫藤に視線を送る様子を見て、色々確認しないといけないことがありそうだと、樹は小さく吐息を漏らす。

「体調不良ということであれば、仕方ないでしょう。ところで高岡さんが午前中、何の仕事をしていたのかご存知ですか？」

樹の立て続けの問いに、一瞬吉本と宮崎が動揺したように視線を揺らした。

「さあ、ちょっと……私たちは自分の業務をしておりましたので」

既に午前中の時点で、莉乃亜に何かがあったのかもしれない。帰社後すぐに莉乃亜を呼び出すべきだったと、樹は後悔の念を抱く。今すぐ莉乃亜の後を追って、話をしたい。

だが状況はそれを許してくれそうになかった。

「紫藤さん。この後のスケジュールはどうなっていますか？」

樹の言葉に、紫藤が手帳を確認した。

「三時半から役員会議が入っています。社長の帰国後の報告と、役員から社長不在時の報告があります」

週刊誌の記事の件も、当然本日の議題に上がるのだろうなと、樹は憂鬱《ゆううつ》になる。

「……了解しました。会議の準備は？」

その言葉に、長谷川がファイリングされた書類を手渡してきた。

「既に準備出来ています……が、あの」

「なんですか」

珍しく不機嫌な表情で言葉を返す樹に、長谷川は微《かす》かに目を見開く。

「……突然体調不良で帰ったのが気になるので、高岡さんの様子を確認してきてもいいですか？」

自分の懸念を汲《く》んだような長谷川の申し出に、とっさに頷く。それを確認すると、彼女は素早くカバンを手に取った。

役員会議の最後の議題は当然のことながら、明後日に出る記事についての話が中心になる。

「もちろん、独身同士の二人の話ですから、まったく問題ないわけですが」

週刊誌の前刷りを持ち、場を仕切るように話をするのは泉川だ。

「ただ、記事の内容が、後継者争いだと煽《あお》るような内容であった点。それと御厨宗一郎氏のスキャンダルに関わるものだった点から、対応の仕方によっては婚約話自体がネガティブに受け取られかねない危険性は高いと思います」

泉川の発言に、古狸《ふるだぬき》たちは一様に頷く。

元々御厨の名前だけで若くして重責を担《にな》う自分のことを、あまりよく思っていない連中も多い。

その樹に重大な欠陥を見つけた、とばかりに重役席でふんぞり返っている奴らに向かって、あえてにっこりと笑みを浮かべて、頭を下げてみせる。

「泉川常務には色々ご心配いただき、また事前の情報入手に関しては、お手数をおかけしました。明後日の記事の対策については、こちらでも考えています」

樹の言葉に、泉川は食いつく。

「それは社長ご自身が、どう対応されるか決めていらっしゃる、ということでしょうか？」

（面倒くさい男だ……）

泉川を睨《にら》むわけにもいかず、樹は普段より柔《やわ》らかい笑みを浮かべるように努力をした。

（そんなことより、莉乃亜は今どうしているんだ？）

この間、莉乃亜が倒れていたところを見ている樹は、体調不良で突然帰った彼女のことが気になって仕方ない。

(それに記事のことはまだ外には出てないが……)

もしかしたら、部屋の外でタイミング悪く聞かれてしまったかもしれない。そうであれば許婚《いいなずけ》話が元々遺産目的だったことが彼女に知られてしまったことになる。いや、最初はそういう話だったのだ。

(だが、今は……)

どちらにせよ、こんなところで会議をしていても意味はない。自分たちの許婚《いいなずけ》話が大元になっているのだから、莉乃亜自身の気持ちを確認しないことには、今後の対策を立てようもない。だが面倒でも、まずはこの場を無難に乗り切らなければいけないのだ。

樹はいらいらする気持ちを抑えてゆっくりと話を続ける。

「今後の対応についてですが、まずは記事が出るタイミングで、書面などでプレスへの発表を行います。後継者に関する話題も、こちらから先に発言出来れば、と考えています。何より企業イメージを最優先に、契約者様から不信感を持たれないように、また、取引先の皆様からの信頼を維持できるように誠実に対応させていただきたい。役員の皆様には、ご協力をよろしくお願いします」

そう言って樹は慇懃《いんぎん》な笑みを浮かべ、深々と頭を下げてみせたのだった。

「社長……」

社長室に戻ると、長谷川がノックをして顔を出してきた。

「……どうでした？」

つい莉乃亜の様子が気になって自分から尋ねてしまう。

「お伺いしたのでマンションのコンシェルジュに不在を確認しました。彼女のアパートの方にも、帰っている様子がありません……」

莉乃亜のことを心配していた長谷川には、先に週刊誌記事について伝えた上で、自宅と彼女のアパートを確認してもらった。樹は長谷川の返答にすぐに柱時計を確認する。

会議が長引いたせいで、既に六時を回っている。どこかに寄ったとしても、もう帰っている時間だろう。思わず眉間に皺《しわ》が寄る。

「念のため確認しましたけど、この周辺の病院などで高岡さんらしき急患はいないようなので、無事ではあるのかなと……」

その言葉に、樹は小さく安堵の息を漏らし頷く。彼女は少しだけ思案してから言葉を続けた。

「あの、もしかしたら、ご実家に帰られたって可能性はありませんか？　高岡さん、ご実家との関係も良いようですし、あの時間からなら戻られている可能性もあると思うんですが……。念のため私、ご実家に電話を掛けてみましょうか？」

心配そうな顔をしている長谷川を見て、莉乃亜は短期間にもかかわらずこの秘書室でちゃんと人間関係を築けていたのだな、と樹は自分のわがままで行《おこな》った人事に対して、少し救われたような思いを抱く。

「ああ、そうしてください。多少過保護かもしれませんが、今は大丈夫でもどこかで体調を崩して倒れていたら問題ですし」

樹の言葉に長谷川は頷いて、「お電話お借りしてもいいですか?」と尋ねると、樹のデスクの電話を取る。あえてここで電話をするのは、樹が秘書ブースのメンバーに電話の内容を聞かれたくない、と理解しているからだ。

そしてよけいなことを聞かないのは日本育ちでない故《ゆえ》の個人主義なのか、長谷川の美点だろう。

「あ、あの。莉乃亜さんと同じ部署で働いております、私、長谷川と申しますが……。ああ、やっぱり莉乃亜さん、ご実家に戻られてたんですね。……いいえ、体調を崩されたって聞いたので、ちょっと心配になって……ええ、携帯が繋がらなかったので」

長谷川は樹の方を向いて、ちらっと視線を送る。小さく顔を横に振ると、彼女はこちらの意を汲《く》んで、そのまま電話を続けた。

「あ、代わっていただかなくても大丈夫です。仕事の方は問題ありませんので。ああ、明日までの休暇願の書類も正式に処理させていただいてます。……はい、そのようにお伝えください」

用件を伝えると長谷川は電話を切る。

「とりあえず、夕方前にはご実家に戻られたそうです。体調も問題なさそうですね。ご実家の親御さんは、会社に迷惑を掛けたのではないかとすごく心配していらしてましたけど……」

そう言うと、長谷川はほんの少し迷うような顔をしてから、樹の方を見上げた。

「……どうされますか？　社長。高岡さん、よっぽどのことでないと仕事を放り出すような人ではないと思います。こうなった原因について社長は思い当たることはないんですか？　あったらきちんと対処された方がいいと思いますよ」

何も返せない樹に、彼女はぺこり、と頭を下げて社長室を出て行く。

「――あ。社長」

扉を閉める直前に、長谷川は振り向いて樹を見る。

「……なんですか？」

「私の勘ですが。今回の件、紫藤さんに相談されたらいいと思いますよ」

「……紫藤さんに？」

長谷川はそれだけ言うと、樹に向かって再び一礼をして、そのまま社長室のドアを閉めたのだった。

「失礼いたします」

長谷川と入れ替わるように、紫藤が社長室に入ってきた。

「紫藤さん、少しよろしいですか？」

「……はい、なんでしょうか」

「今回の週刊誌記事の件。――リークしたのは貴女ですか？」

紫藤は目を見開いた後、ふっと小さくため息を零《こぼ》した。

「いいえ。当然のことながら、直接マスコミにリークするようなことはしていません……ただ」

「ただ……なんですか？」

不穏な樹の声音に、紫藤は怯《ひる》むことなくまっすぐ顔を見て言う。

「申し訳ございません。先日、秘書室のメンバーと一緒に食事をしに行ったときに、私、高岡さんと社長の婚約の件、吉本さんと宮崎さんに話してしまいました。もちろん時期が来るまで外には一切漏らさないようにお願いしましたが」

深く頭を下げた紫藤に、樹は小さく吐息を漏らした。

「ではこちら側から漏れたとすれば、あの二人か……」

紫藤の話では、樹が早めの帰宅を促《うなが》した日、吉本と宮崎と夕食を共にしたらしい。突然の莉乃亜の異動に気持ちを乱されていた紫藤は、二人に聞かれるまま樹と莉乃亜の許婚《いいなずけ》関係について話してしまったという。

「……紫藤さんらしくありませんね」

普段の紫藤であれば、こういった話は身内であろうと外に漏らすことは絶対にないと言い切れる。何かあったのかと問えば、彼女は小さく苦笑を漏らした。

「社長は……人の感情に鈍感な方だと言われませんか？」

意味が分からず目を瞬《またた》かせると、紫藤はため息をついた。

「突然、社長が婚約すると聞いてショックだったのかもしれません。しかも単なる政略のための結婚だと思っていたら、意外にも高岡さんをとても大事にされているので、つい誰かに愚痴《ぐち》を言いたくなりました」

それは、『彼女が莉乃亜に嫉妬《しっと》した』という意味に取れて、言葉を失う。すると、紫藤は小さく肩を竦《すく》めて樹を見上げ、再び尋ねる。

「……社長は今、遺言状のためだけでなく、高岡さん自身を望んで結婚したいと思っていらっしゃいますか？」

思いがけない紫藤の真剣な表情に、樹は自《みずか》らの感情を誤魔化《ごまか》すことなく伝えた。

「ええ。今は私自身が望んで、彼女を生涯の伴侶にしたいと思っています。彼女を愛していますから」

樹の答えに息を呑んだ紫藤は、次の瞬間力が抜けたように息を吐いて、眉を下げ小さく笑う。

「はっきりと答えをくださってありがとうございます」

ゆっくりと瞬《まばた》きをすると、紫藤はいつも通りの秘書の顔を取り戻す。

「今回の漏えいの件については、私が取れる責任はすべて取るつもりです。この件が片付きましたら、私を社長秘書から解任していただいて構いません。……ですが今回の記事の中心になっているのは、御厨家の遺産相続についてですよね。その情報に関しては私も社長から伺っておりませんでした。少なくとも御厨一族の誰かから、マスコミに漏れたのだと思います。社長は……今回の件、どう決着をつけられるおつもりですか？」

「……私がどう決着をつけたいか、ですか？」

「もちろん。このような失態を犯した上でそれでも私を秘書として使ってくださるなら、どんな指示でも社長の命令に従います」

「貴女の感情は完全に無視しますし、その上で有能な秘書としての貴女の能力は全面的に利用する、としてもですか？」

目を細めて試すように尋ねると、彼女は苦笑を漏らした。

「結構です。私もここまではっきり社長のお気持ちをお伺いしたら、見苦しく自分の感情を押し付けることは出来ません」

プライドの高い紫藤らしい言葉に、樹はふっと笑みを零《こぼ》した。眼鏡を外し、紫藤のことをじっと見返す。

「そうだな。なら、事態収拾のために、今夜から明日一日の予定を全部キャンセルしてくれ」

突然の樹の口調の変化に、紫藤が目を見開く。

莉乃亜が何を知って、何を考えているのかは分からない。けれど、それを聞きに行くことは出来るのだ。この間のように真剣に話をすれば、彼女の離れかけたであろう気持ちを取り戻すことが出来るかもしれない。

「今回の貴女の失態に関しては、その処理をしてもらうことで不問にしよう。そもそもこっちも完全な口止めを求めていたわけでもないからな。それに少々……今回の記事は、遺産問題以外の裏事情にも詳し過ぎる。紫藤さんが言うように、御厨の親族からのリークがかなりあったのだろう。その件に関しては紫藤さんに責任はない。俺の方で押さえるようにしよう」

今回の件で、遺産相続問題についてマスコミに漏らしたのが誰なのか？　そして紫藤の不用意な言葉を元にこういった記事を書かせるように仕向けたのは誰なのか。考えるまでもなく、樹には分かっていた。

「それで……俺が不在だと困るか？」

「――困ります。が……何とかします」

紫藤が小さく苦笑を浮かべて、樹を見つめ返す。樹は小さく唇の端を上げて笑みを浮かべた。

「じゃあ、後は頼んだ」

そう言うと、樹は持っていた眼鏡を胸のポケットに仕舞い込み、後ろを振り向くこともせず社長室を出て行く。

「社長が変わったのは、やっぱり高岡さんのせい？」

普段の樹とは違う、生き生きとした表情に一瞬見惚れていた紫藤はすうっと息を吸い込んだ。

「……まずはスケジュール調整が最優先よね」

持っていた書類の束に目を通す。帰国後の予定はみっちり詰まっていて、正直スケジュール調整には苦労をしそうだ。断ると面倒くさい会談の相手が何人もいる。

「でも……やるしかないわよね」

そう一言呟《つぶや》くと、紫藤は秘書の仕事を全力でこなすべく、社長室を出て行ったのだった。

＊＊＊

「やっぱり実家はいいなあ……」

お風呂で体を伸ばすと莉乃亜は肩の力が抜けていく気がした。いっそ戻ってこようか――そんなことをつい思ってしまう。

突然帰ってきた莉乃亜を、父も母も笑顔で迎えてくれた。無条件で自分を受け入れてくれる人がいる。

――それがどれだけ心が安らぐことか。

「可哀想な子……か」

樹の過去に何があるのか、祖母の話ではそれ以上のことはよく分からない。けれど、最初に彼の結婚観を聞いたとき、ひどく冷淡な言い方をしていたことを考えると、家庭環境はやはり良くなかったのだろう。

「確か樹さんって一人っ子だよね……」

普通なら両親から愛されて、大事にされて育ってきているはず。

(そういえばおじいさんの話は何度か聞いたけど、ご両親の話ってほとんど聞いたことないなあ……)

気づくと無意識で樹のことばかり考えてしまっている。

「でも、おばあちゃんの話、嬉しかったな」

莉乃亜の人柄とはまったく関係なく、祖母である春乃の孫だったことで選ばれた許婚《いいなずけ》だと、ずっとそう思っていた。

けれど、樹の祖父が小さかった莉乃亜に会って、その上で自分の大事な孫の嫁にと思っていてくれたことが、莉乃亜は嬉しかった。

（そんなに偉い人には全然見えなかったんだけど……）

人の好さそうな魚釣りのおじさんを思い出す。

（でも……住んでいる世界が違うんだよ……）

ふと莉乃亜の脳裏に樹の姿が鮮烈に浮かぶ。不思議とそれは会社での、周りから尊敬され、憧《あこが》れられている彼の姿ではなくて……

莉乃亜の作った普通の味噌汁を嬉しそうに飲む姿だったり、莉乃亜をからかって楽しそうに笑う顔だったり、体調の悪い莉乃亜のことを心配そうに見つめる様子だったり。

御曹司とかそんなことは関係なく素直に感情を表に出す、ごく普通の男性の姿だ。でも莉乃亜の前で見せていた姿が偽りだったのかもしれない、と思うと、胸が苦しく締め付けられる。

（ダメだ。やっぱり私、樹さんのこと、こんなにも好きになっちゃってたんだ……）

今頃気づいたって遅いのに。

そもそも、今回の許婚《いいなずけ》の話も、樹の意思とは関係ないのだ。遺産の相続に関して、莉乃亜を手に入れることが必須条件だっただけ。だから彼は、莉乃亜と上手くいくように働きかけをしていたのだろう。

それでも彼の不器用な優しさを信じたい。でも自分にその価値があるとは正直思えない。

（式典のときには、ちゃんと社長を守り切った紫藤さんの横で何も出来なくて、逆に樹さんに守られてしまったくらい……頼りにならない人間だし……）

ため息が、湯船に落ちていく。でも今、失いそうになっている存在に比べたら、自分の抱えていたトラウマなんて本当にちっぽけなものだ。

（私は……どうしたいんだろう）

ちゃんと樹のもとに戻って、急に飛び出したことを謝らないといけないことぐらいは分かっている。その上で必要なら、仮にでも結婚する形を取って、樹が大事に思っている祖父の遺志だけでも受け取らせてあげたい。

（そうか、まだ私が樹さんにしてあげられることがある）

そう考えが巡ると、少しだけ莉乃亜の体に力が戻ってくる。

その後のことはそのときに考えたらいい。たとえ樹との結婚が契約上のものだとしても構わない。樹が莉乃亜にくれた優しさや気遣いに、少しだけでも報いたい。樹を好きになったおかげで、これだけ幸せな気持ちが味わえたのだから。

「しっかりしないと！」

お風呂を出たら、樹に電話をしよう。そして身勝手な行動を謝って、樹ときちんと話をする。そう決断すると、莉乃亜はざぶりと音を立てて風呂から上がり、髪を乾かしてリビングに戻る。

既に時刻は夜の十時近い。

（とりあえず、樹さんに電話だけでも……）

怖くてずっと見ることが出来なかったスマホを手に取った瞬間。

「うわっ……」

当の樹からの着信で、スマホが震えだす。

（そういえば、職場から音消したままだった……）

莉乃亜は、ドキドキしながらも慌ててスマホを取った。

『──莉乃亜？』

向こうから聞こえる声は、どこかほっとしたような、そのくせ怒っているような声で。

「ご……ごめんなさい」

とっさにスマホに耳を押し当てたまま、頭を下げてしまう。

そんな莉乃亜の様子を、莉乃亜の祖母と両親が心配そうに見つめていた。

『……今、実家か？』

樹の問いかけに、はい、と答えると、向こうで、はぁっと安堵したようなため息が聞こえる。

『……体は？　体調は大丈夫なのか？』

心配そうな声に莉乃亜は体調不良を言い訳にして、会社を飛び出したことを思い出した。

「はい、大丈夫です……」

『そうか……今お前の実家の最寄りの駅にいる。迷惑でなければ、今から訪ねてもいいか？』

その言葉に莉乃亜は思わず瞠目《どうもく》する。

「あの……うちの実家の最寄り駅ですか？」

なんでうちの近くにいるの？　と、つい尋ねそうになる。それに仕事はどうしたんだろうとか、怒っていないのかなど、頭の中は疑問でいっぱいだ。莉乃亜はスマホを握った状態で、呆然としていた。

「莉乃亜？　近くまでいらしているなら、こんな時間だし家まで来ていただきなさい」

莉乃亜の父親は何かを察したらしく、スマホを握りしめて固まる莉乃亜にそう声を掛ける。

莉乃亜はぎこちないながらも、父親の言葉を伝えた。動揺したまま待つこと十分ほどで家の呼び鈴が控えめに鳴る。緊張した莉乃亜がおずおずと玄関のドアを開けた。

「……樹さん……」

そこに立っていたのは、心底疲れた顔をした樹だった。その顔を見た瞬間、安堵とも申し訳なさとも知れない感情がこみ上げてきて、莉乃亜は小さく喉を鳴らした。

「お前が体調を崩して急に帰った、と聞いた。アパートにも、俺の家にも戻ってなかったから……。気になって何度も電話をしたんだが、繋がらなくて、ついこちらにまで訪ねてきてしまった」

彼の言葉にハッとし、莉乃亜は頭を下げる。

「ごめんなさい。確かに体調は悪かったんですけど、体じゃなくて、気持ちが参ってしまっていて……。あの……電話も消音にしていて気づかなくて」

嘘がつけなくて莉乃亜が事実をそのまま答えると、樹はふぅっとため息をついた。

「どこかこの辺で話が出来るところはないか？　もう莉乃亜のご家族は就寝の時間だろうし……」

樹がそう尋ねた瞬間、莉乃亜の後ろから声がする。

「今日はうちに泊まってもらったらいいわよ。そうしたら、莉乃亜とゆっくり話も出来るでしょ」

柔《やわ》らかい声は莉乃亜の祖母のものだ。

「あの……おばあちゃん、いいの？」

振り向いた莉乃亜の視線の先には祖母が立っていて、慌てて部屋を出てきた莉乃亜の父親が、その体を支えている。

「……樹さん。初めまして。私は莉乃亜の祖母です。貴方のおじいさんとは幼馴染《おさななじみ》なのよ。こんな時間に玄関先で話もどうかと思うし。この時間じゃ、帰りも困るでしょ」

「いいえ、今晩はどこか泊まるところを探します。私としては、莉乃亜さんが無事帰宅されているのを確認出来たので、明日落ち着いて話が出来ればと……」

そう言いかけた樹に、祖母はにっこりと笑って答える。

「こっちにそんな便利な宿泊先はないわよ。電車ももう動いていないし。――いいわよね？」

そう言って祖母が見上げるのは、莉乃亜の父だ。

「初めまして、御厨さん。莉乃亜の父です」

父親が話しかけると、樹はハッとした顔をして、改めて深々と頭を下げた。

「莉乃亜さんを心配してとはいえ、こんな時間に礼を欠いた形でご自宅にお伺いして、本当に申し訳ありません。初めまして、私は御厨樹と申します」

「構わないよ、忙しい人がわざわざ莉乃亜のことを心配して訪ねてきたんだ。――話したいこともあるんだろう。莉乃亜、離れに泊まってもらったらいい」

父親の言葉に母親が笑って答える。

「そうね。うちはおばあちゃんが良いって言ったら絶対なのよ。だから、泊まっていってください。莉乃亜もちゃんと説明せずに、会社から帰ってきてしまったみたいだし」

こうして莉乃亜の家族の誘いを受ける形で、樹は家に泊まることになった。

父親の浴衣《ゆかた》を着る羽目になった樹を見て、莉乃亜は思わず笑ってしまった。手足の長い樹には、父親の浴衣《ゆかた》では丈が少し短いらしい。すんなりとした長い手足がはみ出していてなんとなくユーモラスだ。

ちなみに莉乃亜もパジャマがないため、浴衣《ゆかた》を身に纏《まと》っている。

家の中に招かれると、入浴させられた樹は父親の浴衣《ゆかた》を押し付けられた。

そして夕食を食べていないと言う樹に、母親はあまり物だけどと言い、食事をさせる。

それから一時間後、ようやく落ち着いて、離れで二人きりになれた。既に深夜だ。

離れは元々、祖父と祖母が暮らしていたが、今は誰も使っていない。綺麗に片付いてはいるものの、そこに樹がいるのはなんだかすごく不思議な光景だと莉乃亜は思う。

既に部屋には布団が敷かれており、その外の濡れ縁で二人並んで月を見上げている。

「…………」

勢いが削がれてしまったらしい樹は、ゆっくりと辺りを見渡してから、じっと月を見つめていた。なんで自分が今、こんなところにいるのか分かっていないような顔だ。

山の合間から覗《のぞ》いている月は、莉乃亜にとっては見慣れたものだけれど、東京育ちの彼には珍しいのかもしれない。

「あの……今日は本当にごめんなさい」

莉乃亜は改めて頭を下げていた。帰国直後の樹のスケジュールは過密を極めていたはずなのに、実家にまで来させてしまった。正直なんでこんなところまで樹が来たのか理由は分かっていないが。

「……お前は、どこまで誰に、何の話を聞いているんだ？」

月から視線を外し、樹が莉乃亜を見つめて尋ねる。莉乃亜は思わず視線を落とした。

「泉川常務に、二日後に出る記事を見せてもらって……。それで、社長室に戻ったら、吉本さんにコーヒーを届けるように言われたんです。そしたら樹さんが、紫藤さんと打ち合わせをしていて、思わずその話を聞いてしまって……」

そこまで言うといたたまれなくなって、莉乃亜の声が小さくなる。

「……なるほどな……」

深いため息をつくと、樹は肩を竦《すく》めた。

「あの、この許婚《いいなずけ》話って、お祖父様の跡を継ぐために必要だから仕方なく受け入れたんですよね。そう思ったら、何だか色々なことが怖くなって……」

そこで口ごもってしまった莉乃亜を、樹は黙って見つめている。莉乃亜はその沈黙が怖くて、慌てて言葉を続けた。

「でも私と結婚したら、樹さんには必要なものが全部手に入る。――だから、一度私と結婚して、そういう手続きをすべて終えたら離婚すればいいのかなって思ったんですけど……」

莉乃亜はようやく苦い笑みを零《こぼ》した。

「そうしたら樹さんは株を手に入れることが出来るし。私、そんな株を持っていても仕方ないので私の分も樹さんに渡しますから……」

「なるほど。俺に遺産を相続させるために結婚して、相続が確定した後、離婚して。そして離婚する条件として株を譲渡するということか。確かに俺にとっては都合のいい話だが……それで、お前は満足か？」

莉乃亜が目元を潤《うる》ませながら告げると、樹はひどく冷淡に聞き返した。

「満足って……」

ズキンと胸が痛む。満足なんて出来るわけない。そう分かっているけれど、何も言いようがなくて、言葉が出ない。そんな彼女の様子を見て樹は深いため息をつく。

「お前がそれを望んでいるなら、それも一つの考え方だ。だが、お前にとっては籍が汚れるだけで、何のメリットもないだろう。あれだけ結婚について潔癖な考えを持っていたっていうのに。――お前はそれで何がしたいんだ？」

樹はセットされていない洗いざらしの髪をグシャリと掻き上げる。さらりと指の間から零《こぼ》れ落ちていく彼の髪を見て、莉乃亜は大事な物を取り逃がしてしまうような息苦しさを感じていた。

「メリットなんて……。私は、樹さんに幸せになって欲しいだけなんです」

瞬間、莉乃亜の目から、ぽろりと涙が溢《あふ》れ頬を伝う。

「………」

その顔を見て、樹はひどく苦い顔をする。もう一度深いため息をつき、それからゆっくりと眼鏡を外した。

「……だったら何故、お前は『私が貴方を幸せにしたい』……とは言わない？」

そう尋ねた後、樹は躊躇《ためら》うように視線を下げて、しばらく長い睫毛《まつげ》を伏せる。

「……私が……樹さんを幸せにする？」

樹の言っていることの意味が分からなくて、莉乃亜は目を瞬《またた》かせた。

「なんで俺が、仕事を放り出してまで、お前に逢いに来たんだと思う？　分かっていると思うが、帰国後のスケジュールは過密だぞ」

そのことについては、秘書の仕事に関わっているからこそ、莉乃亜もよく理解している。

「……えっと。週刊誌の記事のことがあるからですか？」

「――まあ、確かにそれもある。が、そんなもののためにわざわざここまで来ない」

樹はまっすぐに莉乃亜の顔を見つめ返した。

「本当に……分からないのか？」

尋ねる樹の言葉に、自分に都合のよ過ぎる答えしか思いつかなくて莉乃亜は黙ってしまう。

「――っ」

次の瞬間、莉乃亜はぐいと樹に引き寄せられ、彼の腕の中に閉じ込められていた。それだけで、じわりと体温が上がっていく。

「――馬鹿な奴だな。お前が心配だったからに決まっているだろう？」

優しい唇が莉乃亜の髪に触れる。綺麗な指先が莉乃亜の頬を擦って、それからもう一度深く抱き寄せられた。力強い腕の中で、広い胸に頬を預ける。莉乃亜はもうないと諦《あきら》めかけていた抱擁《ほうよう》の温かさに、クラクラとするほどの眩暈《めまい》を感じた。

「……な……んで心配？」

不安だからこそ、樹の言葉が聞きたい。もっと聞かせて欲しい。強請《ねだ》るような響きに、樹が小さく苦笑をする。

「さあ……ただ、お前の顔を見て、いつものように散々からかってやるつもりで帰国して、ようやく顔が見られると思ったら、姿を消して……。嫌われたか、誤解されたか、それとも本当に体調が悪いのか……。それすら分からなくて」

耳元で自嘲気味の声が聞こえる。

「イライラするし、情緒不安定になって冷静に物事が考えられない。だから確かめに来ずにはいられなかった。……こんな風に抱きしめても、お前が嫌がらないかと……単にそれを確認しに来ただけかもしれない」

困惑と苦さをないまぜにした樹の笑みが、莉乃亜の胸を切なく締め付けている。

樹にこれまでないほど優しく目元を撫でられて、ただ単純に自分に逢いに来てくれたんだ、という事実がたまらなく嬉しくて。莉乃亜は笑みを唇に浮かべながら、緩《ゆる》やかに目を閉じた。

「莉乃亜……」

樹の近づく気配がする。キスされると思っていたのに、柔《やわ》らかく触れたのは唇ではなく、樹の指先だった。莉乃亜は樹の様子が気になりゆっくりと目を開けた。

「お前は、それでいいのか？」

再び見つめられて、莉乃亜は言葉を失う。

「なんとなく、許婚《いいなずけ》らしく振る舞っているだけなら、今までと何も変わらないだろう？　お前はただ、俺たちの祖父母の決めた話に従って、俺の傍にいるだけなのか？」

不安げな瞳で尋ねられて、つい素直な気持ちをそのまま答えてしまいそうになる。だけどそれ以上に、莉乃亜は彼の心の奥底が知りたくなった。

「……先に聞いてもいいですか？　——樹さんこそ、なんでこんな風にいつでも私に触れたりするんですか？　なんでいつもこうやって迎えに来てくれるんですか？」

はっきりと尋ねる莉乃亜に、樹は一瞬目を見張る。彼は小さく苦笑を浮かべて、それから、深く優しい声で答えた。

「……お前に触れたいからだ。俺がいつでもお前の傍にいたいから……」

その言葉を肯定するように、ふわりと柔《やわ》らかく、樹は莉乃亜の頬を撫でる。

「どうして触れたいって思ってくれるんですか」

「さあ、なんでだろうな。とりあえず、お前がいつでも触れられるくらい近くにいればほっとする。それで触れても嫌がられなければ満足するらしい」

こつんと莉乃亜と額《ひたい》を合わせて小さく笑う声に、莉乃亜の鼓動がトクンと甘く鳴り、じわりと温かい感情が湧き上がってくる。

「お前の姿が見えない、と思った瞬間、仕事を全部放り出しても、お前の気持ちを確かめに来てしまう程度には……必死みたいだな」

樹が零《こぼ》す小さな笑い声が、照れたような優しい視線が、莉乃亜はすごく好きだな、と思う。

ぎゅっと胸が締め付けられて呼吸が苦しいのに、もっと苦しくなってもいいから、もっともっと、そんな気持ちにしてほしくて仕方なくなってしまう。

「……本当は怖かったんです。樹さんが遺産とかお金とかのために、私と結婚しようとしてたのかって……。いや最初はそうだったと思うんですけど、今でもそれだけなのかなって。私は美人じゃないし、賢くもないし、弱い人間で。だからすごく納得もしたんですけど……。本当は紫藤さんみたいな人の方が樹さんにはずっとお似合いなんだな、って思ったら辛くて……」

「――紫藤？　なんでそこで彼女の名前が出る？」

樹は思いがけないことを言われたかのように、首を傾げる。

「だって、すごく信頼しているって、社長室で紫藤さんに言っていたじゃないですか。週刊誌の記事でも、樹さんが本当に好きなのは紫藤さんだ、みたいに書かれてたし」

思わず口を尖《とが》らせて文句を言う莉乃亜に、樹はふっと目を細めた。

「つまり、お前は紫藤に妬いて、俺の言葉も確かめずに会社から飛び出したのか？」

責めている口調のくせに、どこか甘やかな響きが混ぜ込まれている。

「だって……本当にそうだったら、私と結婚なんてしない方がいいでしょう？　でも相続とかの話があるから仕方なくだったんだって思ったら、私、どうしたらいいのか分からなくなってしまって」

そう呟《つぶや》く莉乃亜の額《ひたい》を、樹の指が撫でる。

「不安に思うなら、俺に聞けばいい」

莉乃亜の目元を親指で擦ると、樹はじっと顔を覗《のぞ》き込んだ。

「そうしたら俺はちゃんと答えてやる。俺はお前がいい。紫藤より他の女より、お前が一番だと」

何でもないことのように、するりと樹の口からそんな告白が落ちて来る。

「――っ」

その言葉が脳裏にしみこむと同時に、頬に熱がこみ上げてじわりと涙が浮いてきてしまった。

「で？　お前はどうなんだ？」

樹はいつもみたいに余裕綽々《しゃくしゃく》の表情で尋ねてくる。

「……答えは聞かなくても分かってるって、そういう顔、してますよね」

莉乃亜が文句を言うと、樹は彼らしい強気な笑みを浮かべた。

「分かっていても、こういうことは相手からも言わせたいんだよ。言質《げんち》は取っておくに越したことはない。――特に、お前みたいに、すぐ逃げ出す奴相手にはな」

顎《あご》を掬《すく》い上げられて、至近距離で熱っぽい瞳に見つめられて、莉乃亜の呼吸が甘く乱れていく。

「い、言わなきゃダメですか？」

最後の抵抗で尋ねるけれど、樹の視線の艶《つや》っぽさに、ついドキドキして負けそうになる。

「……俺にここまで言わせたら当然だな」

樹の言葉に、ドキンと跳ね上がる鼓動。気づけば唇が勝手に言葉を紡いでいた。

「ごめんなさい。本当は、私、樹さんのこと、好き……になっちゃった――みたいです」

躊躇《ためら》いながらも早口で囁《ささや》く莉乃亜を見つめて、樹が笑う。

「『ごめんなさい』はいらない。『みたいです』もいらない。――あとは俺の方も、以下同文だ」

「以下同文だ……って、樹さ……っ」

「……うるさい唇は、塞《ふさ》ぐに限る」

「……ズルいっ……」

抗議の声は、キスの合間の吐息交じりでしか発することが出来ない。諦《あきら》めていた人からの告白と口づけは、意地も虚勢も、莉乃亜から奪い去っていく。

（以下同文って……つまり、私と一緒ってことで……）

莉乃亜はその言葉の意味を理解しようとするが、そのたびに何度も啄《ついば》まれる唇に、難しいことを考える余地をなくしていった。

最初は優しく触れるだけだったキスは、深さを増して、莉乃亜の心も体も熱していく。

それは、頭の芯が蕩《とろ》けそうなほど甘くて……

気づくと樹の腕に自《みずか》らの身を預けて、とろとろと溶け落ちていきそうになっていた。

「好きだ……」

樹の微《かす》かな囁《ささや》きと共に、強く抱きしめられて交わすキスに、莉乃亜も慣れないなりに必死に応《こた》えようとする。彼は唇を離し、莉乃亜の濡れた唇を指先で撫でていく。

甘いキスの残滓《ざんし》に身を震わせると、樹は小さく苦笑を漏らした。

「少し寒くなってきたか？」

突然の言葉に戸惑っていると、手を引かれて布団の敷かれた部屋に連れていかれた。

「ちなみに誤解がないように言っておくが、俺は、毎晩すごく我慢してる」

「え？　我慢って、何をですか？」

上目遣いで彼を見ると、そのまま抱き上げられて、布団の上に下ろされた。

「あのっ」

「お前が好きだから、お前が欲しくて毎晩すごく我慢していたんだ。このまま全部お前を俺のモノにしてしまえば、俺としては安心出来そうなんだが……」

耳元で誘惑するように、彼が囁《ささや》く。

「……お前も俺が欲しくないか？」

誘いかけるような問いに、とっさに反論の言葉が出ない。そんな莉乃亜の表情を確認すると、彼は意地悪そうにくすりと笑った。彼の手が莉乃亜の腰の帯紐に掛かり、するりと引き抜いた。

「浴衣《ゆかた》はいいな。襲いやすくて」

「あっ……」

寝るつもりで準備していたので、下着は下しか着けていない。

莉乃亜は慌てて襟元を押さえようとするが、彼にその手を捕らえられて布団に縫い止められる。さらに襟元に手を差し入れられ、ゆるりと開かれた。

「……やっぱり莉乃亜は綺麗だ……」

甘い言葉を囁《ささや》かれて抗《あらが》う気力を削がれる。すると、少しだけ冷たい唇がそっと首筋に押し付けられて、ひくんと体が震える。

「はっ……ぁあっ」

思わず声が上がってしまって、恥ずかしさに肌がじわじわと朱に染まっていく。

「結婚するまではダメ、なんだったよな。それはお前との約束だから破ったりはしない。だが、ここまでなりふり構わず必死にお前を追っかけてきた男に、少しだけ褒美《ほうび》をくれ」

樹はズルい。こうやって甘えるように言われてしまうと、断れなくなる。莉乃亜は眉を下げてその頬をそっと撫でる。

「……少し、だけですよ」

「……分かった」

くすっと笑った樹は、彼女を押し倒した体勢のまま、自《みずか》らの帯を解いた。

初めて見たわけではないのに、浴衣《ゆかた》から覗《のぞ》く彼の胸元に目が向いてしまって、かぁっと一気に顔が真っ赤になってしまう。

「何を今更赤くなっているんだ」

「な、なんだか浴衣《ゆかた》が新鮮で……」

慌てて目を逸らすと、彼は嬉しそうに笑う。

「まあ、俺も浴衣《ゆかた》はいいと思うぞ。結婚したら一緒に温泉にでも行くか？」

そう言いながら、襟元をくつろげた彼女の首筋から胸元にいくつも唇を降らせる。どきんどきんと高鳴る心臓が破裂しそうで、莉乃亜の呼吸が乱れていく。

「こういうのは初めて、か？」

ぎゅっと目をつぶっている莉乃亜の瞼《まぶた》にそっと唇が落ちてくる。

「そ、そうですよっ。全部、樹さんが初めてです！」

必死でそう返すと、彼はくつくつと嬉しそうに笑う。

「……そうか、じゃあよけい大事にしないとだな……」

ほんの少し冷たい手のひらが莉乃亜の胸に触れる。

「はぁっ……んんっ」

そっと指先が胸の先をかすめて、思わず声が上がってしまった。涙目で彼を見上げると、彼が一瞬ぐっと詰まったような声を出した。

「あの……」

「……ったく。そんな顔で甘い声を上げているのに、最後までするなって？」

彼はぐしゃりと自《みずか》らの髪を掻き上げて小さく苦笑を漏らす。

「いっそ俺が欲しい、とお前が啼《な》くまで追い詰めてやろうか？」

「ダ、ダ、ダメですっ」

慌てて逃げ出そうとすると、彼の薄い唇が胸の蕾《つぼみ》に押し当てられる。

「ひぁっ……んっ」

その光景の淫《みだ》らさと、軽く吸われた感覚でズクンとお腹の奥の方に振動が走る。思わず高い声が上がり、既に解放されていた手で唇を覆《おお》う。それをチラリと上目遣いで見てくる彼の視線のセクシーさに、心臓がバクバクと跳ね上がる。

「……真面目ないい子のくせに、意外と感じやすいんだな」

それを否定しようとした瞬間、ちゅく、と音を立てて反対側の先端を吸われ、甘噛みされた。つんと尖《とが》るほど血が集まったそれを舌先で転がされると、全身に甘いさざ波が走る。無意識に甘ったるい声が上がってしまう。

「一回ぐらい……イッてみるか？」

妖艶《ようえん》な目を細めた彼は、莉乃亜の腰を撫で、下腹部を撫でると、下着の上から大事なところに指を滑らせる。

「あぁっ……ダメ」

「……もう濡れてる」

耳元で囁《ささや》かれ否定しようとするが、耳たぶに小さくキスを落とされて莉乃亜の体が震える。

「本当に敏感なんだな……。俺にこうされるのは……嫌か？」

耳元で尋ねる声が、一瞬不安げに揺れるから。

「……樹さん、本当にズルい……」

嫌なんて、言えるわけもない。

「ズルくてもなんでも、お前が欲しいから仕方ない」

くすっと小さく笑い声が聞こえた後、そっと優しくキスを落とされる。

「俺の幸せなんてものがこの世の中にあるのなら、それはきっとお前のところにあるんだろう」

「――っ」

なんて……口説き文句を言うんだろう。本当にズルい。ズルくて……

「……本当に樹さんが欲しくなっちゃったらどうするんですかっ」

ハッと気づいたときには、既に不用意な言葉が零《こぼ》れ落ちていた。ふっと彼と視線が合って、嬉しそうに笑《え》まれてしまえばもう否定することも出来ない。

「俺の全部をお前にやる。……問題あるか？」

甘い言葉を囁《ささや》きながら、不埒《ふらち》な指は莉乃亜の下着の上を辿《たど》り、感じやすい部分をゆるゆると撫で摩《さす》る。

「問題っ……ぁあっ」

問題あると言おうと思ったのに、するりと下着の中に入ってきた指で柔《やわ》らかく撫でられ、それも叶わない。

「……問題ないだろ？」

「樹さん……ひぁっ、ダメ、そんなところっ」

「ああもう……ぬるぬるだ。莉乃亜は本当に……可愛過ぎるだろう」

彼はそっと莉乃亜の花びらを割り、指を滑らせる。そのまま引っかけるように手前の部分を擦り上げた。瞬間、柔《やわ》らかく指先で擦られただけなのに、きゅんっとお腹の奥まで痺《しび》れるような感覚が湧いてきた。

「やっ……ダメ、そこ、ひゃんっ……」

「気持ちいいんだろう？　これだけ濡れてたら、すぐにイケる。いい子だ。ちょっと腰を上げておけ」

樹は、何が起こるか理解していない莉乃亜のお尻に手を回すと、するりと下着を剥《は》いでしまった。

「樹さん……そんなことしたら、私、お嫁に……」

「お前が嫁に来るのは俺のところだろう？　お前は俺がもらう。というか他の奴にやる気はない。お前の初めてをこれから一つずつ、全部俺がもらってやるから、もう諦《あきら》めろ」

悪戯《いたずら》っぽくてそれでいて愛おしげな表情で、樹は莉乃亜を見つめる。視線が合うと、嬉しくなって自然と体から力が抜けた。

薄ぼんやりとした灯りの中で、浴衣《ゆかた》の裾《すそ》が割られて、下肢を大きく開かれた。少しだけ怖くなるが、それ以上に『俺がもらう』という樹の台詞《せりふ》に、心臓が壊れそうなほどドキドキしている。

（おばあちゃん……ごめんなさい）

相手が許婚《いいなずけ》という立場で、結婚する約束をしていたとしても、祖母には怒られるかもしれない。それでも彼に触れられると幸せで切なくて、指一本も抗《あらが》えない。

ゆっくりと舌を絡めるような優しいキスをされて、先ほど感じた部分を何度も樹の指の腹で擦り上げられる。そのたびにゾクゾクするような感覚が上がってきて、莉乃亜はぎゅっと目をつぶった。

くちゅくちゅという淫《みだ》らな蜜音が室内に響く。自分が樹の指に感じて立ててしまう音だと気づくと、体温が急に上がった気がした。

「……ああ、いい子だ。もう硬くなってきた。もう少しでイケそうだな」

「硬く……？」

　思わずオウム返しすると、樹は莉乃亜の胸に手を伸ばし、蕾《つぼみ》を指先で転がす。

「莉乃亜のここは、俺に触られて気持ち良くなったから、硬くなってる。こっちも……ほら、もう摘まめるくらいだ。気持ちいいんだろう？」

「ダメ、そんなこと言っちゃ……ぁんっ……も、おかしくなっちゃっ……」

「ああ、もうイキそうだな。本当にエッチな莉乃亜は可愛過ぎて……たまらない」

　下を弄《いじ》られながら、ちゅっと胸の蕾《つぼみ》を吸い上げられると、莉乃亜の脳裏に鋭い快楽が駆け抜けた。指先の動きが激しさを増す。コリコリと彼に自分の感じやすい部分が捏《こ》ねられるたびに、呼吸が乱れて体が跳ね上がる。

「あ、も、ダメっ……」

　こみ上げる感覚に、どうしたらいいのか分からずに彼の腕に縋《すが》りつく。ふっと下りてきた樹の視線がすごく優しくて、そのくせ普段は凛《りん》とした瞳の色が見たことのないような妖艶《ようえん》さを増していくから、鼓動がますます速くなる。

「莉乃亜……」

　甘く名前を呼ばれた瞬間、ふっと白い感覚が降りてくる。

「あっ、あぁっ……ひぁんっ……あ、ああっ」

　目を見開いて、莉乃亜はその感覚を享受した。勝手に体が震えてヒクンヒクンと跳ね上がり、じわんと下半身が熱を広げていく。そこからとろりと蜜が溢《あふ》れ、はしたないほど濡れていることに気づいたけれど、収縮し続ける中を止めることは出来ない。

「ほら、気持ちいいだけだっただろ？」

満足げな樹の言葉に、莉乃亜は身を震わせる。恥ずかしくておかしくなりそうだけれど、樹に抱きしめられて、褒められるようにゆるゆると髪を梳《す》かれると心地よくなってしまう。気づけば樹の浴衣《ゆかた》が完全にはだけていて、互いの肌が触れ合っていた。

(結婚前にこういうことするのは、よくないって思っていたのに……)

だけど、樹と一緒にいて、こうなることはすごく自然に思えた。

自然と彼の胸に顔を寄せ、頬をその胸に擦り寄せる。

「はい、樹さんに触れられて、幸せだったし、気持ち良かった、です」

素直にそう答えると、何故か彼の体が軽く跳ねて、ゆっくりと顔を寄せられる。

「え……樹さ……」

次の瞬間、唇が再び降ってきて緩《ゆる》やかに合わさり、やがて激しく貪《むさぼ》るような口づけに変わる。舌を絡め、歯列をなぞられ上顎《うわあご》を舌先にくすぐられる。互いの雫《しずく》を混ぜ合うようなキスは今までしてきたものよりずっと情熱的なもので……

「ふぁっ……あの……」

「……お前、わざと俺を煽《あお》っているんだよな。だったら男を煽《あお》ったらどうなるのか教えてやる」

「え……ぁあ……んんっ」

キスの合間に胸を揉《も》みたてられ、掴《つか》まれたその先に甘く歯を当てられる。

「莉乃亜の体はどこも全部旨《うま》い」

じゅるじゅると淫《みだ》らな音を立てて、胸の頂《いただき》を吸い上げられる。意識が遠のきそうなほど恥ずかしいのに気持ち良くて、思わず彼の腕にしがみついてしまう。

「あっ……ダメ、そこ……」

「感じやすい胸だな。いっぱい食べて欲しいって顔をしてる」

「違うの、いやぁ……」

否定しながらも、莉乃亜の腰は揺れ続ける。

「……こっちを見ろ。お前の感じてる顔は本当に可愛いな」

樹は本当にズルい。胸を散々苛《いじ》められているうちに、膝裏に手を入れられて下肢を恥ずかしいほど開かれていた。

「きっとここも旨《うま》いんだろうな」

開かれた中心に熱っぽい視線を感じて、恥ずかしくて顔を逸らす。

「そんなところ、見ないでください」

羞恥心《しゅうちしん》で呼吸すら整わない。そんな状態にもかかわらず、樹は平然と恥ずかしい部分に指を滑らせる。

「困ったな。指でしてやろうかと思ったのに、蜜まみれで……指が滑る」

蜜を掬《すく》い取った指を自《みずか》らの口元に寄せると、舌先を這《は》わせる。

「やっ……何してるんですかっ」

「お前のここも旨《うま》い。こっちはもっとたくさん蜜が溢《あふ》れているからな」

言うや否や、樹は躊躇《ためら》うことなくいっぱいに開かれた中心部分に唇を寄せ、舌を這《は》わせた。

「やっ……ぁあっ、はぁっ」

先ほどの感じやすい芽を吸い上げられて、体がビクンと跳ねた。

「ん。甘い。……怒っているのか？　仕方ないだろう。指だと滑るから、舐《な》めとってやらないと、さっきみたいに可愛がれない。……気持ち良かったんだろう？」

くつくつと笑う彼の様子が明らかに楽しそうで、莉乃亜は涙目のまま顔を逸らし続ける。

「それに。莉乃亜は夫になる男にしか、こんなことは絶対許さないだろう？　俺にされたらもう他の男のところに絶対に嫁に行けない。……そうだよな？」

彼の言葉に、莉乃亜の恥ずかしい部分に貪《むさぼ》りつく樹を視界に入れてしまう。

「安心しろ、ちゃんと責任取ってやる。……一生かけて、全部な」

彼は莉乃亜の花びらを開き、硬くなっている花芯を唇で捕らえ、舌先で転がす。それだけでたまらない気持ちになり、自然と莉乃亜の腰が揺れてしまう。

「ぁっ……はぁ、樹さん……。も、ダメ。許してっ……」

脳裏を貫《つらぬ》くような快感と、恥ずかしいことをされているという羞恥心《しゅうちしん》でおかしくなりそうになる。

「ああ、もう硬くなっている。中から蜜が零《こぼ》れてきて……とろとろだ」

樹の指が莉乃亜の中に入ってくる。ゆるゆると中で動かされ探られる。ある一点を擦られた途端、目の前で火花が散るような心地がした。ふっと彼が笑《え》んだ気配がする。

「あっ、樹さ……」

花芯をきつく吸い上げられて、体が抑えようもなく震える。先ほどおかしな感覚になった部分を指の腹で擦られて、快楽のさざ波が一気に全身に押し寄せてくる。

「ダメなの……。あぁっ、そこ、オカシクなっ……」

「素直に気持ち良くなったらいい。感じているお前が見たい」

樹の甘やかすような囁《ささや》きに、堪《こら》えようもなく体の感覚は鋭さを増す。

瞬間、じわんとそこから血液が全身に流れていく。ドクドクと心臓が鼓動を速め、ガクガクと震えながら、莉乃亜は人生で二度目の絶頂に達していた。

「……ったく結婚式までが長い。俺はお前が全部欲しい。……早く全部俺のモノになってくれ……」

莉乃亜が達したことを見届けると、樹は身を起こし、ぎゅっと抱き着く。耳元で切羽《せっぱ》詰《つ》まった懇願《こんがん》の言葉が囁《ささや》かれ、莉乃亜は幸せな気持ちで小さく微笑む。

「……私も、早く樹さんのモノになりたいです」

「だから……煽《あお》るな、と言っているだろう」

素直に答えると、彼はさらにきつく莉乃亜を抱きしめて、唸《うな》り声を上げた。

どれくらいそうやって抱きしめられていただろう。樹はやがて小さく吐息を漏らすと、莉乃亜の手をすっと引き、その場に座り直させた。

「ま、今晩はここまで。気持ちいいことは教えてやったから、これから先は素直に教え込まれるだろう？　……結婚したら、もっともっと気持ちいいことをいっぱい教えてやるから期待しておけ」

言いながら浴衣《ゆかた》の裾《すそ》と襟元を直される。これ以上の関係になることを確信していた莉乃亜は、目を瞬《またた》かせる。

「ここは莉乃亜の祖父母が使っていた離れなんだろう？　俺もこれ以上は止められなくなる」

「止められなく、なる？」

「そりゃここまですりゃ、最後までしたくなるのが男の本能だ。けど、これ以上不埒《ふらち》なことをしたら、じいさんにめちゃくちゃ怒られそうな気がするし」

やっぱり樹はおじいさんっ子なのだ。それがおかしくて小さく笑ってしまった。

「もう既に怒られるレベルだと思いますけど……」

「けど？」

「……私は嬉しかったから、いいと思います」

恥ずかしくて樹の胸に抱き着きながら呟《つぶや》くと、彼が一瞬息を呑む気配がする。

「……ってこれ、なんの我慢大会だ」

樹はそっと莉乃亜の髪を撫でて額《ひたい》の髪を払い、唇を寄せる。

「でもまあ、あれだけ恥ずかしいことされたら、逃げる気も完全になくなっただろう？」

その言葉に、莉乃亜はもちろんとばかりにコクコクと頷く。未来の夫以外にあんなことされたり、恥ずかしい姿を見られたりしては絶対にいけないのだ。

「お前が俺のモノになると約束してくれるならそれでいい」

額《ひたい》に触れていた唇が離れると、頤《おとがい》に指が掛けられて顔を上に向けられる。

「……それに俺はお前が俺と結婚すると決意してくれたことが、なにより一番嬉しい」

柔《やわ》らかい笑みと共に、キスが降ってくる。ゆっくりと触れ合って、離れるのが寂しいかのように何度も唇を食《は》まれた。

「……ああ、やっぱり莉乃亜の全部が欲しい」

そろそろ俺の理性が限界だな、と樹が小さく呟《つぶや》く。

樹の言葉の一つ一つが嬉しくて、じわっと熱がこみ上げて来る。恥ずかしさを誤魔化《ごまか》すように抱き合っていたけれど、いつまで経っても熱は引きそうにない。

しばらくすると、柱時計が日付の変わる時刻を告げた。それをきっかけに、莉乃亜は身づくろいをすると体を起こす。

「……そういえば樹さんのおじいさんのこと、私、今日おばあちゃんに教えてもらったんです」

莉乃亜は昔見せてもらったアルバムを探し出して、布団の上に広げた。

樹は不思議そうな顔をしつつも、写真を確認するために眼鏡を掛け直す。

「この写真……」

そこにあったのは、さっきのとは違う、別のときに撮った魚釣りのおじさんと莉乃亜が写っている写真だ。それを見て、樹は一瞬言葉を失う。

「これは――うちのじいさん……か？」

「はい。私は、毎年ここに遊びに来る、魚釣りのおじさんって言っていたんですけど……」

「それに、こっちの小さい女の子はお前か」

「……はい」

莉乃亜が答えると、樹は優しい瞳で祖父の顔を見つめ、そっと小さな莉乃亜の頭を撫でるように写真に触れると、その場に仰向《あおむ》けに倒れ込む。

「ったく、食えねえじいさんだ」

天井を向いたまま、くつくつと笑い始めた樹に、莉乃亜は目を見張った。

「わわっ」

次の瞬間、莉乃亜はグイッと手を引かれて、樹の上に覆《おお》いかぶさるように倒れ込んでしまった。

体重を掛けないようにと、慌てて樹の顔の横に手をつく莉乃亜を見上げて、樹はその頬を手のひらで包み込む。

「……結局俺は、あのじいさんの思い通りに動いたわけか」

乱暴な言葉の割にその声が温かくて、莉乃亜はじっと自分の頬を包み込むようにしている樹を見つめ返す。

「私も忘れていたんですけど、一度子供の頃、聞かれたことがあるんです。『うちの孫の嫁に来てくれないかなあ』って魚釣りのおじさんに……」

今目の前にいる人が、その孫で——その人にそんなことを告げている自分がなんだか恥ずかしくなって、莉乃亜は小さく照れ笑いをする。

「……で、なんて答えたんだ？」

穏やかな笑みを浮かべる樹に尋ねられて、ふと莉乃亜の脳裏に、樹に似た優しい彼の祖父の眼差しが浮かぶ。

「……あ」

「思い出したのか？　なんて答えたんだ？」

記憶の中の自分は、まだ小学生に入ったばかりで。それでもちょっとませた口調で、魚釣りのおじさんに、こう答えたのだった。

「『カッコよくて優しい男の子だったら、お嫁さんになってあげる』――って答えました」

くすっと莉乃亜が笑うと、樹は莉乃亜の首に腕を回し、そのまま抱き寄せてくる。

「じゃあお前も納得していたんだな」

ぎゅっと抱き寄せられると、温かい樹の鼓動が自分の胸に直接当たるような気がして、胸がさらに高鳴っていく。

「……『カッコよくて優しい男の子』ですよ？」

「ああ、間違いないだろ？」

くくっと笑われて、額《ひたい》にキスが落とされる。

「優しいかどうかは……」

「じゃあ、カッコいいのは認めるわけだ」

「……はい。それに――」

「それに、何だ？」

「本当は優しいのも、よく知っていますから」

素直に答えると、樹は一瞬目を見開き、ニヤリと笑う。

「じゃあ喜んで俺の嫁に来る、ということだな」

こうやっていつだって樹のペースになってしまう。それが少し悔しいけれど、それ以上に心地よくて。

ふわりと髪を優しく撫でられて力が抜けた莉乃亜は、樹の肩に顔を埋《うず》める。

「そうか、でもよかった……」

「何がよかったんですか？」

「……お前がこの許婚《いいなずけ》話に納得してくれていて」

「子供の頃の話ですよ？」

「それでも……だ」

呟《つぶや》く樹の表情が本当に安堵しているように見えるから、莉乃亜は心がふんわりと温かくなる。

「……そうですよ。だから、樹さんが望むなら、私、ちゃんと樹さんのお嫁さんになります」

気づくと素直に言葉が出ていた。その答えを聞いて、樹が莉乃亜の瞳を覗《のぞ》き込む。

「そうか。じいさんが俺に一番残したかったのは、遺産でも権力でもなくて……」

樹の唇が莉乃亜に近づいてきて、莉乃亜はそっと目を閉じた。愛おしい人の囁《ささや》きが聞こえる。

「お前だったのかもしれないな……」

触れ合う唇を感じると、莉乃亜の心の中に、真綿のように優しい気持ちがこみ上げてくる。

ずっとこの人は寂しかったのかもしれない。

だったら自分はこの人を守ってあげたい、支えてあげたいと思う。彼に守ってもらって愛されるだけではなくて自分も彼を愛したい。彼に相応《ふさわ》しい女性になりたいと、莉乃亜は心から願ったのだった。

第六章　一番大事なモノはなんですか?

その夜は『ちゃんと部屋に帰って眠るように。そうでないと間違いなく襲うからな』と樹に言われ、莉乃亜は自分の部屋に戻り、心身とも満たされて幸せな気持ちで眠りについた。

翌朝、少し早く起きると、こんなところにまで迎えに来てくれたせめてものお礼に、樹の着ていたスーツにアイロンを当てて、靴を磨いて綺麗に戻しておく。

時差ボケで寝坊した樹が起きてくると、両親は既に仕事に向かった後だった。

「おはようございます」

少しだけ眠そうな樹の顔を見て、莉乃亜は小さく笑みを浮かべた。

「おはよう……ご家族の皆さんは？」

両親は既に仕事に向かったことを告げると、樹は困惑した顔をした。

「起こしてくれたらよかったのに」

「帰国後こんなところまで移動したら疲れて当然だろうって、父が……。朝食、用意してますけど……食べますか？」

その言葉に、樹は大人しく席につく。

「こうやって、ゆっくりと朝食を取るのは、ずいぶんと久しぶりだな……」

莉乃亜が用意した味噌汁に口を付けながら、樹は小さく笑みを浮かべた。

「ご実家では朝食は食べなかったんですか？」

すると樹は顔を左右に振る。

「そもそも家族と食事を取った記憶もあまりないからな……」

朝食を目の前にして、ゆっくりと箸を動かしながら、ぽつりぽつりと樹が子供の頃の話を始める。

朝食を一緒に取るどころかそれ以外の食事もたった一人で取っていたこと。だから食事を楽しむ習慣がなかったこと。

親らしい姿も、夫婦らしい姿すらも見ずに育ったこともあり、小さな頃はそういったものに憧《あこが》れていた。だが大人になるにしたがって手に入らないものを諦《あきら》め、家族愛のようなものを信用しないように、さらには否定するようになっていったのだという。

莉乃亜は自分の生活とあまりにも違う樹の今までの生活を思い、胸がぎゅっと苦しくなった。

学校であったことの愚痴《ぐち》を言ったり、友達と楽しく過ごしたことを伝えたり、いつでも家族と一緒に食事を取ってきた自分の生活と樹のそれは、かけ離れている。

「そうだったん……ですね」

ふと自分が彼の隣にいたら、樹は今までの寂しさを取り戻せるだろうか、と莉乃亜は思う。

素直にこんな話をしてくれる樹も、自然と彼の幸せを願う自分も、出会った頃に比べて、徐々に変化していったのだなと思う。昨夜の樹にすべてを与えたいと思った感情がよみがえり、やっぱりこの人が好きで、すごく大切なんだという実感がじわじわと強まっていく。

「あの……」

樹に言葉を掛けようとした瞬間、樹のスマートフォンが鳴った。その画面を確認して、樹は不審げな顔をする。

「悪い。電話だ……」

そう言うと、樹は電話を取った。

「……はい、私です。何があったんですか？」

電話の向こうからは、何かを捲《まく》し立てる女性の声が聞こえる。

「はい……ええ。どういうことですか？」

樹の顔が徐々に表情を失くし、先ほどまでの穏やかだった顔つきがみるみる冷淡で酷薄なものに変わっていく。

「……分かりました。至急そちらに戻ります。どこかにヘリを回してもらえますか？　――はい、それではお願いします」

慌ただしく電話を切り、樹は莉乃亜の顔を見つめた。

「あの……」

声を掛けた莉乃亜の頭をふわりと撫でると、樹は莉乃亜を安堵させるためか、小さな笑みを浮かべた。

「ややこしい問題が出てきたらしい。莉乃亜のご両親には、後ほどきちんとお礼に伺うつもりだが、今日はすぐに戻らないといけない」

そう言うと、樹は莉乃亜の整えたスーツに着替え始めた。

なにがあったのか、聞く隙すら与えられずに、莉乃亜は思わず不安な面持《おもも》ちになってしまう。

「……どうしたの？」

そのとき、昨日就寝が遅かったせいで、起きてくるのも遅くなった祖母がリビングにやってくる。

「あら、宗一郎さん、お久しぶり」

いきなり祖父の名で呼ばれて、樹は目を見開いた。

「おばあちゃん、違うよ。この人は宗一郎さんのお孫さんの樹さんだよ」

慌てて莉乃亜が訂正しても、昨日は明瞭だった祖母の意識は、今日は過去を彷徨《さまよ》っているらしい。

「宗一郎さん、しっかりしなさいよ。そんな顔をしては、どんな大事な交渉事も上手く行かないし、貴方の場合、ストレスを溜めると体調を崩しやすくなるからね。大丈夫、落ち着いてね。宗一郎さんならちゃんと出来るから」

祖母が背の高い樹の背中を撫でるように叩く。その瞬間、樹がふっと目元だけで小さく笑みを浮かべた。

「ありがとう。じゃあ行ってくる」

そのまま室内に祖母を残し、樹は玄関に向かう。綺麗に磨かれている靴を見ると、莉乃亜を振り返った。

「莉乃亜」

「はい……」

莉乃亜の顔を見て、樹は柔《やわ》らかい笑みを浮かべた。

「靴、ありがとう。莉乃亜は今日まで休みを取っているんだ、たっぷりご両親に甘えてきたらいい」

そっと莉乃亜の頬に手を添えると、素早く唇にキスを落とす。

「樹……さん？」

慌てて目を開いたときには、彼は後ろ手に小さく手を振り、呼び出していたタクシーに飛び乗っていたのだった。


急に出て行ってしまった樹を見送った後、どうにも落ち着かない莉乃亜は、勤務先の母親に電話で事情を説明し、午後から半休を取ってくれた母親に祖母を預けて会社に向かうことにした。

会社にたどり着いたのは夕方で、結局一日休んだことには変わりないものの、何か事情が分かればと社長室に向かった。

社長室前の秘書ブースには社長付きの秘書は誰もいない。慌てて秘書室に向かうと、他の秘書室のメンバーは電話対応に追われているようだった。

その奥で、打ち合わせしていたらしい長谷川と秘書室長の篠田が、莉乃亜を見て手招いた。

「あの……急にお休みをもらってしまってすみませんでした」

莉乃亜が忙しそうにしている二人に向かって頭を下げると、長谷川は小さく首を横に振る。

「何かお手伝い出来ることはありますか？」

突然出勤してきて、そう申し出た莉乃亜に驚くことなく、篠田が一通の書類を渡してくる。

「正直人が足りなくて困っていたので助かります。まずはこれを見て、状況を理解してください」

莉乃亜は篠田から受け取った書類にざっと目を通す。

「……これ、どういう意味ですか？」

それは一ヶ月後に行われる、御厨ホールディングスの定例株主総会に関する書類だった。

「今現在、御厨ホールディングスは五十％を超えた株式が遺産相続に絡んで不安定な状態です。こちらがイニシアティブを取れない中、外資が株を買い増しし、現時点で三割以上、押さえていたようです。そのタイミングで例のゴシップ記事が出てしまったために、外資側が、総会にて圧力を掛けてくることが予想される状況です」

「……あの、それって会社を乗っ取る、ということになるんですか？」

莉乃亜がびっくりしながら尋ねると、長谷川が小さく首を振った。

「実際は乗っ取りなんてことにはならないと思うし、向こう側も最初からそんなこと考えてないでしょうけど……今回の遺産相続に関係するスキャンダルをネタに、出来る限り自分たちに有利な条件でこちらの経営権に口を出したいとか、何らかの目的は持っているのだと思うわ」

そこまで聞いて、樹が急に飛び出して行った理由がようやく分かった。大きな企業の買収を巡る交渉など、正直、莉乃亜には全然理解出来ない世界だ。

けれど、何とも言えない不安があるのは、その株式の問題と莉乃亜と樹の許婚《いいなずけ》問題が、大きく関係してしまっているからだと莉乃亜は思う。

予想外のことの大きさにゾクリと悪寒が走り、自分の両手で体を抱くようにする。そんな莉乃亜に篠田は気の毒そうに視線を送ると、普段通り冷静な口調で指示を出す。

「高岡さん。これが今回の件に関する当社のマニュアルです。一般の株保有者からの電話がこちらに直接かかってくることはありませんが、重役と直接付き合いのある人物から、既にいくつか問い合わせが入ってきています。このまま勤務が可能なのであれば、電話対応をお願いします」

「ごめんね、元々お休みの予定だったのに」

そう言うと、長谷川は用意されたマニュアルを渡し、莉乃亜に電話の前の席を譲る。

「明日、事態収拾のために御厨社長自《みずか》ら記者会見を開くことになったの。私、篠田室長と一緒に会場の方に行ってくるわ」

長谷川は他の書類を持って篠田の後に続き、秘書室を出て行った。莉乃亜はその背中を見送ると、鳴り始めた電話を取る。

その後、莉乃亜は終業時刻を三時間ほど超える電話対応を終えて、樹のマンションに戻ってきた。だが当然のことながら、そこに樹の気配はない。

「はぁ……なんだか疲れたな……」

部屋の中ではチクタクと時計の秒針の音だけが響いている。

正直、状況の変化に頭がついて行っていない。樹と一緒に行動するようになってから、こんなことばかりのような気がする。

けれど……

「樹さん、大丈夫かな……」

明日、例の週刊誌が発売されると言っていたのに、このタイミングで会社のトラブルまで表沙汰になってしまえば、その渦中《かちゅう》にいる樹にはどれだけのプレッシャーが掛かることだろうか……

ふと、昨夜の楽しそうに笑っていた樹が脳裏に浮かんで来て、莉乃亜は心配でたまらない気持ちになる。メールアプリで連絡してはみたものの、やはり忙しいのだろう、返信はおろか既読もつかない。

（私が今、手伝えることはないかな）

昨日自分を心配して莉乃亜の故郷まで駆けつけてくれた樹のため、何か少しでも出来ることがないか、と素直にそう思う。

（そういえば、明日記者会見するって言っていたよね。だったら、もし……今このタイミングで、私が樹さんと結婚するって正式に発表して、株が私たちの物になるって確定したら……どうなるんだろう？）

ふとそんなことを思いついて、莉乃亜の頭の中でその状況を想像する。

株主総会のときに、遺言通り、樹と莉乃亜との合算した株の所有率が過半数を超えていたら、今より状況が良くなるのではないか。

実際の遺産相続に関して間に合うかどうかは分からないけれど、少なくとも相続人が確定している方が交渉はずっと楽になるだろう。

（それに、記事に書かれた樹さんの良くないイメージも払拭出来るんじゃないかな……）

そこまで思いついたはいいけれど、正直、実行するにはどうしたらいいんだろうか。

樹に相談出来るかと思って電話を掛けてみても、既に電源が落とされているらしく、電話自体がつながらない。

(もしかして、紫藤さんと一緒にいるんだろうか)

そういえば、秘書室内に紫藤の姿は見えなかった。

その事実に改めて胸がぎゅっと苦しくなる。中途半端な自分の立場が悔しくて、もっと早いうちにしっかり樹との関係を築き上げていたら、今、彼の隣にいるのは自分だったかもしれないのに、とすら思ってしまう。

(でも、私なんて何も出来ないよね)

ふうっと深いため息が零《こぼ》れる。普段ならもう諦《あきら》めているはずなのに、どうしてもそれでは気持ちの収まりがつかない。

『じいさんが俺に一番残したかったのは、遺産でも権力でもなくて……、お前だったのかもしれないな……』

ふと樹が呟《つぶや》いた言葉を思い出す。そして、そのときに懐かしそうに笑った彼の顔を思い出して——

「……何にもしないで諦《あきら》めるの、ヤダ」

決意を言葉にすると、莉乃亜はしばらく思案して、それからカバンの中からスマートフォンを取り出した。

「こっちこっち。ご飯食べた？　食べてないなら何か頼もうよ。私、お腹ペコペコ」

疲れているだろうに、笑顔で長谷川はメニューから料理を頼んでいく。相談事がある、と電話したら外で会おうと応えたのは長谷川だ。いつもパワフルな彼女を見て、よく考えたら朝食の後は何も食べてなかったことに気づいた莉乃亜は一緒に注文を取ってもらった。

「それで、どうしたの？　っていうか先にこっちから聞いて構わない？　高岡さんがボスの許婚《いいなずけ》だっていうのは例の週刊誌の記事の話で聞いたけど、本当のところどうなっているの？」

パスタをフォークに絡めながら、ワイン片手に長谷川は莉乃亜にそう尋ねる。

莉乃亜が自分が樹の許婚《いいなずけ》になった経緯を簡単に話すと、長谷川はふーんと言って肩を竦《すく》めた。

「なるほどそういうことだったのね。で、高岡さんの話ってなに？　当然社長の話よね？」

莉乃亜はてきぱきとした会話のリズムにびっくりしながらも、長谷川の話に頷いた。

「あの……もし、私が樹さん……あ、御厨社長と結婚すると公表したら、今回の問題はほとんど解決するんじゃないかと思って」

一気にそう言うと、長谷川は小さく笑った。

「そりゃ株の相続の問題に関してはクリア出来ると思うよ。五十一%以上の保有株が御厨樹夫婦の持ち物だって明確になれば、多少総会が荒れても、数で押し通せるもの。外資側の交渉の強味は、今現在、五十二%の株が宙に浮いた状態になっている、っていうことが最大の理由だし」

「それで、明日、社長が記者会見するんですよね」

莉乃亜が尋ねると、長谷川は頷いた。

「だったら、その場に私が婚姻届を持って出て行ったら……どうかなって」

莉乃亜がそう言うと、長谷川が目を見開く。

「マジで?」

「もし社長が嫌だったら、後から離婚届を出したらいいと思うんです。……って言ったら、昨日怒られましたけど……」

思いきって言ったものの、途端に自信がなくなり、莉乃亜の声はどんどん小さくなってしまう。

すると、長谷川が真面目な顔をして、莉乃亜に尋ねてくる。

「……あのさ、それってすっごく目立つよ? 日本全国にニュースが流れるかも。目立つの、苦手って言ってなかった?」

長谷川の言葉に、自分が思いついた行動がどれだけ世間が騒がせるのかと心配になる。それでも――

「私が昨日、あんな風に帰ってしまったのに、社長は私の実家まで話を聞きに来てくれたんです」

莉乃亜は、ぎゅっと胸のところで両手を握りしめる。正直怖くない、と言ったら嘘だけど、今は弱気になっている場合じゃない。

「会社だとあんな紳士然と振る舞っているけど、家だとわがままで俺様でお子様で……結構しょうもないところがいっぱいあるんです。でも、やっぱり優しくて……。祖父母に決められた許婚《いいなずけ》なのに、すごく大事にしてもらっていると思うんです。だから私も、ちゃんと気持ちを返さないとって……そう思って」

思わず感情が高ぶって、涙が目の縁《ふち》に浮いてくる。それを指で払っていると、長谷川は莉乃亜の肩をパシンと叩いた。

「私、そういうの好きだよ。じゃあ、せっかくだから作戦練ろうか。プロデュースは私やってもいい？　そういうサプライズ的なこと、すっごく好きだし、仕掛けも結構上手い方だって自信もあるんだよね」

にっこりと笑ってくれた男前な長谷川を見て、莉乃亜は力強い味方を得たと思った。妙な興奮で、なんだか胸がドキドキしてくる。

すると長谷川はカバンからスマートフォンを取り出すとどこかに電話をし始める。

「もしもし？　長谷川です。ええ、そちらはもう落ち着きました？　――そうしたら、すみませんが、こちらまで出て来てもらえませんか？　……今、私、高岡さんと一緒にいるんです。明日の記者会見のことで、相談したいことがいくつかあるので……」

そう言うと、長谷川は面白そうにクスッと笑って、莉乃亜の方を見た。


「……なんですの、こんな時間に」

莉乃亜は、新たに店にやってきた人物を見て、思わず息を呑んだ。

「紫藤さん、こっちこっち」

そう言うと、長谷川は自分の隣に紫藤を座らせる。普段通り隙のないスーツ姿に、キリッとまとめられた髪。相変わらず綺麗だけど、ほんの少し顔色が悪いように見えた。

「さすがの紫藤さんも今日は疲れた顔してますね」

長谷川がそう尋ねると、紫藤は小さくため息をついて肩を竦《すく》めた。莉乃亜は正直この人のことがよく分からなくて、懐疑的な目で見てしまいそうになる。

「長谷川さんはいつもマイペースでいいわね」

言いながら、紫藤はワイングラスを受け取ると、慣れた手つきで白ワインを口にする。

「あの、長谷川さんが呼んだのって……」

「そう、私たちの一番の味方になってくれる超有能秘書の紫藤さんよ」

ニヤリと笑う長谷川の言葉に、紫藤が眉を顰《ひそ》める。

「何の話をしているの？」

「今回のマスコミにリークしたって話、紫藤さんは直接関わってないわよね。貴女が社長にとってマイナスの行動を取ることは絶対ないって思っているんだけど」

長谷川がそう言うと、紫藤ははぁっとため息を一つついた。

「私もそのつもりだったんだけど、私がつい宮崎さんたちに愚痴《ぐち》を言ってしまったのも情報源の一つになってしまったみたい。それについては社長にも謝ったし、私の進退もお任せしたわ」

その言葉に莉乃亜は目を瞬《またた》かせる。

「結果として高岡さんにも迷惑をかけてしまった。申し開きは出来ないわ。本当にごめんなさい」

プライドの高い彼女が莉乃亜に頭を下げるのを見て、思わず声を失った。

「紫藤さんは自分にも相手にも厳しいから、色々損するわよね。私はそういうストイックなとこ、好きだけど」

くすくすと笑う長谷川を見ていると、少なくとも紫藤が樹に対して悪意のある行動を取ることはない気がしてきた。

「……そう、だったんですね。話してくださってありがとうございました。私は大丈夫です」

自然と莉乃亜は言葉を返していた。再び笑う長谷川を一瞬睨《にら》み付けて、紫藤は一気にワインを飲み干す。

「……ああ美味《おい》しい。今日はばたばたで何も食べてなかったのよ」

「すきっ腹に、お酒は負担が大きいですよ。何か消化の良いものを先に入れた方が……」

莉乃亜が心配そうに声を掛けると、紫藤は複雑な視線を送った後、素直にリゾットを頼む。

「……で。なあに？　なんで疲労困憊《こんぱい》の私をここに呼んだの？」

「あの、社長はどうされていますか？」

紫藤に聞くのはやめようと思っていたのに、やっぱり気になって尋ねてしまう。

「今はホテルに泊まって、明日の記者会見の準備をなさっているわ。私は疲れているだろうからと、先に帰らされてしまったけど、ルームサービスを頼んだ篠田室長が付き合って食事をするって。今は記者会見の草案を書いてると思うわ」

紫藤はすんなりと答えてくれる。

「そうそう、紫藤さんを呼び出したのはね、なんでも高岡さんがグッドアイディアを思いついたらしいの」

ものすごく良い発音でグッドアイディアと言った長谷川を、胡散臭《うさんくさ》そうに紫藤は見返す。

「そう……まあ一応聞いておきましょうか?」

あまり期待してないわ、と顔に書いてある紫藤を前に、莉乃亜は緊張しながら、自《みずか》らが婚姻届を持って記者会見場に乗り込もうと思っている、と告げた。

「──貴女、最後まできっちりやり通せるの?」

莉乃亜の発言を聞いた紫藤は、思いがけず前向きな言葉を口にした。

「……はい。私、少しでも社長の役に立ちたいんです……。この方法って、社長の役に立てますか?」

その問いに紫藤は黙り込む。しばらく考え込んだ挙句、ふっと小さく苦い笑みを浮かべた。

「ええ、役には立つでしょうね。確かにその方法なら、明日発売される週刊誌の記事に対する一番の反論になるでしょうし、よりドラマチックな展開にはマスコミが飛びつくと思うわ。そして、正式に婚姻届を出せば、株主総会でも、社長は強い態度で臨める……」

そう言うと、じっと紫藤は莉乃亜を見つめ、真剣な声音で続ける。

「ただし、貴女が中途半端なところで逃げたら、最悪の結末になるわよ。最後まで肝を据えてやり通せる自信あるの?」

紫藤の言葉に莉乃亜は目を閉じる。

「正直、不安です。……でも、社長……いえ、樹さんのためですから、私、今度こそ絶対に逃げません」

目を開き、まっすぐに紫藤を見つめ返しながら告げる。

莉乃亜の唇から決意とともに溢《あふ》れてきた言葉は、紫藤の心を微《かす》かに動かしたようだった。

「……そう。じゃあ明日の記者会見場に貴女たちが入ってこれるように、後で時間と場所を連絡するわ」

そして少しだけ勝気な笑顔を取り戻した紫藤は、ふーっとため息をついた。

「どうでもいいけど、高岡さん。当日もそんな恰好で行くの？　それじゃあ会見場で見劣りするわね。仕方ないわ……私のとっておきのお店に連絡しておいてあげる。明日は記者会見の三時間前には、ここに行ってね。記者会見で見劣りしない完璧なレディに仕上げてもらうように、優秀なスタッフにお願いしておくわ」

そう言って彼女はカバンから名刺を一枚取り出して莉乃亜に渡してくる。それを受け取ると、彼女は優美に口角を上げて、美しく微笑んだ。

「もちろん、貴女のためじゃないわよ？　明日、貴女は御厨樹の婚約者として認知されるのだから、『樹さん』のためにも恥ずかしい姿を晒《さら》さないように、ね」

わざと莉乃亜の前で、『樹さん』と呼ぶ紫藤に長谷川はにやりと笑った。

「紫藤さんって結構面倒くさいキャラしているわよね」

「うるさいわね。……ということで高岡さん、明日は気合入れていらっしゃい。社長は高岡さんを政略関係なく、一人の女性として愛しているとおっしゃっていたわ。それに相応《ふさわ》しい姿を見せてね」

そう告げて小さく笑った紫藤はどこか吹っ切れて見える。そんな彼女の肩を長谷川がパンと叩く。

「紫藤さんっていい人よね。御厨社長に振られちゃったのに、恋敵《こいがたき》を応援するなんて。分かる、私もボスの結婚はショックだわぁ。ボスのことは尊敬してるし、ナイスガイだし、結構慕《した》っていたのよね」

「私の真剣な想いを、貴女のその軽い感じと一緒にされたくはないわ」

鼻に皺《しわ》を寄せて長谷川に文句を言う紫藤が、それでも樹のために莉乃亜の味方をしようと考えてくれたことに、感謝の気持ちが湧く。気づけば莉乃亜は二人に向かって、深々と頭を下げていたのだった。

＊＊＊

「……満員御礼だな」

ぼそりと樹は呟《つぶや》く。記者会見場は、完全にアウェイな空気に包まれている。

ヘタな記事の書き方をされたせいで、どうやら樹は株のために、興味もない地味な娘を無理矢理妻にしようとしている極悪人で、しかも株主総会で御厨ホールディングスを乗っ取られ、執行部を首になるかもしれない瀬戸際の男ということになっているらしい。平たく言えば、女性週刊誌的にも、男性が好きなビジネス大衆誌的にも、『今もっとも旬な人物』と言えるだろう。思わず自虐的な笑みも浮くというものだ。

おかげでホテルの会場は、重たそうなカメラを持った人間と、ノートパソコンを持った記者と思われる人間たちでごった返していた。

樹が記者会見場の席に着くと、静かに紫藤が近寄ってきて、水のグラスを置いていく。

「……開始五分ほどは、のらりくらりと、質問をかわしておいてください。後ほど援軍が来ます」

「なに？」

樹の問いには答えず、紫藤は笑みを浮かべて去っていく。

（援軍って……なんだ？　まあ孤立無援なのは今更だが……）

何が起きても一人で対処してやると気合を入れ、心配そうに見送ってくれた莉乃亜の顔を思い出す。不安な思いをしているだろう。少しでも早く迎えに行ってやらないといけない。

くっと奥歯を噛みしめると、樹はまっすぐ会場を睨《にら》み付けた。


「それでは質問をお受けします」

司会に立っているのは秘書室長の篠田だ。学生時代アナウンス部にいたらしく、こういうことには慣れている。プロに頼むより信頼出来る。

一斉に手が上がる中から、まずは有名な芸能ジャーナリストを篠田は選んだ。

「今回の婚約話の件ですが、いわゆる政略結婚で、株式取得のためなのでしょうか？　また宗一郎氏の不倫疑惑についてはどのように思われますか？」

くだらない質問だ、と思いつつ、樹は信頼される社長像を意識して背筋を伸ばし、眼鏡の奥の目を柔《やわ》らかく細めた。

「株式の件は確かに遺言状に書かれてはいますが、私としてはそれ以上に、祖父が選んでくれた人ということで、相手の方との結婚を前向きに考えております」

ぎゅっと膝の上で拳《こぶし》を握って、相手の顔を真正面から見返した。もう一度誠実だと思われる態度で言葉を続ける。

「祖父の不倫疑惑というのも、故人の話なので、真偽の確認のしようがありません。ただ、私が知っている限り、その相手の女性とは単なる幼馴染《おさななじみ》だったようです」

次々と矢継《やつ》ぎ早《ばや》に質問の手が上がるが、篠田はわざとゆっくりそれらを捌《さば》いていく。

いくつか質問に答えたとき、ふと記者会見場の入り口に向かって歩いていく紫藤が見えて樹は首を傾げた。

「あの、御厨社長は大変おモテになると評判のようですが、そんな御厨社長のお相手の女性はどういった方なんでしょうか？」

ビジネスにはまったく関係のない、いかにも女性週刊誌が好きそうな質問を聞いてきた女性記者に視線を戻す。

「許婚《いいなずけ》の女性のことですか？　穏やかで優しい人ですよ。料理も上手で、家庭的で……」

そう答えながら、ふと視線を紫藤の方に戻すと、彼女は静かに誰かを会場に呼び込んでいた。

ダークスーツ姿の記者と、カジュアルな恰好をしたカメラや音響のスタッフが右往左往している会場の中で、そこだけ光を集めたかのように目立つ、品の良い真っ白なワンピースを着た華やかな女性が立っている。

その女性がゆっくりと視線を自分に向け、目が合った。

「――莉乃亜？」

思わず、ここにいるはずのない人の意外な姿に声を上げてしまう。

その声をマイクが拾うと、記者たちが一斉に樹の視線を追って、入り口の方を振り向いた。

ざわざわとした落ち着かない空気の中、莉乃亜は紫藤と共に堂々とした足取りで会場に入ってきた。

その光景に、記者たちも言葉を失う。彼女は周りの視線を集めながらゆっくりと会場を抜けて、ひな壇の前に立った。

「樹さん」

樹の顔を見上げると、莉乃亜はにっこりと笑った。マイクの音声がその声を拾う。瞬間、ざわっと会場がさざ波のような音を立てた。

「いつも樹さんが私を幸せにしてくれるように、今日は私が、樹さんを幸せにしに来ました。――はい、これ。忘れ物ですよ」

そう言って莉乃亜が樹に渡してきたのは――

（……婚姻届？）

しかも妻の欄には、莉乃亜の名前が入っている。

そのことに気づいたカメラマンたちが、彼女に向かって一斉にフラッシュを焚《た》き始める。その光に、目が覚めたように記者たちが挙手をして、声を上げた。

「その方が婚約者の高岡さんですか？」

「持っていらしたのは、婚姻届ですか？」

樹がふと視線を落とすと、婚姻届を持つ莉乃亜の手がガタガタと震えている。

「お前、目立つのが嫌いなくせに、無茶するな……」

思わず呆《あき》れた声が漏れた。

「だって、樹さん『なんで俺を幸せにするって言わないんだ』ってこの間、私に聞いたじゃないですか」

潤《うる》んだ瞳を覆《おお》う睫毛《まつげ》が瞬《またた》いて、じっと樹を見つめる。緊張で彼女の呼吸が微《かす》かにわななく。目元まで赤くして、緊張と羞恥心《しゅうちしん》の限界で涙を零《こぼ》しそうになっている莉乃亜の姿を見て、ぐっと胸にこみ上げるものがある。

（まったく……本当に馬鹿な奴だ……）

気づけば樹は婚姻届を片手で受け取り、もう一方の手で彼女を強く抱きしめていた。

莉乃亜の体が、ありえないほど冷たくこわばっている。そして樹の腕の中で、止めようのないほど小刻みに震えていた。

そんなにしてまで、自分のためにこの場所まで乗り込んで来たのかと思うと、言葉にしようのない想いで胸が温かく――いや、いっそ熱いほど満たされていく。

「……本当に、お前って奴は……」

どこまでもまっすぐで、ひたむきで……まるで俺とは真逆の人間だ、と樹は思う。

樹は今まで感じたことのない深い感動を覚えて、ゆっくりと幸福感に満ちたため息を零《こぼ》した。

「――莉乃亜」

名前を呼んで、じっとその顔を見つめる。瞬間、フラッシュで世界が真っ白になる。

ぴくんと震えたその華奢《きゃしゃ》な体を光から守るように、樹はさらに抱き寄せた。

「……緊張しているだろう。大丈夫か？」

耳元でそっと囁《ささや》くと、微《かす》かに莉乃亜が頷く。震えながらも、しっかりと決意を胸に秘めたその顔を見て、樹も頷き返した。

「じゃあ、先に厄介事《やっかいごと》を済ませる。少しだけ付き合ってくれ」

その背をゆるゆると撫でると、浅い莉乃亜の呼吸が少しずつ落ち着いていく。

「――失礼しました」

莉乃亜の体が震えなくなるのを待って、樹は用意された席に彼女を腰掛けさせた。改めて記者たちの方を向く。

「こちらが許婚《いいなずけ》の高岡莉乃亜さんです。祖父が私のために選んでくれた私の……一番、大事な人です」

樹が言うと、一斉にフラッシュが瞬《また》きだす。

そして、息を吹き返したように記者たちが質問の声を上げる。

今度は祖父と莉乃亜の関係に質問が集中し始めた。さり気なく篠田がそちらにマスコミの関心が行くように誘導しているのを見て、頼りになる、と樹は小さく笑った。

「あの、宗一郎氏が選んだというのは、どういう経緯があってのことなんでしょうか？」

そこで改めて、樹は自分の祖父と莉乃亜の祖母の関係について説明する。

別荘がある莉乃亜の故郷で、宗一郎が子供だった頃は毎年、夏は地元の友達と過ごしていたこと。

そののち医者になった莉乃亜の祖母が、別荘に逗留中の宗一郎の命を救ったこともあるという話や、宗一郎がここ二十年ほどは昔を懐かしんで毎年夏休みに別荘を訪れ、莉乃亜に会っていたことも告げた。

「では、宗一郎氏は、毎年高岡さんとお会いになられていたということですか？」

記者の質問に、樹は笑顔で答える。

「はいそうです。祖父は、毎年夏になると小さな莉乃亜に会いに来ていたそうです」

「高岡さんは、宗一郎氏の記憶がございますか？」

その質問に今度は莉乃亜が頷く。

「……はい。毎年、その方は夏になると川で釣りをしているんです。ですから、私は『魚釣りのおじさん』と呼んでいて。それで、小さい頃、『うちの孫の嫁になってくれないか？』とその方に尋ねられたことがあります」

　マイクを向けられた莉乃亜は、思ったよりしっかりと答える。

　だが、樹と繋がれた手は冷たくて、いまだに微《かす》かに震えている。もうちょっとだけ頑張れるか、と尋ねるように樹が手を強く握ると、莉乃亜はぎゅっと握り返す。ふと二人の視線が合い、互いに笑みを浮かべた。

「そのとき、高岡さんはなんて答えられたんですか？」

「――『カッコよくて優しい男の子だったら、お嫁さんになってあげる』と答えたのでしたよね」

　莉乃亜の震える唇が答えを言う前に樹が答えると、莉乃亜は笑みを零《こぼ》した。

「はい。でも本当に樹さんが、こんなに素敵で優しい人で良かったです」

　莉乃亜がじっと樹を見上げる瞳には、意地の悪いマスコミの人間ですら納得させるほどの真摯《しんし》な愛情があると、樹自身も思う。

「いやCMでお見かけしたときも思いましたけど、高岡さんも本当にお綺麗で優しそうなお嬢様ですね。御厨社長も、素敵な方を選んでくださった宗一郎氏に感謝していらっしゃるんじゃないですか？」

　マスコミからの質問に、改めて莉乃亜の姿を見つめて、樹は笑みを浮かべる。

今日の莉乃亜は本当に綺麗だ。清楚で温かみがあって、自分の一番好きな莉乃亜だと思う。

（そういえば……）

最初出会ったときは、みっともない部屋着に、ぼさぼさの髪をゴムで結わえていて……。なんて女を選ぶんだと祖父に思わず文句を言いたくなったものだが、今は、どっちの姿も嫌いではない自分に気づく。

（まあどんな恰好をしてたって、莉乃亜は可愛い）

それが、人を好きになるということなのかもしれないと、樹は改めて気づいた。

「……はい、本当に感謝しています。祖父が私に残してくれたものはたくさんありますが、その中で、一番大切なものが彼女です」

その言葉に記者たちのペンが一斉にメモに走る。

「では二人は本当にお互いを求めあって、こうして出会った、という感じなのでしょうか？」

その言葉に、莉乃亜は恥ずかしそうに頷く。

「ということは、結婚も間近ですね。婚姻届の方は……先ほど高岡さんが持っていらっしゃいましたが？」

記者からの質問に、樹は返事をせずに改めてペンを出し、その婚姻届を机の上に広げると、ゆっくりと書き始めた。

　会場はしんと静まり返り、樹が書類に記入する音と、シャッター音だけが聞こえる。

　そして全部書き終わると、樹は莉乃亜の左手を手に取り、そっと薬指にキスを落とす。

「莉乃亜、改めて——俺と結婚してほしい。俺はお前と過ごす時間が一番好きだ。莉乃亜が笑っているのを見るのが一番幸せだ。俺を幸せにしたいと言うなら、この話を受けて欲しい……。俺もお前のことを、絶対に幸せにするから」

　会場がかつてないほどどよめき、フラッシュが一斉に視界を白く染める。

「……はい。喜んで」

　莉乃亜は頬を真っ赤に染めて恥じらいながらも、樹の顔を見つめ小さく頷いた。

　感極まったらしい女性記者が、両手を叩いて拍手し始めると、その空気が一気に会場を支配する。

　さざ波のような『おめでとうございます』の言葉と、拍手が響く中、樹は愛しさだか幸福感だか、言葉に出来ない大きなもので胸が満たされた。そして大事な宝物のように莉乃亜の頬に手を伸ばし、そっと触れるだけの誓いのキスを落とす。

　まだ少し震えている彼女の体をぎゅっと抱きしめて、幸せを味わった。

　辺りは騒がしくて、光が瞬《またた》いて、ここがどこだかも分からなくなりそうなそんな世界の中で。

ただきます」

「二人の世界に入ってしまったようですので、本日の記者会見はこれにて終了させてい

篠田ののんびりした声が聞こえる。

「ええ〜」

第七章　うちの会社の御曹司が、私の旦那様になるみたいです。

それから数日は、新たなシンデレラストーリーと、派手なプロポーズ付きのドラマチックな記者会見にマスコミはかなり盛り上がった。連日テレビやネットで取り沙汰されて、目立つことが嫌いな莉乃亜は相当辟易《へきえき》した。だがしばらくすれば、大物芸能人の結婚報道などのニュースにマスコミの関心が移っていき……

その後行われた御厨ホールディングスの株主総会では、完全に相続が確定した状態ではないものの、さすがに危機感を感じた一族が、一斉に遺産相続の同意書を提出した。そして会見後すぐに婚姻届を出した御厨樹・莉乃亜夫妻が半数以上の株式を保持していると認識されたため、無事に騒動を収めることが出来た。

それからの結婚式までの日々は、後始末と準備に追われ、あっという間に過ぎていっ

て……

＊＊＊

——そして結婚式当日。

「莉乃亜、準備の方はどうだ？」

「——樹さん、何でこんな早くに？」

花婿の準備時間はもっと後のはずなのに、何故か既にタキシードを着ている樹が、莉乃亜のいる控室に入ってくる。

「………」

その姿を見て、莉乃亜は言葉を失った。

結婚式の白いタキシードを着て莉乃亜に逢いに来た樹は、元々の容貌の良さがさらに際立っている。

(樹さんって、やっぱり王子様みたい)

などと惚れた欲目で莉乃亜は思ってしまう。

一方樹も、莉乃亜が振り向いた途端、言葉を失って立ち尽くしている。

「樹さん？」

心配になって声を掛けると、樹はふっと眼鏡の奥の目を細めた。

「……誰よりも先に、お前の花嫁姿を見ておきたかったんだが……」

「あら、じゃあ私は親族の皆様に挨拶《あいさつ》してくるわね」

樹の台詞《せりふ》を聞いて気を使ったのか、莉乃亜の母親はあっという間に控室を出て行く。

それを見送って莉乃亜は樹に少し悪戯《いたずら》っぽい笑みを返した。

「私がちゃんと花嫁らしくなっているか、心配だったんですか？」

樹と一緒に選んだドレスは、オーダーメイドで作られているためサイズがぴったりで、莉乃亜は綺麗で愛らしい花嫁になっていた。あまり露出が多くない分、レースで透《す》けた肌を品良く見せている。今日の莉乃亜の姿は、自分でもびっくりするほど良い出来栄えなんじゃないか、なんて実は自信があるのだ。

「いや、想像以上の出来で……びっくりしてる。先に見に来てよかった。……こんなお前の姿、ほかの奴らに先に見せるのは癪《しゃく》だ。式場で俺の前に立つ前に、他の男に攫《さら》われないようにしろよ」

まんざら冗談でもなさそうに言う樹に、思わず莉乃亜は笑ってしまった。

「……莉乃亜」

樹はするりと頤《おとがい》に指を伸ばし唇を寄せるが、綺麗に塗られた口紅を見て、困ったように小さく苦笑する。

「今キスすると、怒られそうだな。でも、少しぐらいなら……」

そっと名残《なごり》惜しそうに、指先だけ一瞬頬に触れる。微笑む二人の距離がぐっと縮まった瞬間。

「樹様、莉乃亜様。本日はおめでとうございます」

ノックと共に顔を出したのは、相続の件で莉乃亜も何度か会った、宗一郎の顧問弁護士である諸田《もろた》という男だ。二人は慌てて距離を取った。

「諸田先生。ありがとうございます。わざわざ来ていただいたということは、何かありましたか？」

少し緊張したような樹の言葉に、諸田はにっこりと笑う。

「いいえ、今日は預かっていたお祝いを届けに参りました」

そう言うと、諸田は一通の手紙を二人に渡す。

樹はハッとした顔をして、手紙を受け取った。

「これは……御厨宗一郎からの手紙ですか？」

その言葉に、莉乃亜は慌てて樹の手元を確認する。

「ええ、そうです。御厨宗一郎氏より、もしお二人が結婚することになったら、結婚式の日に樹様に渡して欲しいと、そう言われておりました」

早く読みたそうにしている樹を見た諸田は、ではまた後ほど、と声を掛けて部屋を出て行く。

さっそく手紙を読み始めた樹の表情が次第にふわりと柔《やわ》らかくなる。指先で文字を追うように触れる様子に、樹の祖父への深い敬愛や情愛を感じて、莉乃亜は思わず笑みを浮かべた。

ゆっくりと時間を掛けて最後まで読むと、もう一度文章を確認して、樹はほう、と小さく息をつく。

中身を読まなくても、それはきっと樹のことを思って書かれた手紙なのだと分かる。そのことが嬉しくて、莉乃亜は樹の様子を微笑ましく見ていた。

ふと莉乃亜の視線を感じたのか、小さく苦笑を浮かべると、樹はその手紙を少しぶっきらぼうに莉乃亜に渡した。

「読んでみるか？」

「いいんですか？」

「ああ」

莉乃亜は彼の隣に座り、手紙を広げた。

『この手紙をお前が読んでいるということは、私が既にこの世にはなく、そしてお前は素晴らしい配偶者を手に入れる直前なのだろう』

その手紙は万年筆らしき筆跡で、飾らない言葉と文字で書かれていた。

手紙には結婚のお祝いの言葉から始まって、自分が二人の縁談を用意した理由が述べられている。

『莉乃亜さんは小さな頃から春乃さんと同じ優しさと明るさを持っていた。そして私は莉乃亜さんと会うたびに、樹、お前のことを思い出した。

政略結婚をしたお前の両親だが、結婚後もお互いに関心が持てず、冷えた夫婦関係を続けていた。そんな両親の間で、常に愛情に飢えて、それでも好かれようとしているお前に、せめて幸せな家庭を持つチャンスを与えたかった。

きっと莉乃亜さんなら、樹にそんな家庭を与えてくれるだろうと、いつしか私は確信するようになっていた』

莉乃亜は、その語りかけてくるような文字の並びに、じわりと全身に熱がこみ上げてくる。

莉乃亜を小さな頃から見守っていてくれて、その上で大事な孫の妻に、と樹の祖父が思っていてくれていたこと。樹にこうやって出会わせてくれたこと。手紙を読んでいくうちに、自然と莉乃亜は、自分の祖母のことを思い出していた。

今日はこの式場までお祝いに来てくれているはずだ。後できっかけをくれたことにお礼を言おうと思いながら、手紙を読み進める。

『お前のこれからの財産は、物ではなくて人だ。そしてその一番の礎《いしずえ》になるのが、家族だ。

孝臣たちは好きにさせておけばいい。だが、お前はそこだけは親を見習うな。互いの想いを素直に言葉にして伝えることだ。

樹。莉乃亜さんと温かく幸せな家庭を築いて欲しい。

私が遺せる一番大切な財産が、今、お前の隣にいる莉乃亜さんだと、私は確信している』

会社についてのことも書かれているけれど、一番経営センスがあるのが樹だと判断したと説明されている程度で、深く触れてはいなかった。そのことより、ひたすら不憫《ふびん》だった総領孫を案じている祖父としての手紙という印象が強い。

最後まで読み終わった莉乃亜は、涙が零《こぼ》れそうになりながら樹に手紙を返すと、樹は照れくさそうに笑って受け取った。

「結局じいさんには敵《かな》わなかったな」

「……すごい人だったんですね」

莉乃亜の言葉に樹は頷く。

「ああ、特に人を見る目があると評判だったからな。だが、とっととあのじいさんを追い越してやる。俺にはお前がいるからな」

強気に笑った樹は莉乃亜を引き寄せて、そっと唇を触れ合わせた。

一番初めに樹のマンションで触れたときには冷たかった樹の唇は、今は熱を帯《お》びて甘くて、莉乃亜をいつだって幸せにしてくれる……。

（なんて……幸福なんだろう）

それはこれまで誰に対しても感じたことのない、一瞬で口の中で溶けて甘い気持ちだけ残すコットンキャンディみたいな多幸感で。

その甘さをぎゅっと噛みしめて、莉乃亜は思う。

こんなわがままで強引で寂しがり屋で、だけど優しくて愛しい人のお嫁さんになれて、本当に幸せだ。

もう二度と会うことは出来ないけれど、樹の祖父だった魚釣りのおじさんに、心の中で『素敵な人のお嫁さんに私を選んでくれて、本当にありがとう』とお礼の言葉を紡いだのだった。

＊＊＊

「……疲れてないか？」

無事結婚式を終えて、ホテルの最上階のスイートルームに二人が戻ってきたのは、日付が変わる直前の時間だった。

結婚式では、親族でもあり、会社の重役でもある泉川が参列していなかったことにびっくりした。そしてそれ以上に、一人息子の結婚式なのに樹の両親があまりにもドライだったことが印象的だった。

だがそれ以外は特に大きなトラブルもなく記念すべき一日を終えられたことに、莉乃亜はほっとしている。

ちなみに故郷の友人たちも何人か上京して式に参列してくれたのだが、莉乃亜が東京での就職を選ぶきっかけとなった元友人の沙也加は、その後味を占めたのか、虚言やマウンティングのような発言を繰り返すようになっており、地元でもかなり評判が悪いらしい。

今では、莉乃亜も彼女の被害者の一人だったんじゃないかと噂されているようだ。正直複雑な気持ちにはなったけれど、誤解が解けて少しほっとしたのも事実だ。

「お互い、よけいな気ばかり使ったな。疲れただろう？」

「そりゃ疲れはしましたけど、でもちゃんとみんなに樹さんとの結婚を祝ってもらえて嬉しかったです」

樹の気遣いに笑顔で答える莉乃亜に、彼は先に風呂を勧めてくれた。

ゆっくりとお風呂を使わせてもらって、交代で浴室に向かった樹をドキドキしながら待つ。やがて背中越しに声を掛けられて、莉乃亜は少し顔を赤く染めながら、振り向く。風呂上がりの濡れた髪に、既に眼鏡を外している樹が妙に色っぽくて、ガウンを羽織っていてくれてよかった、と密かに莉乃亜は思った。

今夜はホテルで過ごし、明日の夕方から新婚旅行に旅立つ予定なので、それまではゆっくりと二人きりで過ごせる。

室内の大きな花瓶に飾られた真っ白なユリを主体とした花束は、甘くどこか艶《つや》めいた芳香を放っているように思える。

緊張のし過ぎなのか。……それとも。

「本当に疲れてないか？」

心配そうに顔を覗《のぞ》き込んだ樹に、莉乃亜は慌てて小さく笑みを返した。

「はい、大丈夫です。樹さんこそ、疲れてませんか？」

莉乃亜自身は何回か乾杯に付き合って、ちょっとだけお酒を飲んだから、少しふわふわしている感じはある。

でもそれよりも、樹とついに結婚式を挙げたこと。そして、いろんな人に祝福してもらったことが嬉しくて、少し高揚しているためか、不思議なほど疲れは感じていなかった。

樹はミネラルウォーターのグラスを手に、ゆっくりとベッドに腰掛けると、誘うように莉乃亜の名前を呼ぶ。

「莉乃亜、こっちだ」

（ついにこのときが、来ちゃった……）

そう思いながら、莉乃亜がゆっくりと樹の傍に立つと、手を引っ張られるようにして、ぴたりと樹の横に座らされた。あれから結局樹は莉乃亜の最後を奪ってはいない。『練習』と称して実家の離れでされたようなことは、たまにあったけれど……

「……喉、渇いてるだろ」

どこか掠《かす》れた声で囁《ささや》かれて、莉乃亜は言葉も出せないほどドキドキとする鼓動が抑えられなくて、ただ小さく頷く。

本当は緊張で喉がカラカラだ。そんな様子を見て取ったのか、樹はグラスに手を伸ばして水を口に含むと、莉乃亜の頤《おとがい》に手を掛ける。

次の瞬間唇を合わせせられて、そっと唇から水が注ぎこまれる。コクリ、と嚥下《えんげ》すると、飲み干し切れなかった水が、つぅっと微《かす》かに唇を伝って、喉元に零《こぼ》れていく。

「……あっ……」

その滴《しずく》を追うように、樹の唇が莉乃亜の喉元に落ち、そのまま胸元に落ちていく。

気づけば、そっとガウンの胸元を開かれて、そこに口づけを受けていた。ゆっくりとベッドに押し倒されて、ふわりと部屋の中のユリの花の香りが高まったような気がする。

「今日のお前は、綺麗だったな……」

そっと耳元で囁《ささや》かれた素直な賛辞に、じわりと喜びがこみ上げてくる。

「だが今はもっと……綺麗だ」

ふっとどこか照れたように言う樹の台詞《せりふ》に、莉乃亜は思わず目を開けて、その表情を確認してしまう。

「……目は閉じとけ。出来る限り素直な言葉を伝えろと、じいさんの手紙の最後に書いてあっただろう？」

だから頑張っているんだ、と言わんばかりの言い方に、莉乃亜はこっそり笑みを隠す。

樹は莉乃亜が少しでも幸福を感じられるように、そう言ってくれているのだ、と気づいていた。だから——

「今日の樹さんもすごくカッコよかったですよ。いつもカッコいいですけど、今日からこの人が私の旦那様になるんだな、って思ったら、すごく嬉しくて、ドキドキしました……」

目をつぶったまま一気にそう告げると、樹はふっと笑みを零《こぼ》したのが分かった。そっと薄目を開けてその様子を確認すると、微《かす》かに目元を赤く染めている。

「……ったく。そんなに可愛いことを言って俺を煽《あお》るな。そうでなくても今日まで、ずっと……我慢してたんだからな」

再び唇を重ねる。莉乃亜の手のひらに、樹は自分の手を添わせると、互い違いになるように指先を絡めた。

「……なんで婚姻届出した後なのに、今日まで待ってくれたんですか？」

ふとキスの合間に尋ねると、樹は小さく笑う。

「お前、最初俺と会ったときに、結婚式をするまではしない、と言ったからな」

「――えっ」

樹は最初に莉乃亜が言った子供じみたお願いをずっと忘れてなかったのだ。

「色々と順番が狂ったからな。莉乃亜がそう望んでいるのなら、そのくらいは叶えてやりたかった」

出会ったときは、あんなに嫌なことをいっぱい言っていたくせに、ちゃんと最初から莉乃亜の気持ちを尊重してくれていたのか――改めて、莉乃亜はこの人を選んで、そしてこの人に選ばれて、本当に幸せだと思う。

「樹さん」

声を掛けると、樹が莉乃亜を抱き寄せたままこちらに視線を送る。

「……大好き」

ほころぶ唇から素直に言葉が零《こぼ》れると、樹が困ったように優しく笑う。

「ああ、俺もどうやらお前が相当、好き……らしい」

少しだけ素直じゃない言い方も、樹らしくて。

「……好き」

ぎゅっと背中に手を回し、肌が触れ合うように樹との距離をなくす。

「ちょ……ちょっと待て。そんな風にされると、お前の準備も出来てないのに、先に欲しくなるだろう？　ずっと寸止め生活だったんだ。もう……あっという間に限界が来る」

焦ったような様子の樹が愛おしくて。

樹の熱っぽい塊を布ごしに感じただけで、じわりと甘い欲望と、幸せな熱が全身にこみ上げてくる。

「……じゃあ、全部貴方のものにするための準備、してください」

くすりと笑って莉乃亜が囁《ささや》くと、樹はふっと肩の力を抜いて、小さく笑い返す。

「ずいぶんと大胆だな……だが言質《げんち》は取ったからな。今夜はもう容赦《ようしゃ》はしない。覚悟しておけ」

触れ合う唇は、一緒に生活するようになってから何度も合わせて、もう自然と受け入れられるようになっている。

「はっ……ぁあ……んっ」

「莉乃亜、舌出して」

教えられた通りにすれば、たっぷりの快楽を与えてもらえることを、莉乃亜は婚姻届を出してから今までの間にたっぷりと樹に教え込まれた。素直に口を開き、舌をチラリと出すと、絡めたまま吸い上げられる。ちゅく、ちゅくという淫《みだ》らな音が恥ずかしさと同時に愉悦を高めていく。とろりと甘い雫《しずく》を飲み干すと、彼が満足げに頬を撫でた。

「いい子だ……上手になったな」

褒めてもらえるのが嬉しい。だからもっと素直ないい子になってしまう。それにねっとりと彼の舌が自《みずか》らの舌に絡むとぞわぞわと甘い感覚がせり上がってきて、もっと体に触って欲しくなってしまう。

「んっ……はぁっ…………ぁんっ」

緩《ゆる》く愉悦を逃がすように体を揺すると、何を求めているかもう彼には分かっていて、やわやわと胸を揉《も》んでいた指先をレースに這《は》わせた。軽く蕾《つぼみ》をひっかくようにされると思わず声が上がってしまった。

「ひぁんっ」

「……気持ちいいんだろう？」

左右の蕾《つぼみ》を両手の人差し指の指先で弄《もてあそ》ばれて、ひくんと身が震える。思わず甘い声で啼《な》いてしまっていた。

「でも、まだまだ準備が足らないよな」

上機嫌でくつくつと彼が笑う。彼は莉乃亜のガウンを脱がせ、自分のそれも脱ぐ。互いに肌を晒《さら》すとよけいそのときが近づいているのだと、ほんのわずか緊張する。触れる彼の指先はいつも焦ることなく優しい。それでいて感じるところは把握《はあく》されているから、彼が莉乃亜を手に入れようと思えば、いつでも出来たのだと思う。けれど結婚式を迎えた今日まで、彼は莉乃亜の望み通り、辛抱強く待っていてくれたのだ。

「……やん、だめぇ……」

　唇が裸の胸元に落ちてきて、何度も啄《ついば》む。大きな両手で胸を何度も揉《も》まれて、尖《とが》った蕾《つぼみ》を丹念に舌で舐《な》められ、吸い上げられ、甘く歯を立てられて——複雑な刺激で淫《みだ》らな悦びが背筋を走る。思わずぎゅっと彼の肩に爪を立てると、彼は一瞬目を細めて、はぁっと切なげな吐息を漏らした。

「やっと……お前が俺のモノになる……」

　そっと愛おしむように胸の尖《とが》りに口づけられると、先ほどの感覚より、もっと甘い何かに胸を締め付けられた。

「今日まで、待っていてくれて……ありがとうございます」

　莉乃亜が素直にお礼を言うと、彼は意地悪そうに口角を上げて笑みを浮かべ、その手を腹部から下着のところまで滑らせた。

「でも待つのは今日までだし、今後は一切セーブするつもりはないからな……ってお前も……待ちかねてたのか」

　するりと下着の中に入った指が、莉乃亜の中心を緩《ゆる》く縦になぞる。ぐちゅ、という蜜音に彼が嬉しそうな声を上げると、恥ずかしさに莉乃亜の全身の熱が上がる。

「本当に……莉乃亜はいい子だな。こういうことに関しても、物覚えがとってもよかったしな」

樹の手が引き抜かれたと思ったら、今度はお尻の丸みを撫でるようにして下着を剥《は》ぎ取った。

「ひぅっ」

「感じ過ぎで可愛いな。莉乃亜、糸、引いてたぞ？」

意地悪を言われて、顔を手で覆《おお》って左右に振る。そのくせその糸を引くほど感じている部分は彼の指が欲しくて既に疼《うず》いている。彼もずっとオアズケだったけれど、自分もずっと……感じるようにされているくせに、その先はオアズケ状態だったのだ。この先に何が待っているのかは知識でしか知らないけれど。

「そうか、待っていてくれたのなら、いっぱい気持ち良くしてやらないとな……」

やわやわと胸を揉《も》みたてられながら、指が莉乃亜の中心をゆっくりとなぞる。

「ああ、たくさん濡れているな。本当にやらしくて……可愛い」

くちゅん。くちゅくちゅと淫《みだ》らな音が室内に響く。

「あっ……ぁあっ、樹……さっ……」

甘い声を上げた唇にキスが落ちてきて、そこからも淫《みだ》らな音が漏れる。くぐもったような愉悦の声を上げる莉乃亜の反応の良さに、樹の呼吸が速くなった。

「ここも、こっちも……全部俺のモノだ」

所有権を主張するように、樹は莉乃亜の首筋に、胸元に、キスマークをいくつも残す。そのたびに莉乃亜の感覚は鋭くなり、たまらないほどの悦《よろこ》びと快楽が体に溜まっていった。

「何も準備しなくても……今すぐ入《く》りそうだな」

樹は蜜口に指を滑らせる。けれど焦《じ》らすみたいに、莉乃亜が感じてしまう快楽の芽は避けていて、物足りなさに莉乃亜はつい腰をくねらせてしまった。

「……本当に莉乃亜は物覚えがいい。もう気持ち良くていつものところが疼《うず》いてきたんだろう？」

意地悪な囁《ささや》きですら、感覚を鋭くするだけだ。もっともっと……して欲しいのに、恥ずかしくて言えない。身悶《みもだ》えして、胸の先も、触れて欲しい敏感な芽もズキズキと熱を持っていく。

「もう……触って欲しくて仕方ないのか？」

ゆるゆると蜜口をなぞる指は、蕩《とろ》けて蜜に濡れている。それが切なくて小さく頷いてしまった。

「じゃあ……、今日は口でたっぷりと可愛がってやる」

「え？」

じゅる、と音を立てて唇がそこに吸い付いた。腰を掬《すく》い上げられているから体の位置が少しだけ上に上がり、秘所を舐《な》めている彼の姿を見せつけられる。

「ひぁんっ……ぁあっ……いやっ」

ぺろぺろと温かい舌が敏感なところを這《は》い回る。時折抉《えぐ》るように蜜口に舌をねじ込まれて、彼のものを挿《い》れられるときのことを想像してしまう。もっと大きくて硬いものが自分の中をいっぱいに満たすのはどんな感覚なのだろう。そんなことを想像したら恥ずかしくて、逃げ出したくなる。

「はぁっ……ダメ、はずかしい……」

「恥ずかしがるとよけい気持ち良くなるんだよな、莉乃亜は」

くすりと笑うとセクシーに唇の端が上がる。抗《あらが》おうとした体を彼はさらに大きく開いて、快楽の芽を指で剥《む》いて、敏感なところに舌で優しく触れる。

ちろちろと動く温《ぬく》みに舐《な》められて、甘く吸い上げられ、そっと優しく歯を押し当てられる。口で複雑な刺激を受けながら、中に指が突きたてられ、一番感じるところだけ執《しつ》拗《よう》に攻められた。

「あ、ダメ、樹さっ……。あぁっ……、やぁっ……んぁっあぁっ、ぁっ……」

莉乃亜はヒクヒクと震えながら、あっさりと彼の腕の中で最初の絶頂に屈服する。

「本当に物覚えがいいな。触ったばかりですぐイくとか……。俺の奥さんは俺の教えに忠実で、感じやすくて本当に可愛い……」

「……樹さん……」

　奥さん、と彼に呼ばれてドキンと胸が高鳴る。ああ、本当に自分は彼と結婚式を挙げて、正式に夫婦になったのだ。そう思うと幸せで嬉しくて、笑みが零《こぼ》れた。

「どうした？」

「だって……私、樹さんの奥さんになったんだな、思ったらすごく嬉しくて……」

　そう言った途端、涙が浮かんでくる。

「――っ」

　彼はそんな彼女の頬を撫でて、困ったように笑った。

「まったく……お前はどこまで俺を萌えさせたら気が済むんだ？」

　ああもう理性の限界だ、と彼は小さく吐き捨てると、莉乃亜をぎゅっと抱きしめた。強くて大きな腕の中でほっと息をついた次の瞬間、強く唇を押し当てられる。

「んんんんっ」

　さらに、熱くて硬いものが内腿《うちもも》に押し付けられた。緩《ゆる》くそれを揺らされて彼の呼吸が乱れる。

「莉乃亜、お前が欲しい」

　掠《かす》れた声で強請《ねだ》られて、莉乃亜はドキンと心臓を高鳴らせながらも承諾するように、そっと彼と手を繋いだ。

（……あっ）

樹の左手の薬指に光る結婚指輪を見て、夫となった樹に、妻として触れられていることを改めて実感する。幸せな現実と共に、胸の鼓動が高まっていく。

(神様の前でも誓って、みんなの前でも誓って。……私は今からこの人と一つになって……。そして家族になってずっと一緒に生きていくんだ)

そんなことを思って、思わず瞳が潤《うる》む。

「怖くはないか?」

莉乃亜を見て、樹が心配そうに声を掛ける。意地悪そうに見えたって、本当はすごく優しくて、人を愛することにも、愛されることにもきっと飢えてて。だから、この人の心の隙間を莉乃亜は全部埋めてあげたい、と思う。

「……ううん。幸せなだけ。みんなに祝ってもらって、樹さんに大事にしてもらって。ずっと夢見てたみたいに、一番大好きな人の奥さんになって、自分がずっと大切にしてきた物を受け取ってもらえるから」

零《こぼ》れる涙を、マリッジリングをつけた薬指で樹が掬《すく》って、そっとその眦《まなじり》に口づけを落とす。

「この味は絶対に忘れない」

樹の囁《ささや》きに、莉乃亜は思う。

人の零《こぼ》す涙は、感情によって味が変わると言う。ならばきっとこの涙は甘くてすごく幸せな味がするはずだ。

「樹さん、私を全部もらってくれますか？」

涙声で囁《ささや》くと、樹は今まで見たことがないくらい優しい表情で、莉乃亜の頬を撫でる。

「ああ、喜んで。それに一度もらったら一生返してやらないから、覚悟しておけ」

ゆっくりと膝を抱え上げられて、先ほどまで布越しに触れていたものが直接肌に触れる。熱くてドキドキする。

はぁっと感に堪《た》えないと言わんばかりの吐息が零《こぼ》れ、ゆっくりとそれは中に入ってきた。

「んっ……」

「痛く、ないか。痛かったら俺に噛みついてもいいから」

首筋を無防備に差し出されるが、莉乃亜は小さく笑みを浮かべて、そっと力を抜く。

「怖く、ないですから。ずっとこんな風になれる日を待ってたんです」

婚姻届を出してから、じれったいほど時間を掛けて慣らしてくれていたおかげで、痛みは思っていたほどではなかった。それでも一瞬声が乱れたり、眉を顰《ひそ》めたりするたびに止まり、樹はいくつもの口づけを新妻に降らせる。

やがて痛みが落ち着いてくると、進むのをやめた彼の熱を莉乃亜は体の芯で感じる。

「も、全部？」

「ああ、大丈夫か、辛くはないか？」

自分より泣きそうな顔をしている樹を見て、やっぱり愛情たっぷりなこの人が大好きだ、と莉乃亜はそう思う。

ぎゅっと互いの指を絡めると、莉乃亜の右手には樹が嵌《は》めた指輪が、樹の右手には莉乃亜が嵌《は》めた指輪が光を放つ。

樹のすべてを受け入れると、そっと額《ひたい》にキスを落とされた。それから涙の零《こぼ》れる目元に、頬にキスが落ちてきて、そして再びゆっくりと口づけを交わす。

「……愛してるから、ずっと傍にいてくれ」

聞こえないくらい微《かす》かな樹の囁《ささや》きが、キスの合間に一瞬離れた唇から零《こぼ》れて、莉乃亜の心を震わせる。

何度もキスを交わして、傍にいることを誓って、どこもかしこも樹でいっぱいになって――ようやく緩《ゆる》やかに動き始める樹の熱に、莉乃亜は気づけば甘い声を上げていた。

「はっ……莉乃亜は……ホントたまらないな。もう少し動いてもいいか？」

彼の呼吸と声が乱れる。耳朶《じだ》を甘噛みされて、思わず声を上げてしまった。

「やあ……んっ」

ゆっくりと充溢感《じゅういつかん》が薄れたと思った途端、奥まで押し込まれる。莉乃亜は、初夜は彼を受け入れただけでは終わらない事実を改めて思い出して、涙目で彼を見上げる。すると樹は目を細め気持ち良さそうな表情をしていた。

（樹さん、私で感じているんだ……）

そう思った瞬間、きゅん、と胸がときめくと、彼が緩《ゆる》く唇を開けて舌なめずりをする。

「今、何考えた？」

「え？　ひゃぁんっ」

パチュンと淫《みだ》らな音がしてまた腰を送られる。

「今すごい、お前の中、やらしかった。温かくて、俺を包み込むように締まって……めちゃくちゃ気持ちいい。あ、ほらまた、ヒクヒクしてる。さっきよりもっと締め付けてる」

「やぁっ……恥ずぁ……あっ、あぁっ、ひぅっ」

具体的に体の変化を告げられるとよけい恥ずかしくて、気持ち良さが増してしまう。

「あぁ、もっと動いてほしいだろ？」

彼は逃げられないように莉乃亜の腰骨の辺りを押さえ込むと、奥まで穿《うが》つ。先ほどまでの痛みより、気づけば気持ち良さが増していた。樹は莉乃亜の感じやすい部分をわざと擦り上げ、痛みより快楽が上回るようにしてくれる。

「莉乃亜はここが好きだよな？」

快楽に染まった視線を向けられて、蕩《とろ》けるような樹の表情に翻弄《ほんろう》される。彼はいつだって理性的な顔をしているけれど、甘く乱れる表情は自分しか知らない樹の姿なのだと思ったら、よけいたまらない気持ちになってしまった。

「あ、そこ。好きっ。ぁっ……いいのっ、気持ちいいっ」

思わず淫《みだ》らな声で快楽を伝えてしまう。自然と腰を揺すり、彼の胸に自《みずか》らの胸を擦りつけると、胸の尖《とが》りが新しい愉悦を連れて来て、下半身で甘い疼《うず》きに変わっていく。そのたびに腰を揺すってしまう淫《みだ》らな感覚が増していく。

「今、いい、って言ったな?」

とっくに莉乃亜の体を陥落している樹は、わざとゆっくりと腰を送る。

「はっ……ぁあっ、ダメ、そこ、おかし……なちゃ……あぁぁ、ああっはぁ、ひぁん、だめ、ダメなの、いつき、さ……」

痛みより気持ち良さが増したことに気づかれると、激しく追い詰められた。愉悦の涙を零《こぼ》して懇願しても、もう樹は容赦《ようしゃ》してくれない。指で何度も責められたことのある中の部分が擦りたてられて、彼の翻弄《ほんろう》するままに莉乃亜はあっさりと頂上に押し上げられた。

「ぁあ、ああっ……ひぁんっ」

頭の中が真っ白になり、体中の血液が沸騰《ふっとう》するような愉悦に、莉乃亜はヒクヒクと体を跳ね上げた。彼の猛《たけ》りが最奥で震えた瞬間を受け入れる。

二人一緒に達することが出来たのだろうか。そう思いながら莉乃亜は汗を掻いている彼の額《ひたい》を撫でると、彼は優しい顔をしてそっと莉乃亜に口づける。

「樹さん……」

思わず嬉しくて、ぎゅっと抱き着いた。無事彼と初夜を迎えられてほっとする莉乃亜だが、彼がそのまま中にいることの意味をまだ理解してはいない。

「んっ……好き、愛してる」

甘えるように唇を合わせていれば、彼の手がみだりがましく莉乃亜の腰のラインを辿《たど》る。

「……この中に今俺が入っている、って考えるとたまらないな」

ゆるりと下腹部を撫でられて、莉乃亜はハッと気づいた。

「あの、もう終わりですよね。もう寝ますよね？」

とっさに逃げ出そうとする莉乃亜を、樹は嗜虐的な表情を浮かべて押さえ込み、真上からじっと覗《のぞ》き込んだ。

「初めて抱いた後に、抱き着かれて好きだの、愛してるだの、最愛の妻に言われて……大人しく引き下がる夫がいると思うか？」

「え、あの……」

このままじゃ大変なことになるという危機感があるのに、最愛の妻と言われて、夫の妖艶《ようえん》な視線に惑わされてしまう。

「……俺が今まで、どれだけ我慢してたと思うんだ？」

耳元で悪戯《いたずら》っぽく囁《ささや》く。

「途中までは意地だったが、途中からはお前が望むのだったらと……散々我慢して、自分の欲望を抑え込むのに必死だったんだからな。待った……だけのことはあったが」

息の弾むどこか幸せそうな声音に、莉乃亜の樹への想いはますます高められていく。

「これからは我慢もする気はないし、なんだったらお前からお願いさせるくらいのめり込ませてやる……。当然一回で終わる、なんてことは約束出来ないな」

「ひゃう……ダメ、そこっ……いじわるっ」

胸に唇を寄せられて、甘く吸われて舌で転がされる。舌で胸の蕾《つぼみ》を愛撫しながら、樹は器用に腰を送って快楽を引き上げてきた。じわり、と莉乃亜の中で彼の体積が増す。しかも困ったことに、散々結婚式に備えての『練習』で慣らされた体はそれだけで……

「うーーーーっ。樹さんの意地悪、変態っ」

「意地悪で嫌いか？　やめた方がいいか？」

ゆるりと腰を送り、わざと感じやすい芽を擦りつけるようにして樹は言う。

「あ。そこ、ダメっ……」

「嫌いか？」

「いつ……きさ、……好き。気持ち、イイ……」

嘘でも、嫌いだなんて絶対に言えない。

「ああ、俺も好きだ。莉乃亜、愛してる」

素直な愛を告げられて、莉乃亜は二度目の行為を許してしまう。すると彼は所有権を主張するように首筋に赤い痕を残してから、ゆっくりと深い楔《くさび》を打ち込んだ。

「はっ。さっきより……気持ち良さそうな顔してるぞ」

そんな風に言われても困る。どうして彼とこうして睦《むつ》みあうだけで、こんな風に心地よくなってしまうのだろう。

「樹……さん、もぉ、好き。……こんなの、癖になっちゃったら……困る」

「困らないだろう？　毎晩、俺が責任取ってやる」

手前で揺らすように腰を送られ、彼自身が莉乃亜の敏感なところに当たる。それが気持ち良くて、つい彼の腰に手を回し、爪を立ててしまう。

「ひゃぅ、そこ、ダメ、なのぉ。……いつき……さ……、あ。ダメ、きもち、よくなっちゃ……」

「あっという間にこっちでも感じるエッチな体になりそうだな。分かった、手前だけじゃ物足りない、もっと奥まで欲しいってことだよな」

そう言うと彼は思いっきり奥まで腰を押し込む。

「すご……い。お腹の中まで、いつきさ……いっぱい」

「ったく、お前は煽《あお》り過ぎだ……」

「だって、樹さんの、ここまで入ってるの分かるからっ」

先ほど彼に触れられたように、莉乃亜は自《みずか》らの腹部を撫でた。無意識に蕩《とろ》けるような視線を送る莉乃亜に、彼は苦笑を浮かべて低く唸《うな》る。

「まったく……莉乃亜みたいなエロくて……うるさい唇は、塞《ふさ》ぐに限る」

「んっ……っ、んっ……」

樹は莉乃亜の唇を奪うと、ねっとりと舌を差し入れる。彼に二つの口を塞《ふさ》がれて、先ほどよりもっと深く激しく愛されると、莉乃亜は苦しいくらいの快楽に溺れていく。

「はっ……こんなことしてると、二度目もすぐイかされそうだな」

小さく樹は苦笑をして、莉乃亜の腕を引く。

「……え？」

「二度目は時間を掛けて、たっぷりお前を堪能したい。それに……」

樹は莉乃亜を貫《つらぬ》いたまま抱きかかえると、ベッドの上に座る。自然と莉乃亜は樹と向かい合って彼の体の上に腰を下ろす体勢になった。

「こうしたら抱き合いながら、莉乃亜と繋がっていられる」

樹の手が莉乃亜の腰を捕らえて、緩《ゆる》やかに下から楔《くさび》を打つ。

「いやぁ……っ」

自重が掛かっての深い突きに思わず莉乃亜は高い声を上げ、彼の首筋にしがみついた。

「んっ……ひぅ……ん、ぁはっ」

自然と彼の方を向いた唇を、樹が自《みずか》らのそれと合わせる。舌を絡ませて深いキスをしながら、樹がゆるゆると腰を揺らし、時折強く突き上げてくる。

「だめっ……い、つきさ……深いのっ……奥、おかしくなるっ」

ヒクヒクと震える体が敏感になり過ぎていて、耐えられずにとっさに逃げ出そうとするが、樹にぎゅっと抱きしめられてそれも叶わない。

「いっぱいオカシクなっていいぞ。俺しか見ていないし、俺しか知らない莉乃亜だ……」

その言葉に目を開いて見下ろすと、彼は嬉しそうな笑みを浮かべている。そして莉乃亜の髪を撫でた後、胸に触れて、乱れる姿を堪能するように目を細めた。

「莉乃亜はどこもかしこもエロいな。……俺にされて感じてこんなにイヤラシク腰を振って」

じっと見られて恥ずかしさが一気にこみ上げてくる。抗議したくても、感じやすい蕾《つぼみ》の先端に吸い付かれて、喘《あえ》ぐしかない。

「全部……俺のモノだ。可愛い啼《な》き声も、俺を締め付けているココも、すぐ感じて尖《とが》る胸も……ああ、こっちはすぐイくから、触ってもらうのが大好きだったな？」

胸を堪能していた樹の指が滑り落ちて、繋がり合っている縁《ふち》にある敏感な芽を摘ままれた。

「ひゃんっ……ダメ、そこはダメなの、も、無理っ」

「俺が入っている状態で弄《いじ》られるとさらにいいんだろう？　ほら、こんなに膨れて硬くしてたら、いっぱい苛《いじ》めて欲しいって言っているようにしか見えない」

唇を妖艶《ようえん》に歪めて笑う姿に、ますます体の感度が上がってしまう。コリコリと指先で捏《こ》ねられるときゅんと体が甘く疼《うず》き、樹にしがみついて快楽を堪《こら》えようとする。

「あ、ぁあ……ダメ、いつきさ……ダメ、ダメなのぉっ」

「ダメって言いながら、本当は気持ちいいから、イッパイして欲しいんだよな」

耳元で囁《ささや》かれる樹の声がセクシーで、耳たぶを食《は》まれながら優しく尋ねられると、つい素直に頷いてしまう。初めての莉乃亜を気遣うような樹の緩《ゆる》やかな攻めには辛さはなくて、ただただひたすら気持ち良い。莉乃亜は恥ずかしいのに、甘えるように啼《な》いてしまう。

「も、意地悪っ……いつきさ……好き。大好き……」

気づけば、意味のない喘《あえ》ぎの合間に零《こぼ》れるのは樹への想いで。

「……莉乃亜、好きだ。愛してる……」

返される愛おしげな囁《ささや》きに、ますます官能が高まっていく。気づけば再びベッドに押し倒されて、深く貫《つらぬ》かれていた。乱れる彼の呼吸が嬉しくて、莉乃亜は彼の背中に手を回し、ぎゅっと抱き着いた。

額《ひたい》に、頬に、顎《あご》に、首筋に、唇に——いくつもキスを落としながら、樹は何度も楔《くさび》を打ちつけ、誰も知らなかった莉乃亜の中を我が物顔で堪能する。

「あっ……ぁぁんっ……も、ダメ、またイっちゃ……」

徐々に高まっていく官能に、莉乃亜は背筋を甘い愉悦が何度も走り抜けていくのを感じた。激しく蜜口が収縮し、もっと彼を深く受け入れようとする。

「っ……莉乃亜、こら、締めるな、気持ち良過ぎるっ……だろっ」

「ああ、イイの、樹さん、私、もっ、イっちゃ……ああ……あぁぁぁぁあっ」

体いっぱいに溜まった悦《よろこ》びが溢《あふ》れ、全身を浸《ひた》していく。莉乃亜は体を震わせて、樹に縋《すが》りつくようにして深い絶頂に身をゆだねる。

「お前が可愛過ぎて……おかしくなりそうだ。莉乃亜、好きだ。愛してる。……ずっと……俺の傍にいてくれ……」

蕩《とろ》けてしまいそうなほど甘い言葉と、彼の自由にされるほどさらに感じてしまう体を、莉乃亜は熱く火照《ほて》らせる。

時間をかけてゆっくりと高められた官能は、お互いを至福へと導く。やがて莉乃亜は体の一番奥で樹のすべてを受け止めた。そして莉乃亜の初めての夜は、深い愉悦と幸福感に包まれて更けていく……

＊＊＊

「高岡さん。悪いけどカフェオレを淹《い》れてくれるかな」

社長室から顔を出した樹は、よそゆきの顔をして莉乃亜にコーヒーを強請《ねだ》る。

「はい、社長。今お持ちします」

だから莉乃亜もビジネスライクに答えて、コーヒーの準備をしようと秘書ブースを出て行く。

結局その後の調査で、マスコミに情報をリークしたのは、泉川だったことが判明した。外資につけこまれる隙を作った彼に対する御厨一族の怒りは強く、このまま御厨ホールディングス内で飼い殺し扱いになることが決定したらしい。

そして吉本と宮崎は社長付き秘書から外され、今は泉川常務付きの秘書となっている。

『まあ、奴が望むような輝かしい未来も、権力も手に入らないことだけは確定だ。その男にすり寄った奴らも同様だな』

眼鏡の奥の目を細め、樹が告げる。その言葉で吉本と宮崎も、元々泉川側についていたのだろうと莉乃亜は察した。

『これはうちの一族の話だ。莉乃亜はそれ以上、詳しく知らなくてもいい』

と結婚式を挙げる前に言われているので、莉乃亜はあえて何も尋ねなかったけれども。

ただ突然二人秘書が抜けたせいで、社長付きにはしばらくの間、紫藤と長谷川のほかに、元々社長秘書であった篠田室長が補助に入っている。莉乃亜もすぐに秘書をやめるわけにもいかず、相変わらず不慣れながらも秘書業務を続行していた。

「――失礼します」

今も樹のお茶出しは莉乃亜の仕事だ。終業時刻直前の夕暮れの社長室は、なんだか少しだけ独特のムードがある。赤く長い日差しが窓から入り込み、高層階にある窓からは見渡す限り夕暮れ雲がたなびいている。

「……綺麗ですね」

莉乃亜にカフェオレを頼んだ樹は、椅子に座ったまま外を見ている。デスクの間に身を滑らせて、莉乃亜がデスクにコーヒーを置こうとすると、何故か彼の膝の上に座らされてしまった。

「ちょっ……樹さ……御厨社長っ」

驚く莉乃亜だったが、ここがどこかをとっさに思い出して慌てて呼び方を変えた。

「……いい子だ。公私混同はよくないからな」

樹はからかうように言うと、自分の方が公私混同しているとしか言えない体勢で、莉乃亜の頤《おとがい》に手を伸ばす。

「ちょっ……ダメです」

彼は、文句を言う莉乃亜を振り向かせるようにして唇を合わせた。

(公私混同はどっちですか！)

と莉乃亜は声を上げようとする。けれど口づけられると、新婚初夜から続いている甘い生活の影響で、理性より先に体が反応してしまっていた。

「とりあえず十五分ぐらい休憩しようかと思ったんだが、当然有能な秘書である高岡さんは付き合ってくれるよな」

眼鏡の奥から、樹らしい嗜虐的な視線が向けられる。

耳朶《じだ》をかじられながらのその台詞《せりふ》に、とっさに莉乃亜は危機感を感じて身をよじった。

「……ダ、ダメですよっ」

「ダメか。だが困ったことに、好きな女にダメって言われると、男はよけいちょっかいをかけたくなるんだが」

くくっと笑みを含んだ声で言われ、首筋に何度もキスをされると、莉乃亜はついドキドキしてしまう。

「あの……誰か来たらどうするんですか？」

「さあ、新婚の夫婦が仲良くして叱《しか》られることはないだろう？」

「でも、仕事中なんですけどっ」

莉乃亜の必死の反論に、樹は小さく笑う。

「休憩中だからしばらく声は掛けるな、と言ってある。休憩中ぐらい、うちの新妻と癒《いや》しの時間を過ごしても、誰も文句は言わないだろう？　そうでなくても、社長業は多忙だからな」

耳元で低くて甘い声で囁《ささや》く。

「高岡さんは、私にこうされるのは嫌ですか？」

（ちょ、急に口調変えられると、対応に困る）

丁寧な口調で優しく髪を撫でられると、樹の膝の上から抜け出す気力がどんどん削がれていく。

これがいわゆる敬語萌えだろうか。妙にドキドキしてしまうことに焦った莉乃亜は、最後の抵抗とばかりに彼の腕の中で再び体をよじる。

「ダメです。こんなところで触っちゃっ」

そして、みだりがましく胸のボタンを外そうとする樹の手を叩いて止める。

「それなら……キスならしても許されますか？」

わざとらしく切なげな表情を浮かべた樹が唇を寄せてくる。

「んんんんっ……んはぁっ。ダメ、樹さん、職場で何しているんですかっ」

腰の辺りを這《は》い回る手を捕まえて睨《にら》みつけるものの、じわじわと触れられたところから敏感になってしまう。

「ここでは社長、でしょう？」

お仕置きをするように不埒《ふらち》な指が、中途半端に開いたブラウスの中に忍び込んだ。胸の尖《とが》りを摘まれ、思わず甘い声が上がってしまう。

「ひぁんっ。あぁっ、ダメですっ。社長、やめてください」

「……意外とこのシチュエーション、クルものがありますね」

首筋に吸い付かれながら、普段と違う口調で囁《ささや》かれて頭がぼーっとしてきてしまう。

気づけば胸元はボタンを外されてはだけている状態で、彼の両手で胸の蕾《つぼみ》を散々悪戯《いたずら》されて……

「あ、もう……やぁ。……社長、ダメですっ。あっ……こんなところで……ダメ、やめてください……」

「感じやすい高岡さんがいけないのですよ。ほら、こんなに赤くぷっくりと立ち上がって。硬くなったここを、舌でたっぷり可愛がったらきっと、高岡さんは気持ち良くなってしまって、『社長、もっと気持ち良くしてください』と、おねだりしてしまうんでしょうね……」

「やぁあっ。そんなこと、言わないでっ」

敬語口調の樹は、ダメと言いながら抗《あらが》う気のない莉乃亜のスカートの裾《すそ》を捲《まく》り上げ、下着の上から感じやすい部分を撫でる。クチュリと淫《みだ》らな水音がして、莉乃亜は恥ずかしさに身悶《みもだ》えた。

「ああ、この奥はもう蜜まみれになってますね。本当に高岡さんはエロくて可愛い」

「あぁっ、社長、やめてください。それ以上は、本当にダメ……ですっ」

「今すぐここを開いて、たっぷりと舐《な》めてあげたい……」

ショーツの中に不埒《ふらち》な社長の指が入ってきて、淫《みだ》らな愛撫をされる展開を期待してしまった瞬間。

――ぴぴぴ、ぴぴぴ。

ちょうど十五分でアラームが鳴って、樹がそれを片手で止める。

「え？　アラーム？」

「休憩時間終了だな。じゃあ続きは家で」

「え？　えええええ？」

「ああ、ここは夜景も綺麗なんだが……後でもう一度、誰もいなくなった頃に来るか？　そうだな、それならさっきの続きも出来そうだ」

先ほどまでの敬語責めの社長モードではなく、完全にいつもの樹に戻っている。

「社長と秘書のシチュエーションも楽しかったな……じゃあ、続きはそっちの路線で行くか？」

「ちょっ……それどういう意味ですかっ」

「……敬語責め、嫌いじゃないんだろう?」

眼鏡越しに、にっこりと微笑まれて、莉乃亜は真っ赤になったまま不埒《ふらち》過ぎる社長を睨《にら》みつけた。

「もう、本当にやめてくださいっ」

からかう樹を片手でパシパシと叩きながら、莉乃亜はもう一方の手で服を整える。正直今の悪戯《いたずら》でかなりエッチな気分になってしまった。ここが会社じゃなかったら、今すぐ責任を取って欲しいくらいだ。

(だけど……)

樹はこんな風にすぐに意地悪をするけれど、誰よりも誠実で信頼出来る、と莉乃亜は思っている。あの日、記者会見場で、みんなのいる前で莉乃亜に告白してくれたことも、現場に乗り込むなんていう大胆な行動を取った莉乃亜を守ってくれるためだったのだと理解していた。

だからこそ、少しでも樹が幸せになれるように努力したいし、彼に温かい家庭を作ってあげたいと思っている。

「もう、樹さんなんて知らないんですからねっ」

なんとか服装を整えて、少しだけ樹から距離を置く。だからといってこんなことばっかりされて、自分ばかりドキドキするのは納得がいかない。

けれど懲りない樹は立ち上がった莉乃亜を抱き寄せて、唇を寄せてくる。触れる直前の距離で、小さく笑うと樹は囁《ささや》いた。

「……うるさい唇は、塞《ふさ》ぐに限るからな」

樹はやっぱり素直じゃない。そんなときには普通にキスをしたいと言ってくれたらいいのに。

莉乃亜が思ったそのとき。

「──というのは建前で」

樹は少しだけ照れたような顔をして、そっと莉乃亜の頬を撫でる。

「……世界で一番、お前が好きでたまらないから、今すぐここでキスしたいんだが……」

樹は莉乃亜の耳元で柔《やわ》らかく囁《ささや》いた。莉乃亜は徐々に素直になっていく樹が嬉しくて、思わず笑みが零《こぼ》れる。

「はい、いいですよ」

両手を広げて樹にぎゅっと抱き着くと、樹は嬉しそうに莉乃亜を腕の中に閉じ込める。

それから夕暮れに赤く染まる社長室で、樹は莉乃亜に優しく甘いキスを落とした。

書き下ろし番外編

天使が舞い降りるピクニック

「樹さん、今日の夕飯は何が食べたいですか?」

莉乃亜の言葉に、樹は小さく首を傾げた。

「そうだな、何がいいだろう……」

普通の夫婦なら普通に行われているような会話。そんな会話をするとき、樹は深い喜びを感じる。

(うちの両親がそんな会話をしているのを、俺は聞いたことがないからかもしれないな……)

経済的には恵まれていたし、母は家事をする必要がなかった。夫婦仲は悪く、家族で食卓を囲むこともほとんどなかった。樹は他人が作る食事を一人で食べ、親のいない夜を過ごし、たまに親に挨拶《あいさつ》をして、学校に通っていた。

「……弁当を、食べてみたいかな」

ぼそりと呟いた言葉に、莉乃亜が目を丸くする。

「え？　お弁当ですか？　外で食べたいとかそういう感じですか？」

確かに既に季節は冬で、外で食事を取るのに相応《ふさわ》しい気候ではない。だが一瞬思案した莉乃亜は小さく笑って頷く。

「そうですねえ。……さすがに今の時期は寒いので、今度の休日のお昼に家でピクニックをしましょうか」

「家でピクニックか……想像もつかないな」

莉乃亜が言う家でピクニック、という言葉が面白くて、樹は次の休日、彼女の求める通り、どこにも出掛けず家でピクニックをすることを決めたのだった。

＊＊＊

その当日。樹は朝から聞こえる包丁や煮炊きの音と、美味《おい》しそうな匂いで目を覚ますことになった。なんだか子供のようにワクワクして、布団を抜け出して彼女がいるであろうキッチンに向かう。

「あ、樹さん、おはようございます」

そこには黒塗りのお重に、鮮やかな黄色の卵焼きが詰められていた。昨夜から莉乃亜が準備していた、いなり寿司用の油揚げや、丁寧に作られた煮物。あまり食べたことのないちくわにキュウリが押し込められたものやら、青菜のごま和《あ》え、結婚後の莉乃亜が買ったことのない赤いウインナーの一方に切れ目を入れたタコさんウインナーなど、お弁当に詰めるのであろう、いろいろな料理が既に用意されている。

「……これ、全部莉乃亜が作ったのか？」

思わず目を見開くと、彼女は照れたように小さく笑う。

「樹さんは美味《おい》しくて豪華なお弁当とか食べ慣れていると思うので、すごく庶民の味で申し訳ないんですけど」

恥ずかしそうに言う莉乃亜の目を盗んで、樹は重箱に詰められていた横に、入りきらなかった卵焼きの切れ端があるのを見て、一つ摘まんで口に放り込む。

「こらっ、摘まみ食いをしてはダメですよ」

笑顔の莉乃亜に声だけで叱られて、何故か妙に心が浮き立ってしまう。

「摘まみ食いすると、よけいに美味《おい》しいな」

少し甘い卵焼きは、きっと樹が運動会や遠足で食べていた、シェフが作る卵焼きより美味《おい》しいわけではないのかもしれない。もちろん母親の作った卵焼きなど食べたことのない樹にとっては、これは懐かしい味でもない。それでもなんだか、妙に胸が温かくなった。

「美味《おい》しくて良かった。……でも摘まみ食いはダメ。後で食べる楽しみがなくなっちゃうじゃないですか」

　にこりと笑いながら注意をすると、莉乃亜は次の料理に取りかかる。そして樹は子供が母親にまとわりつくように、彼女が料理を作り、お重に詰めていくのを幸せな気持ちで見つめていた。

　みるみるうちに料理はお重に詰められていき、酢飯を作っていなり寿司まで詰めると、三段重は色とりどりのおかずが、ぎゅうぎゅうになっている。

「じゃあ、樹さん、おうちピクニックをしましょうか」

　そう言うと、莉乃亜はどこから持ってきたのか、サンルームにビニールシートを敷いて、そこにお重を置く。サンルームなので外よりずっと暖かいが、景色としては特に見るべきものがあるわけではない。

「周りの景色が見えるだけで、取り立ててピクニックに相応《ふさわ》しい景色があるわけでもないが……」

　そう声を上げると、莉乃亜は笑って空を指さす。

「ここ、高層階なので、空がとても近くて綺麗ですよ。下を見れば普通に景色がいいし、このサンルームで一度食事してみたいな、って思ってたんです」

　まるでままごとのようにビニールシートに二人で座り込む。

「……なんか、不思議な感じですね」

莉乃亜が笑うと、樹もつい笑ってしまった。そうして莉乃亜主催の、風変わりな『おうちピクニック』が始まったのだった。

「樹さん、美味《おい》しいですか？」

色とりどりの弁当から、おかずを摘まんでいると、莉乃亜は楽しそうに笑う。

「……何がおかしいんだ？」

あまりに嬉しそうな顔をしているから不思議に思って尋ねると、莉乃亜は小さく首を横に振る。

「おかしいんじゃなくて、嬉しいんです。……樹さん、いつもありがとうございます。私が作った食事、文句も言わず、美味《おい》しいって顔をして食べてくれて……」

あまり口には出してなかったにもかかわらず、莉乃亜にはすっかり気持ちを読まれているな、と樹は小さく苦笑する。いくつか揚げてくれた唐揚げは、揚げたてよりはしっとりとしていて、お弁当のために用意してくれたのだな、と改めて思わせてくれた。

「空が、綺麗ですね……こっちの冬の空は青いですよね……」

空を見上げた莉乃亜の言葉に樹は首を傾げる。

「俺の見てきた冬の空は、いつも青かった気がする」

樹の言葉に、莉乃亜はどこか遠いところを思い出すような表情をした。

「空が青いのは、太平洋側だけですね。私の生まれたところは雪国なので、この時期になると雪が降って、空はずっと曇天で、あまり晴れたことがない気がします。それにこんな風に窓際で食事するなんて、寒いから絶対考えられません」

そう言うと、莉乃亜は卵焼きを一つ取る。

「故郷の冬が懐かしい？」

樹がついそう尋ねると、莉乃亜は小さく笑う。

「懐かしいですけど。きっとこれからは、樹さんとたくさん冬を過ごせると思うので、それも楽しみです」

ふふっと笑う莉乃亜が可愛くて、思わずぎゅっと抱きしめたくなった。残念ながら二人の間には重箱があって、それが叶わないことを、樹は残念に思う。

「この味付け、お母さんの味なんです」

小さく笑う。だが莉乃亜は樹の母の味は聞いてはこなかった。

（きっとこういう味を食べてきてないって、知っているんだろうな）

気づいていても、そのことにあえて触れようとしないところが、莉乃亜らしい気遣いの部分だと思う。

「そうか、改めて思うが、俺と莉乃亜では住んで来た環境も、食生活も、何もかも違うんだな」

そんな当然の事実に改めて思い至る。

「そうですね。全然違う生活をしていた私たちが出会って、こうやって一つの家庭を作るのも不思議なことですよね」

樹は頷きながら甘辛く煮た油揚げに包まれたいなり寿司を口にする。揚げが甘辛くて、甘味の少ない酢飯と絡んで、美味《おい》しい。莉乃亜が用意してくれた水筒から、熱いお茶を注いでくれるので、咀嚼《そしゃく》した口に流し込む。

「お弁当なんて久しぶりに作りました。でもこれから作る機会が増えるんでしょうね」

莉乃亜はそう言って笑う。

「こんな機会が増えるって？」

思わず聞き返すと、莉乃亜は当然のように頷く。

「だって樹さんと家族になったんですから。私、家族のためにお弁当を作りたいんです」

莉乃亜は再び空を見上げる。彼女の視線を追って空を見上げると、青く澄んで、雲が遙《はる》か上に見える。

「私、樹さんの子供と樹さんと一緒に、ピクニックに行ったり、運動会に行ったりしたら、毎回お弁当を作りたいんです。一緒に遊んだり、運動会では『頑張れ～』って大声上げて応援したり」

莉乃亜の言葉に樹は薄く目を開く。

（そうか、結婚すると言うことは、自分が親になるかもしれない、ということなのか）

好きな女性と結婚し、いつ子供が出来てもおかしくない。それなのに、樹はその具体的な内容について、初めて想像したのかもしれない。

（そうか、俺の子供は俺と違って、母親の作った弁当を食べて成長するんだな……どこかの家みたいに、徒競走で走っていても、びっくりするくらい大声で、全力で応援する親がいて……）

自分のときはそうした声を掛けてもらうことはなかった。それどころか、親が来ていたかすら覚えてない。だが自分は莉乃亜と一緒なら、当然のように子供の運動会に行って、大声を上げて応援する莉乃亜と必死に走る我が子を見ることになるのだろう。そう思うと、何故か自分の心の中の空虚だったところが温かい何かで満たされていく気がする。

「それで、今日、外ではなくて、おうちピクニックにした理由、お話ししてもいいですか？」

物思いにふけっていたところに発せられた莉乃亜の言葉に、樹はゆっくりと目を見開く。

「実は私、この間からちょっと体調が悪くて……」

莉乃亜は憂《うれ》いを帯びた目を、ゆっくりと睫毛《まつげ》を揺らして閉じるようにした。

「え……」

体調が悪い、そんなことにも気づいてなかった自分に軽く衝撃を受ける。それは具体的にどういう意味だろうか。

「だ、大丈夫か？　当然、病院で診《み》てもらったんだろう？　なんで言ってくれないんだ。俺だって……」

焦って声を上げると、莉乃亜は慌てて小さく笑みを浮かべた。

「はい、診《み》ていただきました。で、診察の結果」

思わず握りしめていた莉乃亜の手は、温かくて柔らかくて、莉乃亜の存在そのものみたいだ。その幸福が壊れることがないように、樹は無意識で祈っていた。

「……私、樹さんの赤ちゃんを授《さず》かったそうです」

大切過ぎる存在を失うのかと勝手に不安に怯《おび》えていたせいで、樹はとっさに言葉を上げられなかった。瞬間、じっと自分を見つめる莉乃亜の瞳が不安げに揺れるのを見て、彼女の瞳をまっすぐと見つめる。

「……ありがとう」

無意識に出たのは、感謝の言葉だった。

「……え？」

莉乃亜はびっくりしたような顔をして、目をパチパチと瞬《また》かせた。

「お礼を言うのはおかしいか？」

樹の言葉に莉乃亜は不思議そうな顔をして、それから小さく笑う。

「全然おかしくないです。私も、樹さんにお礼を言いたいです。私に赤ちゃんを授《さず》けてくれて、ありがとうございます。これから一緒に……お父さんとお母さんになりましょうね」

なんの衒《てら》いもないからこそ、本心だけで話している莉乃亜の言葉が、樹の胸に喜びを広げていく。

同時に微《かす》かな不安も感じる。

「俺が……親になれるんだろうか」

ふと莉乃亜の顔を見ていると、自分の過去について話したくなった。

「俺は子供の頃から母親に弁当どころか、食事さえも作ってもらったことがない。家には家政婦やらシェフやらがいたし、当然食事はそういう人間が作る物だと思っていたんだ。もちろん栄養のバランスは問題なく、プロが作る食事だから美味《おい》しかった。でも小学生の頃、他の奴らが運動会に応援に来る家族と一緒に食べる弁当が、いつだって羨《うらや》ましかった。俺は当然のように与えられる親からの愛情みたいなものは、受けて育ってきていないと思う」

無防備な莉乃亜の前で、つい漏れるのは本音の言葉だ。一瞬彼女がびっくりした顔をして、次の瞬間優しい笑みを浮かべた。

「そうだったんですね。だったらこれからたまにこうやってお弁当を作りましょうか。まずは赤ちゃんが大きくなって一緒にお弁当を食べられるようになるまで、樹さんのためのお弁当を、今日みたいに」

そう言うと、莉乃亜はそっと樹の手を取る。

「きっと大丈夫。別々の生活をしていた私たちが出会って、今度は私たちの夫婦の形を作っていけたらいいんですから。誰が正しいとか、間違っているとかじゃなくて、樹さんと、私と、新しく生まれる家族が、一緒にいて心地良いな、幸せだな、楽しいな、と思える形を作っていったらいいんです」

ふわっと莉乃亜が笑うだけで、幸せな気持ちになる。自分達の間に無事に子供が生まれてその子が笑ったら、どれだけ幸せなのだろうと思う。

（きっとじいさんが俺に与えてやりたいと思っていた幸せがここにあるんだな……）

柄にもなく、そんなことを考えていた。

「莉乃亜、愛してる」

素直に言葉が溢《あふ》れていた。莉乃亜はちょっとびっくりしたようだが、ふっと柔らかく目を細めて笑う。

「私も、樹さんのこと、愛しています」

暖かいサンルームの中で、自然と唇を寄せ合う。何度か触れ合う度に、胸に温かい何かが灯っていく。

それからようやく気づいて樹は尋ねた。

「……だから、寒くない屋内でピクニックをしようって言ったのか？」

そう尋ねると、莉乃亜は小さく笑う。莉乃亜の微笑みはまるで寒い冬に咲いた、愛らしい花のようだった。

「はい。だって私たちの赤ちゃんは、宝物ですから」

そう聞いた瞬間、樹は立ち上がり、リビングから温かい膝掛けを持ってきて、彼女の膝に載せる。

「そうだな。俺にとっても宝物だ」

そう言って彼女を背中から抱きしめて、そっと頬にキスをする。

「莉乃亜、あの強引でわがままだった俺のところに、うかつに連れてこられてくれて、ありがとう」

樹の身も蓋《ふた》もないセリフに、莉乃亜はぷっと噴き出す。

「本当ですよ、着の身着のまま連れてこられて。……でも、私も。樹さん……いろいろなものを諦めていた私を、強引に連れて行ってくれてありがとうございます。おかげで今、幸せです」

その時、青空からひらひらと、まるで天使のように雪が舞い降りてくる。樹は莉乃亜の言葉を聞きながら、自分にとって世界一大切な宝物が、二つに増えたことを、改めて実感していたのだった。

EB エタニティ文庫 ～大人のための恋愛小説～

Miho & Syuhei

愛されすぎて…どうにかなりそう！

お見合い相手は無愛想な警察官僚でした
～誤解まみれの溺愛婚～

ETERNITY Rouge 赤

にしのムラサキ 装丁イラスト／炎かりよ

警察庁長官の父親の薦めで、コワモテな警察官僚の修平とお見合い結婚した美保。晴れて夫婦になったけれど……彼が結婚を決めたのは出世のため？　私がお偉いさんの娘だから？　美保の疑念をよそに、旦那様は口下手ながらも破壊力抜群の甘い言葉を囁いてきて……!?

定価：704円（10%税込）

Naohiro & Yuuri

私を見て、愛して。

身代わりの恋人
～愛の罠に囚われて～

ETERNITY Rouge 赤

小日向江麻 装丁イラスト／逆月酒乱

上司の尚宏と恋に落ち、交際を始めた裕梨。順調に愛を育んでいた日々のなかで、ある日偶然、彼の部屋で一枚の写真を見つける。そこにはなんと、自分と瓜二つの女性が写っていた。後にその女性は、彼の亡くなった元恋人だと知る。……もしかして、私は彼女の身代わりなの？

定価：704円（10%税込）

※エタニティブックスは大人の女性のための恋愛小説レーベルです。ロゴマークの色で性描写の有無を判断することができます（赤・一定以上の性描写あり、ロゼ・性描写あり、白・性描写なし）。

詳しくは公式サイトにてご確認下さい

https://eternity.alphapolis.co.jp

携帯サイトはこちらから！

本書は、2019年8月当社より単行本として刊行されたものに、書き下ろしを加えて文庫化したものです。


この作品に対する皆様のご意見・ご感想をお待ちしております。

おハガキ・お手紙は以下の宛先にお送りください。

【宛先】

〒150-6008 東京都渋谷区恵比寿4-20-3 恵比寿ガーデンプレイスタワー8F
(株) アルファポリス　書籍感想係

メールフォームでのご意見・ご感想は右のＱＲコードから、
あるいは以下のワードで検索をかけてください。

アルファポリス　書籍の感想　検索

ご感想はこちらから

EB

エタニティ文庫

うちの会社《かいしゃ》の御曹司《おんぞうし》が、私《わたし》の許婚《いいなずけ》だったみたいです

当麻咲来《とうまさくる》

2022年12月15日初版発行

文庫編集－熊澤菜々子
編集長 －倉持真理
発行者－梶本雄介
発行所－株式会社アルファポリス
〒150-6008 東京都渋谷区恵比寿4-20-3 恵比寿ガーデンプレイスタワー8F
TEL 03-6277-1601（営業） 03-6277-1602（編集）
URL https://www.alphapolis.co.jp/
発売元－株式会社星雲社（共同出版社・流通責任出版社）
〒112-0005 東京都文京区水道1-3-30
TEL 03-3868-3275
装丁イラスト－浅島ヨシユキ
装丁デザイン－MiKEtto
（レーベルフォーマットデザイン－ansyyqdesign）

印刷－株式会社暁印刷

価格はカバーに表示されてあります。

落丁乱丁の場合はアルファポリスまでご連絡ください。

送料は小社負担でお取り替えします。


ISBN978-4-434-31312-7 C0193